Bwystfilod a Bwganod

Diolchiadau

I Nic, Efs a Ger am fod yn annwyl ac yn amyneddgar.

I bawb yn y Lolfa, yn enwedig Alun Jones am fod mor glên a chefnogol.

Golygyddion Cyfres y Dderwen: Alun Jones a Meinir Edwards

Bwystfilod a Bwganod

MANON STEFFAN ROS

I Geraint Lleu

Argraffiad cyntaf: 2010

Comisiynwyd y gyfrol hon gyda chymorth ariannol Adran Plant, Addysg, Dysgu Gydol Oes a Sgiliau

Cynllun y clawr: Pat Moffet

Rhif Llyfr Rhyngwladol: 978 1 84771 226 4

Cyhoeddwyd ac argraffwyd yng Nghymru
gan Y Lolfa Cyf., Talybont, Ceredigion SY24 5HE
gwefan www.ylolfa.com
e-bost ylolfa@ylolfa.com
ffôn 01970 832 304
ffacs 832 782

Pennod 1

WYDDAI NEB PAM, yn union, fod pethau wedi newid y diwrnod hwnnw. Roedd hi'n ddiwrnod arferol, ym mhob ffordd: cododd yr haul yn y bore, anadlodd yr awel yn fwyn ar gopa'r mynyddoedd, a sisialodd y môr yn dawel ar yr arfordir. Popeth yn union fel ag y bu y bore blaenorol, heblaw am yr un newid mawr, oedd ar fin achosi anhrefn drwy'r byd.

Wedi cael ei deffro gan sgrechian aflafar y cloc larwm, taflodd Hilda'r cloc ar draws ei hystafell wely, a disgynnodd y batris o'i gefn yn blith draphlith ar lawr. Byddai Hilda'n gwneud hynny'n feunyddiol, a'r marciau tywyll ar y papur wal lle roedd y cloc wedi ei daflu yn brawf o'r weithred.

Roedd chwarter awr arall cyn bod yn rhaid i Hilda godi o'i gwely clyd a thynnu ei dillad ysgol amdani, gan wgu'n ddig ar yr heulwen a dywynnai drwy'r ffenest. Dyma oedd y drefn bob bore – gwylltio, a thynnu wyneb ar bawb a phopeth tan iddi gael ei brecwast, ac yna byddai'n blodeuo ar ôl cael rhywfaint o faeth yn ei bol. Byddai mam Hilda yn tyngu bod ei merch wedi ymddwyn yr un fath ers y diwrnod y ganwyd hi am chwech y bore, yn sgrechian fel gwallgofddyn tan iddi gael llond bol o laeth.

Ar ôl brwsio'i dannedd a thynnu cadach dros ei hwyneb, stompiodd Hilda i lawr y grisiau gan wneud cymaint o dwrw â phosib. Crychodd ei thalcen yn flin, ei blinder yn cymylu ei meddwl.

Dyna pryd y sylweddolodd Hilda nad diwrnod arferol mo hwn.

Yn hytrach nag eistedd yn eu llefydd arferol o gwmpas y bwrdd, yn llowcio paned a sglaffio tost, penliniai mam a brawd Hilda o flaen y teledu, yn gwylio'r sgrin yn gegagored. Edrychai'r ddau fel petaent wedi eu hypnoteiddio gan y bocs bach yng nghornel yr ystafell.

'Be sy'n digwydd?' gofynnodd Hilda mewn syndod, gan anghofio'i thymer.

Trodd Gwilym, ei brawd, i'w hwynebu. 'Edrycha ar hwn, Hilda! Mae'r peth yn anhygoel!'

Gwyddai Hilda wedyn fod rhywbeth mawr o'i le. Byddai ei brawd a hithau'n ffraeo fel ci a chath fel rheol, gan ddechrau bob bore drwy ffeirio rhegfeydd dros y bwrdd bwyd. Fedrai Hilda ddim cofio'r tro diwethaf i'w brawd siarad â hi heb dinc o goegni na mileindra. Trodd ei llygaid at y sgrin.

'... a does gan neb 'run syniad pam bod hyn wedi digwydd.'

Edrychai'r gŵr ifanc, a safai o flaen ffermdy digon blêr yr olwg, fel petai o wedi cael ei lusgo o'i wely a'i wthio o flaen camera teledu heb iddo gael gwybod yn iawn beth oedd testun y sgwrs i fod.

'A dweud y gwir, does 'na neb fel petai'n gwybod beth sydd wedi digwydd. Ond mae un peth yn sicr, mae hyn wedi ysgwyd y byd y bore 'ma.'

'Be sy wedi digwydd?' gofynnodd Hilda'n llawn rhwystredigaeth.

'Shhh,' mynnodd ei mam heb droi i edrych arni, gan bwyso'r botwm ar waelod y teledu i godi lefel y sain.

'Mae'r ffermdy yma y tu ôl i mi'n esiampl berffaith o'r hyn sydd wedi digwydd ar hyd a lled y byd,' parhaodd y gŵr nerfus yr olwg ar y teledu. 'Lle heddychlon a hapus ydy Tyddyn Wern, ger Caerffili, wedi bod erioed, ond yn oriau mân y bore 'ma, dinistriwyd yr heddwch gan rywbeth mae'r perchnogion yn ei ddisgrifio fel... fel...' Ysgydwodd y dyn ei ben rhyw fymryn, fel petai'n trio deffro'i hun o freuddwyd afreal. '... fel ysbryd. Ysbryd gwraig ifanc, a'i hwyneb yn ddieflig. Llanwyd y tŷ gan sgrechiadau annaearol, ac ymhen dim o dro, dihangodd gŵr a gwraig y fferm i ddiogelwch eu car.' Edrychodd y gŵr i mewn i'r camera, ei wyneb yn llawn difrifoldeb. 'Yn anffodus, gyda'r holl ysbrydion a bwystfilod sydd wedi ymddangos dros y byd yn ystod y deng awr diwethaf, dyn a ŵyr a oes 'na wir fan diogel ar ôl i unrhyw un bellach.'

'Be?' gofynnodd Hilda'n gegrwth, heb allu rhwygo'i llygaid oddi ar y sgrin. 'Bwystfilod ac ysbrydion?'

'Ym mhob man,' atebodd ei mam, wedi ei swyno.

'Dros y byd i gyd?' ailadroddodd Hilda eiriau'r gŵr ar y sgrin. Teimlai braidd yn benysgafn, fel petai mewn breuddwyd.

'O leiaf un ym mhob tref, pentref a dinas, heb sôn am yr holl fwci-bos neu angenfilod sydd yn y wlad,' meddai Gwilym, gan droi i wynebu ei chwaer. 'Dyna maen nhw'n ei ddweud.'

'Na,' atebodd Hilda mewn anghrediniaeth lwyr. 'Mae'r peth yn amhosib.'

'Mae'r peth yn amhosib,' chwyrnodd tad Tom, gan godi ei fforc, a honno wedi ei gorlwytho, i'w geg. Ysgydwodd ei ben yn araf wrth gnoi'r cegaid o gig moch a ffa pob, a dechreuodd ail-lwytho'i fforc yn awchus.

'Ond mae o'n dweud ar y teledu,' mynnodd mam Tom, gan dollti llaeth i mewn i bum powlen, a mynydd o greision ŷd ym mhob un. Roedd gwisgo, bwydo a 'molchi Tom a'i bedwar brawd bob bore yn dasg heriol, ond llwyddai ei fam i gael pob un i'r ysgol mewn pryd. 'Ac ar y radio! Rŵan, tydi'r teledu a'r radio ddim yn dweud celwydd, ydyn nhw?'

'Ha!' ebychodd tad Tom, gan boeri ffeuen bob dros y bwrdd. 'Dyna ddangos faint rwyt ti'n ei wybod! Mae'r newyddiadurwyr yma wedi bod yn dweud celwydd wrthon ni ers blynyddoedd, am bob mathau o bethau. A hwn yw'r celwydd mwyaf oll!'

Ddywedodd Tom 'run gair wrth fwyta'i frecwast, ond gwrandawodd ar ei rieni'n cecru'n uchel dros furmur y radio. Doedd hyn ddim yn wahanol i'r arfer. Byddai ei rieni'n dod o hyd i ryw bwnc i ddadlau drosto bob bore, ond mi fyddai'r ddau'n anghofio'r cyfan erbyn y deuai hi'n amser i'w dad daflu ei becyn bwyd i gefn ei fan a throi am ei waith. Byddai'r ddau yn rhannu cusan siriol ymhen hanner awr.

Gwelsai Tom y newyddion y bore hwnnw, a gweld yr ofn ar wyneb y bobol a chlywed yr hanesion am yr ysbrydion a'r bwystfilod ar draws y byd. Roedd yntau, fel miliynau o bobol, wedi teimlo fel petai wedi ei garcharu mewn breuddwyd ond, wedi taflu dŵr oer dros ei wyneb, bu'n rhaid iddo gyfaddef iddo'i hun nad breuddwyd oedd hyn. Ac eto, fedrai o ddim bod yn wir, chwaith – doedd ysbrydion ddim yn bod.

Mae'n rhaid bod ei dad yn iawn, meddyliodd Tom wrth lyncu cegaid arall o'i frecwast. Celwydd oedd y cyfan. Rhyw fath o jôc, efallai.

'Hei!' meddai Wil, un o'r efeilliaid hynaf, drwy lond ceg o frecwast. 'Ydach chi'n meddwl y gwnân nhw gau'r ysgol o achos yr ysbrydion?'

Plethodd ei fam ei breichiau'n dynn. 'Gobeithio na wnân nhw wir, neu fydda i ddim yn hapus efo'r bali ysbrydion yma. Mae gen i domen o olch i'w wneud heb gael y pump ohonoch chi o dan draed.'

Estynnodd ei ffôn symudol o sil y ffenest, ac aeth ati i ddeialu rhif. Croesodd Wil ei fysedd yn obeithiol.

'Helô, Mrs Williams sydd yma. Ia, dyna chi, mam yr holl hogia.' Nodiodd, er na allai'r person ar ben arall y ffôn ei gweld hi. 'Ffonio i wneud yn siŵr bod yr ysgol yn 'gored heddiw, efo'r holl lol ysbrydion 'ma. Ydi? Grêt!'

Rhegodd Wil o dan ei wynt cyn gadael y bwrdd, a'i fam yn edrych arno'n ddig.

'Yndi, mae o'n reit ddychrynllyd, tydi? Er, tydw i ddim yn siŵr faint y dyliwn i ei goelio, chwaith.'

Bu saib am ychydig wrth i fam Tom wrando.

'Wir…? Bobol annwyl, am beth ofnadwy. Wrth gwrs, wrth gwrs… Wel, diolch i chi, Mrs Williams.' Pwysodd y botwm bach coch ar y ffôn i orffen yr alwad.

'Ddeudis i, yn do? Fedr pethau ddim bod cynddrwg â hynny, neu mi fyddai'r ysgolion wedi cau,' meddai'r tad yn fodlon. 'Hen stori rwtsh arall.'

'Wn i ddim, wsti Eric,' atebodd y fam, gan wagio gweddillion ei phaned i lawr y sinc. 'Roedd Mrs Williams wedi clywed am dri ysbryd yn Nhywyn 'ma sydd wedi ymddangos dros nos.'

'Tri ysbryd! Yn Nhywyn! Choelia i fawr!' meddai'r tad yn llawn dirmyg.

'Yn lle, Mam?' gofynnodd Tom.

'Un yn Ffordd Cadfan, un arall yn un o'r tai mawr ar lan y mor a'r llall yn y pictiwrs.' Ysgydwodd y fam ei phen. 'Ac i feddwl, ro'n i yno bythefnos yn ôl yn gwylio ffilm. Mae'r peth yn ddigon i godi ofn ar rywun, wir.' Trodd i lygadu Tom yn sydyn, gan edrych arno'n amheus. 'Pam rwyt ti isho gwybod, beth bynnag? Paid ti na dy ffrindia gwirion ddechra ca'l unrhyw syniada am fynd i'w gweld nhw, ti'n fy nghlywed i?'

'Gofyn wnes i!' atebodd Tom yn bwdlyd, gan godi o'i gadair a gadael ei rieni yn y gegin.

Wrth i Tom bacio'i lyfrau blith draphlith yn ei fag ysgol, ystyriodd y byddai'n gorfod cerdded ar hyd Ffordd Cadfan wrth fynd i'r ysgol. Llyncodd ei boer yn nerfus, er nad oedd yn fodlon cyfaddef iddo'i hun bod arno ofn.

'Amser mynd, hogia, neu mi fyddwch chi'n hwyr!' bloeddiodd ei fam, gan daflu bocs bwyd bob un i'r bagiau a osodwyd mewn rhes wrth y drws. Tynnodd Tom ei hwdi du dros ei grys ysgol, cyn dianc allan i dawelwch y stryd.

Un da am smalio oedd tad Hywel. Ers iddo golli ei wraig ddwy flynedd yn ôl, roedd o wedi datblygu'n actor heb ei ail, ac allai Hywel fyth â dweud beth oedd ar ei feddwl go iawn. Roedd o'n mynnu o hyd bod pob dim yn iawn: hyd yn oed yn ystod yr wythnosau pan fu mam Hywel yn sâl yn yr ysbyty, roedd o wedi smalio bod popeth yn iawn. Ar ôl ei chynhebrwng, roedd o wedi smalio nad oedd wedi torri ei galon. Roedd o hyd yn oed yn cuddio'r lluniau ohoni yn y cwpwrdd bach ger ei wely, gan feddwl na wyddai Hywel amdanynt.

Ac eto, meddyliodd Hywel wrth blymio darn o dost i felynwy yr wy wedi'i ferwi. Doedd o ddim yn llwyddo'n dda iawn wrth smalio nad oedd dim yn bod heddiw chwaith. Yn hytrach na sgwrsio'n dawel am hyn a'r llall dros frecwast fel byddai'n digwydd fel arfer, roedd yn hollol dawel, a'i feddwl ymhell.

Roedd popeth am Mr Huws yn daclus, o'r ychydig flew a dyfai o amgylch ei gorun i'w ddillad llwyd, glân. Roedd o'n ddyn bychan, tenau, a graffai ar y byd drwy sbectol fach – sbectol debyg iawn i'r rhai oedd yn gorffwys ar drwyn Hywel ei hun. Y bore hwn, fodd bynnag, roedd rhywbeth yn wahanol yn wyneb

Mr Huws, fel petai rhywbeth wedi deffro y tu ôl i'w lygaid.

Gwyddai Hywel yn iawn beth oedd yn bod.

Wedi codi o'i wely, cael cawod a gwisgo'i wisg ysgol, roedd Hywel wedi dod i'r gegin gan ddisgwyl gweld ei dad yn pori drwy'r papur newydd a chwpanaid o goffi'n stemio yn ei law. Ond na, eisteddai ei dad yn y gadair o flaen y teledu yn gwylio'r lluniau, ac roedd wedi ei swyno'n lân. Eisteddodd Hywel wrth ei ymyl, a gwyliodd y ddau'r newyddion anhygoel heb ddweud gair.

Roedd yr holl beth fel ffilm, meddyliodd Hywel wrth wylio pobol o bob twll a chornel o'r byd yn adrodd eu straeon hunllefus. Disgrifiodd un ddynes o Nigeria sut y deffrodd i weld rhes o ddynion di-wyneb yn sefyll o amgylch ei gwely. Wylodd teulu o Japan wrth ail-fyw y sŵn cnocio a llefain a ddinistriodd heddwch eu cartref. Ysgydwodd dyn busnes o Lundain ei ben wrth ddisgrifio'r wyneb arswydus a'r wên ddieflig a ymddangosodd yn y drych wrth iddo eillio'r bore hwnnw.

Yn sydyn, fel petai'r ddau wedi dod i ddiwedd ffilm, pwysodd tad Hywel y botwm ar declyn y teledu a llenwodd yr ystafell fyw â thawelwch. Rhoddodd wên fach i'w fab, cyn troedio yn ei slipars llwyd i'r gegin i hwylio brecwast i'r ddau.

'Diolch,' meddai Hywel wedi iddo orffen ei wy, a chafodd wên fach arall gan ei dad. Troediodd o naill ben y byngalo bach i'r llall, cyn gwthio'r drws i'w ystafell. Dechreuodd lenwi ei fag ysgol â'r holl lyfrau roedd eu hangen arno'r diwrnod hwnnw: Mathemateg, Daearyddiaeth, Cymraeg... Roedd o wrthi'n cau'r sip pan ddigwyddodd edrych i fyny ar y silff hir uwchben ei ddesg.

Ei gasgliad. Byseddodd Hywel y meingefnau brau, gan redeg ei fysedd dros y teitlau: *Bwystfilod a Bwganod*, *Straeon i'ch*

Dychryn, Creaduriaid Cymreig. Roedd ganddo ddegau o lyfrau, pob un yn disgrifio ysbrydion, bwystfilod a bwganod. Roedd gwylio'r newyddion y bore 'ma wedi bod fel mynd ar daith drwy ei feddwl ei hun.

Rhoddodd Hywel ei fag ar ei gefn, a dychwelodd i'r gegin. Eisteddai ei dad yn yr un safle'n union ag y bu'n gynharach, yn syllu'n freuddwydiol i ganol nunlle.

'Dwi am fynd i'r ysgol, 'ta.'

Cododd Mr Huws ei olygon at ei fab, gan syllu arno am ychydig eiliadau. 'Wrth gwrs. Wrth gwrs.'

Trodd Hywel ar ei sawdl a chychwyn am y drws, ond cafodd ei atal gan lais ei dad.

'Hywel?'

Arhosodd Hywel, heb edrych yn ôl. Bu saib am ychydig, cyn i'w dad ochneidio.

'Dim byd.'

Gadawodd Hywel ei gartref, gan feddwl nad oedd angen i'w dad ddweud gair: roedd Hywel yn gwybod yn iawn beth oedd ar ei feddwl. Os oedd y byd yn sydyn yn llawn ysbrydion, oedd hi'n bosib bod ei fam ar ei ffordd yn ôl?

Pennod 2

ROEDD HILDA WEDI dychmygu y byddai strydoedd Tywyn yn ferw o bobol ar ddiwrnod fel heddiw. Roedd yr holl fusnes ysbrydion mor gyffrous, ac roedd hi'n siŵr y byddai pawb yn awyddus i hel straeon a thrafod yr hanesion gyda'u cymdogion. Felly pan gamodd Hilda allan drwy ddrws ei thŷ i stryd oedd yn dawel fel y bedd, roedd hi'n methu â deall y peth o gwbl.

Cerddodd yn araf i gyfeiriad yr ysgol, gan edrych o'i chwmpas yn betrus. Doedd hi ddim yn ferch ofnus, fel rheol, ond roedd heddiw'n ddiwrnod mor rhyfedd, doedd ganddi ddim syniad beth fyddai yn y stryd nesaf. Roedd hi wedi gwylio'r teledu gyda'i mam a'i brawd am awr, bron, ac wedi clywed nifer o hanesion dychrynllyd gan bobol ofnus o bedwar ban byd. Ond roedd hi'n anodd cysylltu'r bobol ofnus hyn â'i byd hi, yn Nhywyn – wedi'r cyfan, doedd Hilda ddim wedi gweld 'run ysbryd. Tybed oedd 'na rai yma, yn y dref?

Wrth gerdded ar hyd y strydoedd, gallai Hilda weld bod sgŵar o oleuni i'w weld drwy bron pob ffenest. Roedd pawb yn gwylio'r teledu, wedi eu hudo gan y straeon anhygoel oedd wedi newid eu byd dros nos. Roedd hi'n ymddangos nad oedd unrhyw un yn bwriadu symud o'i gartref y diwrnod hwnnw.

Wedi cyrraedd y stryd fawr, aeth ias i lawr asgwrn cefn Hilda wrth weld y dref yn hollol wag. Roedd hi'n hanner awr wedi wyth. Fel arfer, mi fyddai'r palmentydd a'r lonydd yn ferw o bobol a cheir, plant ar eu ffordd i'r ysgol a phobol yn brysio i'r gwaith. Byddai sŵn y sgwrsio, y chwerthin a rhu'r ceir yn dwrw bob bore. Ond nid heddiw. Roedd y tawelwch yn ddychrynllyd, a'r tawelwch yn gwneud i Hilda deimlo ei bod fel cymeriad mewn ffilm arswyd.

Wrth iddi gerdded ar hyd y stryd, âi ambell gar heibio, a'r bobol ynddynt yn ymddangos fel petaen nhw'n dianc. Peth gwirion oedd hynny, meddyliodd Hilda, gan gofio'r geiriau a ddaeth o enau'r gŵr ifanc ar y teledu. Roedd yr ysbrydion wedi ymddangos dros y byd i gyd. Doedd dim posib dianc.

Sylwodd fod y siopau'n wag, ac arwyddion ar ddrysau ambell siop wedi eu hysgrifennu'n frysiog: 'ar gau oherwydd yr ysbrydion'. Doedd y siop bapur newydd hyd yn oed ddim wedi agor ac felly doedd dim cyfle i'r plant brynu da-das na siocled â'u pres cinio.

Wrth iddi droi'r gornel am yr ysgol, bu bron i Hilda gael ei tharo drosodd gan ddyn a oedd yn rhedeg nerth ei draed ar hyd y pafin gwag. Syllodd Hilda ar y gŵr canol oed, a edrychai fel petai'n gwisgo crys ei byjamas a jîns.

'Gwyliwch i ble 'dach chi'n mynd,' cyfarthodd Hilda'n biwis, gan deimlo'i thymer yn disodli'r ofn ym mêr ei hesgyrn. 'Mi fyddwch chi'n lladd rhywun yn rhedeg rownd y lle fel 'na!'

Ysgydwodd y gŵr ei ben, a golwg o banig llwyr ar ei wyneb. 'Ysbryd… Hen ddynes… yn fy nghwpwrdd dillad i!' A gyda hynny, rhedodd y gŵr i lawr y stryd, a'i wallt nyth brain yn chwifio o gwmpas ei ben. Rholiodd Hilda'i llygaid cyn ailddechrau ar ei thaith i'r ysgol. Doedd hen ddynes, ysbryd neu beidio, ddim yn swnio'n ddychrynllyd iawn iddi hi.

Erbyn deng munud wedi naw, roedd Tom yn difaru iddo fynd i'r ysgol o gwbl. Roedd hi'n ymddangos mai dim ond llond llaw o rieni oedd yn meddwl ei bod hi'n briodol i anfon eu plant i'r ysgol ar ddiwrnod fel heddiw. Eisteddai'r pymtheg disgybl a ddaeth i'r ysgol yn y neuadd, yn aros i glywed a gaen nhw fynd adref.

Ychydig resi o flaen Tom, cododd Hilda ei llaw, gan ochneidio'n uchel. Roedd Hilda yn nosbarth Tom, ac roedd un peth yn sicr: hi oedd yr orau am gwyno yn yr holl ysgol. Edrychai'r rhan fwyaf o'r disgyblion yn ofnus, fel petaen nhw'n disgwyl i un o'r ysbrydion neidio arnynt o blith y cadeiriau. Ond nid Hilda. Edrychai hi fel petai'r holl sefyllfa'n mynd dan ei chroen.

'Ie?' gofynnodd Miss James, gan edrych ar Hilda. Dim ond pedwar athro oedd wedi ymddangos yn Ysgol Tywyn y diwrnod hwnnw, a'r pedwar yn edrych fel petaen nhw'n difaru iddynt ddod i'r gwaith o gwbl. Roedd Miss James yn ddynes fach, eiddil, a oedd yn annwyl iawn ond heb syniad yn y byd sut roedd rheoli dosbarth. Byddai ei gwersi Cymraeg yn llanast llwyr, a'r disgyblion yn treulio'u hamser yn sgwrsio a chadw reiat. Roedd Tom a'i ffrindiau wrth eu bodd yng ngwersi Miss James – amser egwyl ychwanegol iddyn nhw, ac mi fedren nhw wneud twrw a thynnu ar y merched heb gael gormod o ffrae.

'Gawn ni fynd adre, Miss?' gofynnodd Hilda. 'Does 'na ddim pwynt i ni aros yma, nac oes... gan fod pawb arall wedi aros adre.'

Ysgydwodd Miss James ei phen yn nerfus. 'Mae'r brifathrawes yn trio penderfynu beth i'w wneud. Fyddwn ni ddim yn hir, rŵan.'

Ochneidiodd Hilda ac ysgydwodd ei phen, gan wneud i'r cyrls cringoch grynu'n ysgafn.

Eisteddai brodyr Tom yng nghefn y neuadd, wrth eu bodd nad oedd unrhyw wersi i darfu ar eu hwyl. Roedd Wil a Waldo, yr efeilliaid hynaf, yn tynnu lluniau mewn hen lyfr nodiadau, ac yn chwerthin ar eu campweithiau, ac roedd Cai a Cian, yr efeilliaid iau, bron â thorri eu boliau yn chwerthin wrth ddynwared ysbrydion. Digiodd Tom wrth feddwl am ei ffrindiau, pob un wedi aros adref a'i adael o ar ei ben ei hun. Roedd criw mawr ohonyn nhw, a gwyddai Tom y bydden nhw'n cael amser grêt yn herian a thynnu coes. Doedd o ddim wedi arfer bod ar ei ben ei hun, a theimlai'n wirion yn eistedd yng nghanol y neuadd heb unrhyw un i siarad ag o. Rhoddodd Tom ei draed i orffwys ar gefn y gadair o'i flaen, ei wyneb yn ddig a blin.

Dim ond tri disgybl o flwyddyn naw oedd wedi dod i'r ysgol: Tom, Hilda, a Hywel. Edrychodd Tom draw at Hywel, a eisteddai ar y pen yn rhes flaen y neuadd. Yn wahanol i Tom a Hilda a fyddai, fel arfer, ynghanol criw mawr o ffrindiau roedd Hywel yn aml ar ei ben ei hun, yn rhoi ei holl sylw i'w waith ysgol. Roedd yn un o'r bechgyn hynny a ymddangosai fel pe bai'n diflannu i'r cefndir rywsut, heb fod unrhyw un yn sylwi arno. Doedd o byth yn gwylltio, byth yn anghofio'i waith cartref, byth yn ymuno mewn gêm o bêl-droed yn ystod yr egwyl neu'r awr ginio. Rhyfeddodd Tom wrth sylweddoli cyn lleied roedd o'n adnabod Hywel, er i'r ddau fod yn yr un dosbarth ers tair blynedd.

Agorodd drws y neuadd, ac edrychodd Miss James draw mewn braw tan iddi weld mai dim ond siâp cyfarwydd Mrs Lloyd, y brifathrawes, a oedd yn dod i ymuno â nhw.

'Newyddion drwg, mae arna i ofn.' Rhedodd Mrs Lloyd ei bysedd drwy ei gwallt byr. Suddodd calon Tom. Doedd bosib eu bod nhw'n mynd i'w gadw fo yn yr ysgol drwy'r dydd? 'Mi fydd yn rhaid i chi fynd adre. Does 'na fawr o bwynt i'ch cadw chi yma a naw deg pump y cant o'r plant wedi aros adre.'

Doedd Mrs Lloyd ddim yn edrych yn hapus o gwbl, ond clywai Tom ei frodyr yn rhoi bloedd o lawenydd yng nghefn y neuadd.

'*Plis,* byddwch yn ofalus ar eich ffordd adref,' erfyniodd Miss James gan grychu ei thalcen mewn poen. 'Tydan ni ddim am i unrhyw beth ddigwydd i chi.'

Cafodd Miss James druan ei hanwybyddu'n llwyr wrth i'r disgyblion godi ar eu traed a chodi eu bagiau ar eu cefnau.

Cerddodd Tom yn araf tuag at ei beg i nôl ei siaced, gan ystyried beth i'w wneud nesaf. Doedd o ddim am fynd adref i dreulio'r dydd dan draed ei fam, yn gwylio ysbrydion ar y teledu. Mi allai o fynd i gartref un o'i ffrindiau i weld a oedd y rheiny am ddod allan, ond roedd o'n amau a gaen nhw ddod gan fod eu mamau nhw wedi eu cadw adre o'r ysgol.

Clywodd sŵn o'r tu ôl iddo, a throdd yn gyflym cyn rhoi ochenaid o ryddhad. Gwenodd Hilda'n filain arno.

'Oeddat ti'n meddwl mai ysbryd o'n i?' gofynnodd, wrth ei bodd ei bod hi wedi codi ofn arno.

'Nag o'n i!' Gwgodd Tom arni, gan gasáu ei hun am fod mor nerfus. 'Tydw i ddim yn coelio yn yr hen lol ysbrydion yma, beth bynnag.'

'Nag wyt, wrth gwrs,' atebodd Hilda'n goeglyd wrth dynnu ei siaced denim amdani. 'Y cwmnïau teledu sy'n tynnu ein coes ni. A'r cwmnïau radio. A'r holl bobol sy'n taeru iddyn nhw weld ysbrydion yn eu cartrefi.'

'Wel, be rwyt ti'n wybod?' gwylltiodd Tom. 'Wyt ti 'di *gweld* un o'r ysbrydion yma?'

'Nac ydw,' cyfaddefodd Hilda. 'Ond dwi'n bwriadu gwneud.'

'Be?'

'Rŵan hyn,' atebodd Hilda'n bendant. 'Mae'n rhaid bod 'na ysbryd yn y dre 'ma'n rhywle, a dwi'n bwriadu dod o hyd iddo fo.'

Ysgydwodd Tom ei ben, er ei fod o'n meddwl mewn gwirionedd bod syniad Hilda'n un penigamp. 'Felly rwyt ti am fynd o ddrws i ddrws yn gofyn oes ganddyn nhw ysbryd y medri di gael cip arno? Boncyrs!'

Ochneidiodd Hilda, ond gwelodd Tom fod ei eiriau wedi gwneud iddi betruso.

'Mi ddo i efo ti, os 'di hynny'n iawn.'

Daeth llais o'r tu ôl i Tom, a throdd i weld Hywel yn sefyll yno. Cafodd syndod fod y bachgen wedi tarfu ar sgwrs nad oedd yn ymwneud ag o, ac eto, fedra fo ddim bod yn ddig.

Edrychai Hilda fel petai wedi ei synnu hefyd, ond rhoddodd wên fach i Hywel, a nodio. 'Cei, siŵr.' Trodd y ddau, a dechrau cydgerddded i lawr y coridor i gyfeiriad drws yr ysgol.

'A finna hefyd.'

Dilynodd Tom, gan geisio osgoi swnio'n rhy awyddus. Er nad oedd ganddo fawr i'w ddweud wrth Hywel na Hilda, mi fyddai wrth ei fodd yn cael dweud wrth ei ffrindiau iddo weld ysbryd go iawn.

'Dwi ddim yn meddwl,' atebodd Hilda heb edrych yn ôl. 'Wedi'r cyfan, dwyt ti ddim yn coelio mewn ysbrydion, wyt ti?'

Gwyddai Tom na fyddai Hilda'n awyddus i dreulio mwy o amser yn ei gwmni, ond wyddai hi ddim fod ganddo wybodaeth werthfawr. Roedd o'n cofio'r sgwrs a gafodd ei rieni dros frecwast y bore hwnnw.

'Ond dwi'n gwybod yn lle mae'r ysbrydion!'

Stopiodd Hilda a Hywel, a throdd y ddau i edrych arno. Cododd Hilda un ael arno mewn amheuaeth. 'Yn lle?'

'Dilynwch fi!'

Wyddai Hywel ddim beth roedd o'n ei wneud. Doedd o ddim yn ffrindiau gyda'r un o'r rhain, a phe bai o'n cael dewis dau o'i flwyddyn yn yr ysgol i dreulio bore gyda nhw, fyddai o ddim yn dewis Tom na Hilda. Roedd Hilda'n gegog ac yn uchel ei chloch, ac er nad oedd hi byth yn gas, doedd dim posib dod o hyd i gymeriad mwy gwahanol iddo ef na hi. Heblaw, efallai, am Tom. Roedd o'n llond llaw, ac yn arfer cadw twrw ynghanol ei griw o hogiau ac yn ateb yn ôl pan fyddai athro neu athrawes yn dweud y drefn wrtho. Roedd pob un o'i frodyr yr un fath ag o, yn cadw stŵr o hyd.

Cerddodd y tri i lawr y lôn gyda Tom yn arwain y ffordd. Trodd ei ben bob hyn a hyn i boeri ar lawr, a sgwariai ei ysgwyddau wrth gerdded. Wrth wylio Tom yn gwneud sioe fawr o gerdded o un pen y stryd i'r llall twt-twtiodd Hilda.

'Mae'r hogyn yn edrych yn hollol dwp,' meddai Hilda'n ddirmygus. 'I be mae o'n poeri fel 'na?'

Nid atebodd Hywel. Doedd ganddo ddim diddordeb mewn dweud pethau cas am Tom, er ei fod o'n cytuno'n llwyr â Hilda.

'Does ganddo fo ddim syniad beth i'w wneud ac yntau heb fod gyda'i griw o ffrindiau,' ychwanegodd Hilda. 'Mae o ar goll yn llwyr hebddyn nhw.'

Unwaith eto, arhosodd Hywel yn dawel. Roedd ei dad wedi dweud wrtho droeon mai dyna oedd orau os nad oedd ganddo unrhyw beth caredig i'w ddweud.

Bu tawelwch am ychydig, cyn i Hilda droi at Hywel. 'Dwyt ti ddim yn dweud rhyw lawer, wyt ti?'

Cododd Hywel ei ysgwyddau, a gwenu. Roedd hi'n wir ei fod o'n gwrando llawer mwy nag roedd o'n siarad, ac yn synhwyro'n gryf bod y rhan fwyaf o bobol yn gwastraffu geiriau. Credai fod Hilda yn esiampl berffaith o hyn. Byddai hi'n treulio llawer o'i hamser yn yr ysgol yn cwestiynu'r gwaith, neu'n sgwrsio â'i ffrindiau. Credai Hywel y byddai hi'n dysgu llawer mwy petai hi'n gwrando ar y bobol o'i chwmpas.

'Dewch!' cyfarthodd Tom yn ddiamynedd, gan aros am Hilda a Hywel y tu allan i'r siop-bob-dim a oedd, fel pob man arall, ar gau. Poerodd ar y pafin wrth iddynt agosáu.

'Wnei di roi'r gora i hynna!' cwynodd Hilda. 'Mae o'n afiach!'

'Iawn, *Nain,*' atebodd Tom yn goeglyd.

Er bod y dref wedi deffro rhyw fymryn ers iddynt gerdded i'r ysgol, roedd Tywyn yn dal i fod yn dawel iawn. Wrth gerdded ar hyd y stryd, pasiai'r tri ambell berson, a'r rheiny'n cerdded yn ofalus, fel petai sŵn eu traed yn beryg o ddeffro mwy o ysbrydion neu fwystfilod.

Pam ydw i yma? gofynnodd Hywel iddo'i hun yn ddistaw. Mi fyddwn i wedi gallu mynd yn syth adref, a threulio'r prynhawn yn fy stafell wely'n darllen. Doedd gan Hywel ddim blys ffurfio cyfeillgarwch â Hilda na Tom, a doedd ganddo ddim diddordeb mewn treulio mwy o amser nag y byddai'n rhaid gyda nhw chwaith. Ond roedd o'n ysu am gael gweld ysbryd neu fwystfil, ac os treulio amser yng nghwmni'r ddau yma oedd y gost, roedd o'n barod iawn i'w dioddef.

Roedd 'na rywbeth arall, hefyd. Gwelsai Hywel y dagrau ar ruddiau'r bobol ar y newyddion, a'r ofn ar wynebau ei athrawon. Gwyddai fod gormod o ofn ar drigolion y dref i adael eu cartrefi. Ond doedd ar Hywel ddim ofn. Doedd o ddim, fel rheol, yn fachgen dewr – roedd o'n casáu llygod mawr, nadroedd, mellt a tharanau, ac roedd o'n nerfus o orfod pasio criw o fechgyn milain yr olwg ar y stryd yn Nhywyn. Ond doedd clywed am yr ysbrydion ddim yn ddigon i wneud iddo dorri chwys, hyd yn oed. Roedd o'n chwilfrydig, wedi ei gyffroi, ond doedd dim mymryn o ofn yn ei galon.

Daeth y tri at yr eglwys, a sylwodd Hywel nad oedd Tom yn cerdded o'u blaenau rhagor, ond yn hytrach yn aros yn agos ato ef a Hilda. Wrth i Hywel ei wylio, gwelodd fod Tom yn llyncu'n nerfus bob ychydig eiliadau. Wel, wel, meddyliodd Hywel wrth i wên fach ledu dros ei wyneb. Doedd bosib bod Tom, un o fechgyn caletaf blwyddyn naw, yn ofnus?

'Plis paid â deud bod yr ysbryd yma ym mynwent yr eglwys,' torrodd Hilda ar y tawelwch. 'Mi fyddai hynny'n rhy amlwg.' Ysgydwodd Tom ei ben, ac arweiniodd y ffordd ar hyd y pafin. Pan ddaeth i gornel y stryd, stopiodd yn stond a phwyntio.

Safai'r adeilad mawr lliw hufen yn urddasol ar y stryd. Sinema Tywyn. Roedd Hywel wedi bod yno ganwaith, ond doedd o erioed cyn heddiw wedi teimlo'r ias o gyffro a grwydrodd i lawr ei asgwrn cefn.

Pennod 3

LLYNCODD HILDA EI phoer, gan drio anwybyddu'r teimlad o ofn a ddechreuodd gronni yn ei bol. Roedd y peth yn hollol ddwl, ceisiodd resymu â hi ei hun. Roedd hi'n pasio'r sinema yn Nhywyn bron bob dydd, a byddai'n mynd i mewn yn aml i wylio ffilm heb feddwl ddwywaith am y peth.

Ond *roedd* pethau'n wahanol heddiw, heb os nac oni bai. Er ei bod hi'n ddiwrnod mwyn, roedd rhywbeth iasol am awyrgylch y dref, ac edrychai cysgodion yr adeiladau'n dywyll a sinistr. Ac oedd, roedd adeilad syml y sinema fel petai'n llawn drygioni a chyfrinachau.

Wrth i'r tri sefyll o flaen yr adeilad, yn syllu'n fud arno, trodd Tom i boeri ar y pafin gan adael cylchoedd bach o boer gloyw yn disgleirio ar hyd y palmentydd. Trwy ei hofn, cododd ton o dymer o grombil Hilda, fel y byddai'n digwydd bob tro y gwelai Tom neu un arall o'i griw di-lun yn gwneud y fath beth. Roedd o'n hen arferiad afiach, yn ei barn hi. Fedrai Hilda ddim gweld pwynt i'r peth o gwbl. Oedd yr hogiau 'ma'n cynhyrchu gormod o boer? Oedd rhywbeth o'i le ar eu cyrn gwddw a olygai na allen nhw lyncu'r poer? Nag oedd siŵr! Digywilydd oedden nhw, pob un wan jac.

'Mae gan gi bach Nain fwy o fanars na ti,' meddai Hilda, gan glywed yr atgasedd a'r gwenwyn yn ei llais ei hun. 'Ac mae hwnnw'n gwneud ei bi-pi dros lawr y gegin.' Gwyddai'n iawn ei bod hi'n gas, a doedd dim ots ganddi o gwbl – roedd Tom yn un o'r bechgyn mwyaf twp a di-ddim iddi gwrdd ag o erioed.

Roedd Hywel, ar y llaw arall, yn hollol wahanol. Yn dawel a gweithgar, doedd Hilda ddim wedi talu fawr o sylw iddo erioed, heblaw nodi nad oedd ganddo ffrindiau na gelynion.

Na, meddyliodd Hilda, gan dynnu ei gwallt coch cyrliog yn ôl yn gwlwm ar gefn ei phen, doedd o ddim yn wir nad oedd hi wedi talu fawr o sylw iddo. Fyddai hi ddim yn siarad ag o yn yr ysgol, roedd hynny'n ddigon gwir, ond mi fyddai'n meddwl amdano ambell dro, yn ei wylio o gornel ei llygad yn y dosbarth neu yn y ffreutur. Doedd o byth yn *edrych* yn drist, ac roedd hynny'n achosi penbleth mawr i Hilda.

Bellach, roedd bron i ddwy flynedd wedi gwibio heibio ers i Miss Lloyd ddod i mewn i'w dosbarth cofrestru a golwg dorcalonnus ar ei hwyneb. Roedd hi wedi esbonio, yr adeg honno, sut roedd Hywel Huws wedi colli ei fam yn gynnar y bore hwnnw. Cofiodd Hilda'r tawelwch a ddilynodd y cyhoeddiad, tawelwch a deimlai'n drwm, rywsut. Trodd ei phen i edrych ar y gadair wag ble'r arferai Hywel eistedd ym mlaen y dosbarth, fel petai'n disgwyl i'r bachgen eiddil ymddangos yno unrhyw eiliad. Esboniodd Miss Lloyd y byddai Hywel yn dychwelyd i'r ysgol ymhen wythnos neu ddwy, ac y byddai gofyn i bawb fod yn sensitif iawn wrth ymwneud ag o.

Wyddai Hilda ddim ai sensitif oedd y gair, ond roedd pawb wedi trin Hywel yn wahanol iawn pan ddaeth o 'nôl i'r ysgol. Yn sydyn iawn, teimlai pawb yn ymwybodol iawn o'r bachgen a fu'n anweledig iddyn nhw cyn hynny. Gwyliai pawb o wrth iddo symud o ddosbarth i ddosbarth, yn bwyta'i ginio, ac wrth iddo ddarllen ei lyfrau yn ystod yr amser egwyl. Craffai pawb arno wrth chwilio am arwyddion o dristwch neu alar. Er mawr siom i bawb, parhaodd Hywel i fod yr un mor dawel ac anniddorol ag erioed, a buan yr anghofiodd y disgyblion iddo fod o ddiddordeb iddyn nhw o gwbl.

'Dwi am fynd i mewn,' torrodd Hywel ar lif atgofion Hilda, a dechreuodd gerdded yn araf tuag at y sinema. 'Os ydi o ar agor, wrth gwrs.'

'Finna hefyd,' sgwariodd Tom, gan drio ymddwyn yn ddewr. Rholiodd Hilda'i llygaid, cyn dilyn y ddau dros y lôn. Be yn y byd roedd hi'n wneud efo'r ddau yma?

O'r tu allan, edrychai'r sinema yr un fath ag arfer, y drws ynghau a phoster yn hysbysebu'r ffilm ddiweddaraf yn y ffenest. Doedd y gwydr yn y drysau'n datgelu dim, heblaw'r tywyllwch oddi mewn.

'Does 'na neb yna,' ysgydwodd Hilda'i phen yn bendant. 'Mae'r goleuadau wedi eu diffodd.

'Thic!' Trodd Tom i'w hwynebu, a'i lygaid yn llawn dirmyg. 'Mae pawb yn gwybod nad oes gan ysbrydion ofn tywyllwch. Tydyn nhw ddim yn mynd i roi'r gola i gyd ymlaen, ydyn nhw?'

'*Fi* yn thic!' Methodd Hilda ymatal rhag ymateb yn biwis.

Gwthiodd Hywel gledr ei law yn erbyn y drws, ac, er mawr syndod i bawb, nid oedd ar glo. Trodd i wynebu Hilda a Tom gyda gwên lydan ar ei wyneb. 'Sbïwch! Mi gawn ni fynd i mewn wedi'r cyfan!'

Doedd Tom ddim yn fodlon cyfaddef wrth unrhyw un, gan gynnwys ef ei hun, fod arno ofn. Roedd o wedi cysuro'i hun drwy lynu at eiriau ei dad y bore hwnnw: celwydd oedd yr holl lol ysbrydion yma.

Ond pam felly bod calon Tom yn drymio yn ei frest wrth feddwl am gamu dros drothwy'r sinema? Roedd Hywel, ac yntau'n ymddangos yn dipyn o linyn trôns, yn edrych fel petai o'n torri ei fol eisiau mynd i mewn, a doedd Hilda ddim yn ymddangos fel petai'n rhy betrus am y peth, chwaith. Ac eto, roedd ef ei hun yn nerfus ac yn ofnus, ac yntau'n un o hogia caletaf ei flwyddyn.

Doedd dim byd amdani ond eu dilyn, meddyliodd Tom wrth wylio Hywel a Hilda'n camu i mewn i dywyllwch y sinema. Byddai'n rhaid iddo yntau barhau efo'r helfa ysbrydion yma, os nad oedd o am edrych yn llwfr. Llyncodd Tom ei ofnau cyn camu i mewn i dywyllwch y sinema.

Er bod Tom mor gyfarwydd â'r lle, ymddangosai sinema Tywyn yn hollol wahanol. Fel arfer, roedd wynebau caredig y tu ôl i'r ffenestr dalu, ond dim ond tawelwch, ac adlewyrchiad ei wyneb ei hun oedd yn y gwydr heddiw. Sylwodd Tom mor welw yr edrychai. Gwgodd arno ef ei hun, gan wneud ei orau i drio edrych fel pe na bai ots ganddo fod mewn adeilad yn llawn bwystfilod ac ysbrydion. Aeth ar ôl Hilda a Hywel drwy'r drysau mawr gwydr i'r siop fach a werthai da-das, pop a phop corn cyn i'r ffilmiau ddechrau. Heb y goleuadau tlws a arferai oleuo'r pacedi a photeli lliwgar, edrychai'r lle'n llwyd a digroeso.

'Mae hi'n dawel yma,' meddai Hywel yn isel, gan edrych o'i gwmpas. Prin y byddai Tom yn sylwi ar y gerddoriaeth a gâi ei chwarae yn y sinema cyn y ffilmiau, ond ysai am ei chlywed heddiw.

'Mae hi'n amlwg nad oes neb yma,' meddai Tom, gan drio cadw'i lais yn isel. 'Waeth i ni fynd o'ma rŵan ddim.'

Trodd Hilda i'w wynebu, a gwên fawr fuddugoliaethus ar ei hwyneb. 'Wel, wel! Does arnat ti ddim ofn, oes 'na Tom?'

Gwgodd Tom arni. 'Nac oes! Ond mae'n amlwg, tydi – mi fyddai yna dwrw mawr yma tasa 'na fwystfil neu ysbryd o gwmpas y lle...'

Roedd yr amseru'n berffaith. Ar yr union eiliad y gorffennodd Tom siarad, daeth sŵn ysgafn o'r to uwch eu pennau, ac edrychodd y tri i fyny, gan glustfeinio. Daeth y sŵn eto, yn dawel ond yn rheolaidd, a theimlodd Tom ei lwnc yn tynhau wrth iddo ddychmygu pa fath o greadur dychrynllyd a allai fod yn gwneud y sŵn.

'Sŵn traed ydi o,' sibrydodd Hywel, gyda chyffro'n gloywi ei lygaid. Bron na allai Tom gredu diffyg ofn y bachgen di-nod o'i ddosbarth. 'Ac maen nhw'n dod i lawr y grisiau.'

Roedd Hywel yn iawn. Ar ôl i'r sŵn traed symud o un pen i'r balconi i'r llall, deuai'r sŵn o'r grisiau a arweiniai'n syth at y fan lle safai'r tri. Troellodd dychymyg Tom wrth iddo feddwl am yr hyn oedd ar fin ymddangos ar ben y grisiau. Ysbryd oedd yn ei feddwl, ysbryd dynes dlws mewn hen ffrog briodas garpiog, a chrafangau miniog yn ymestyn tuag ato. Bron na allai glywed siffrwd ei ffrog sidan ar y grisiau...

Pan ymddangosodd y gŵr ifanc ar y grisiau, ochneidiodd Tom mor uchel fel y daeth y sŵn o'i geg fel hanner gwaedd. Dyma'r dyn a arferai eistedd y tu ôl i'r ffenestr wydr, a gymerai bres gan bawb oedd am weld ffilm. Doedd Tom ddim yn siŵr o'i enw, na lle roedd o'n byw, ond roedd o'n ei adnabod yn ddigon da i wybod nad ysbryd na bwystfil mohono.

'Ydach chi'n iawn?' gofynnodd Hywel i'r gŵr wedi iddo sylwi ar yr olwg ofnus yn ei lygaid. Brysiodd yntau i lawr at y tri, gan ysgwyd ei ben. Edrychai fel petai wedi ei ysgwyd yn ormod i allu siarad, hyd yn oed.

'Roeddan ni'n meddwl mai ysbryd oeddach chi!' ebychodd Hilda gan roi gwên fach i'r dyn. Sylwodd Tom gyda phleser ei bod hithau'n edrych yn ddigon nerfus erbyn hyn, ar ôl cael ei dychryn gan y sŵn traed.

Ysgydwodd y dyn ei ben. 'Dim ysbryd. Does dim ysbryd yma.'

Roedd y rhyddhad a olchodd fel cawod dros gorff Tom cyn gryfed â'r ofn oedd yno eiliadau ynghynt, ac o fewn dim dychwelodd ei hyder. 'Mi ddeudish i, yn do. Celwydda ydi'r holl fusnes ysbrydion a bwystfilod yma...'

'Mae o gymaint gwaeth na hynny...' parhaodd y dyn, fel petai o heb glywed geiriau Tom o gwbl. 'Mae hwn yn... wel... yn anghenfil.' Ochneidiodd fel petai'n methu â chredu'r peth ei hun. 'Welais i erioed y ffasiwn beth yn fy mywyd. Mae'n rhaid mod i'n colli fy iawn bwyll...'

Fe deimlai Hywel i'w fywyd fod yn llwyd a di-ddim tan yr eiliad honno pan glywodd gŵr y sinema yn yngan y gair 'anghenfil'. Gyda hynny, teimlai Hywel fel petai wedi ei daro gan fellten, yn llawn trydan, egni a chyffro. Gwyddai fod Hilda'n betrus, a bod Tom, y tu ôl i'w act o fod yn hogyn caled a dewr, yn ofni am ei fywyd. Ond nid felly Hywel. Gwyddai y dylai fod yn ofnus, ac yntau mewn sefyllfa mor ansicr a pheryglus, ond yr hyn y medrai o'i deimlo oedd chwilfrydedd a chyffro wrth glywed am y bwystfil yn yr ystafell nesaf.

'Ydi o ar y balconi?' gofynnodd Hilda'n gryg.

Ysgydwodd y gŵr ei ben. 'Mynd yno i gael golwg arno fo wnes i. Mae o i lawr y grisiau, wrth y sgrin. Dwn i ddim beth i'w wneud. Dwi wedi trio ffonio'r heddlu, ond mae 'na alw mawr ar y rheiny dros bob man heddiw, a dyn a ŵyr pryd y cân nhw gyfle i alw yma.' Edrychodd y gŵr arnynt mewn anobaith llwyr. 'Tydw i ddim yn meddwl y medran nhw wneud dim am y peth, beth bynnag.'

Dechreuodd Hywel ddringo'r grisiau, yn awyddus i weld y bwystfil.

'I ble rwyt ti'n mynd?' gofynnodd y gŵr mewn syndod.

Trodd Hywel i'w wynebu. 'Dwi am fynd i gael cip arno fo, os ydi hynny'n iawn efo chi.'

Ysgydwodd y gŵr ei ben, fel petai'n methu'n lan â deall pam y byddai Hywel eisiau gwneud y ffasiwn beth. 'Gwnewch chi beth liciwch chi.'

Nodiodd Hilda'n betrus cyn ymuno â Hywel ar y grisiau. Edrychodd y ddau ar Tom yn ddisgwylgar. Nodiodd hwnnw hefyd, gan osod ei geg mewn llinell dynn benderfynol, er nad oedd hynny'n ddigon i guddio'r arswyd ar ei wyneb.

Dringodd y tri'r grisiau mewn tawelwch, a Hywel yn arwain y ffordd i'r balconi tywyll. Ceisiodd ddychmygu sut fath o fwystfil fyddai yno. Doedd y gŵr a weithiai yn y sinema ddim wedi rhoi unrhyw gliw, a rhyfeddai Hywel at y tawelwch. Onid oedd bwystfilod i fod rhuo a chadw twrw?

Wedi i'r tri gyrraedd pen y grisiau, suddodd Hywel i'w liniau a chropian at y tu blaen. Fyddai'r bwystfil ddim yn medru eu gweld y tu ôl i'r pren trwchus a oedd ar flaen y balconi. Wedi i'r tri gyrraedd eu cuddfan yn y fan honno, cododd Hywel ei ben rhyw fymryn, fel bod ei lygaid yn medru gweld dros y balconi i lawr at y sgrin.

Welsai Hywel ddim byd tebyg erioed o'r blaen. Roedd y creadur o'i flaen yn fwy anhygoel nag unrhyw beth a welsai Hywel ar sgrin y sinema mewn ffilm.

Eisteddai'r bwystfil ar flaen y llwyfan, ac un o'i goesau blonegog gwyn yn ymestyn am y llawr, a'r llall yn gorffwys ar ei ben-glin. Roedd golwg ar ei wyneb hyll fel petai'n canolbwyntio'n llwyr ar bigo ewinedd ei draed â'i fysedd tewion. Rhwygodd ben y gewin i ffwrdd a'i gnoi'n awchus, fel petai'n un o'r danteithfwydydd mwyaf blasus erioed.

Roedd y bwystfil yn ffiaidd o hyll. Roedd yn hollol foel, a chrachod mawr gwynion ar ei gorun a gormodedd o gnawd blonegog yn hongian ar ei gorff. Ond ei wyneb oedd yn goron ar ei hylltra. Roedd ei drwyn yn fain ac yn hir, ei geg yn gam a'i wefusau tew yn binc a gwlyb fel mwydod enfawr. Bychan iawn oedd ei lygaid, fel dwy farblen dywyll bob ochr i'w drwyn.

Dyma'r peth gorau a welais i erioed, meddyliodd Hywel yn llawen. Syllodd Hilda'n syn a chegagored ar y bwystfil. Methai Hywel â thynnu'r wên lydan oddi ar ei wyneb. Bwystfil go iawn yn ei dref o! Roedd y peth yn anhygoel!

Llyncodd y bwystfil un arall o ewinedd ei draed, cyn agor ei geg a thorri gwynt yn swnllyd. Gwelodd Hywel fod Hilda, hyd yn oed trwy ei hofn, yn ysgwyd ei phen mewn ffieidd-dra.

'Reit, 'ta,' llyncodd Tom ei boer, heb dynnu ei lygaid oddi ar y bwystfil. 'Awê, ia?'

Anwybyddodd Hywel a Hilda ei eiriau'n llwyr, a sibrydodd Hilda'n dawel. 'Mae o'n edrych fel rhyw fath o gawr.'

'Nid cawr ydi hwnna,' atebodd Hywel yn bendant, ei lygaid yn disgleirio. 'Leiac ydi o. Ac mi dwi'n gwybod sut mae cael ei wared o.'

Pennod 4

SAFAI HILDA YN ymyl siop da-das y sinema, yn syllu mewn syndod ar Hywel yn siarad â'r gŵr oedd piau'r lle. Roedd deffro i ganfod bod y byd yn llawn ysbrydion a bwystfilod wedi bod yn ddigon o ysgytwad am un diwrnod. Eto i gyd, wrth wylio Hywel yn sgwrsio'n frwd â gŵr y sinema, credai fod y trawsnewidiad ynddo fe o fod yn fachgen tawel, llwydaidd yn fwy o syndod byth.

'Leiac,' meddai Hywel wrth ŵr y sinema gan nodio'n wybodus. 'Bwystfilod moel a hyll, yn ddiog, ond yn beryglus ac mae ganddyn nhw awch am waed.'

Lledodd llygaid y dyn mewn braw. 'Gwaed? Haleliwia!'

'Sut rwyt ti'n gwybod hyn i gyd?' gofynnodd Hilda i Hywel. Doedd hi erioed wedi clywed am y Leiac, ac roedd hi'n cyfri ei hun yn ferch ddeallus iawn. Wyddai hi ddim sut yn y byd y gwyddai Hywel gymaint yn fwy na hi. Bu'n rhaid iddi lyncu ei heiddigedd er mwyn ei guddio.

'Darllen amdano mewn llyfr wnes i,' atebodd Hywel. 'Dwi'n *siŵr* mai dyna ydi o. Mae o'n union fel roedd y llyfr yn ei ddisgrifio.'

'Wel, dyna ni 'ta,' meddai gŵr y sinema, gan ysgwyd ei ben yn anobeithiol. 'Os ydi'r bwystfil yma'n beryglus, does gen i ddim dewis. Mi fydd yn rhaid cau sinema Tywyn.'

'Arhoswch funud,' ebe Hywel. 'Dwi ddim am godi'ch gobeithion chi, ond roedd o'n disgrifio yn y llyfr sut y gellir cael gwared arnyn nhw.'

Wedi clywed ei ochenaid uchel, trodd pawb i edrych ar Tom

yn ddiamynedd. 'Tydi o'n ddim byd i wneud efo ni! Mond dod yma i weld y bwystfil wnes i, a dwi wedi'i weld o rŵan!'

'Plis,' erfyniodd gŵr y sinema. 'Cyn i chi fynd, dwedwch wrtha i be mae'r llyfr yn ei ddweud ynglŷn â chael gwared â'r Leiac. Beth bynnag sy'n rhaid ei wneud, mi wna i geisio… Fydd dim rhaid i chi roi'ch hunan mewn peryg.'

Wfftiodd Hywel, ac ysgwyd ei ben. 'Mi geith Tom fynd os mai dyna mae o am wneud, ond dwi am aros i helpu. Dwi'n ysu am gael gweld ydi'r llyfr s'gin i adre'n disgrifio'n gywir sut mae cael gwared â'r Leiac.'

Ochneidiodd Tom a theimlai Hilda'r dicter tuag ato'n ffrwtian yng nghrombil ei stumog. Mi fyddai Tom yn tynnu'n groes ym mhob un sefyllfa, ac roedd hi'n hollol amlwg i bawb ei fod o'n ysu am gael dianc.

'Mi arhosa inna hefyd,' meddai, gan daflu cip piwis i gyfeiriad Tom. 'Gan mai dyna'r peth iawn i'w wneud, ynte.'

Gwgodd Tom arni.

'Diolch i chi,' meddai gŵr y sinema gan roi gwên fach wan. 'Diolch yn fawr. Rŵan, efallai y medrwch chi ddisgrifio sut mae cael gwared â'r Lec… Y Lea…'

'Leiac,' meddai Hywel yn awdurdodol. 'Wel, yn ôl y llyfr, yr unig ffordd o gael gwared arnyn nhw ydi dangos eu hadlewyrchiad eu hunain iddyn nhw.'

Bu tawelwch am ychydig eiliadau wrth i'r tri ystyried hyn.

'Mewn drych, wyt ti'n feddwl?' holodd Hilda.

Doedd hynny ddim yn swnio'n sialens rhy enfawr. Roedd hi wedi disgwyl rhyw dasg yn cynnwys degau o gynhwysion od, cleddyf aur neu ddau efallai. Roedd clywed hyn yn fymryn o siom iddi.

'Tydw i ddim yn dallt,' ebe Tom yn gymysglyd. 'Sut mae gweld ei wyneb ei hun yn mynd i gael gwared arno fo?'

'Mae hynny'n amlwg, 'tydi.' Rholiodd Hilda'i llygaid, fel petai'n methu â choelio mor dwp oedd Tom. 'Welist ti mor hyll ydi o. ''Swn inna'n ei heglu hi'n bell oddi wrth unrhyw ddrych 'tasa gen i wyneb fel hwnna.'

'Wel, i ddweud y gwir yn onest, Hilda…' dechreuodd Tom yn goeglyd.

'Cau dy geg!' rhybuddiodd Hilda, ac ufuddhaodd Tom gan wenu.

'Mae hynny'n swnio'n ddigon hawdd,' meddai gŵr y sinema'n obeithiol. 'Mae 'na ddrychau yn y tai bach. Os medrwn ni gael y Leiac i mewn i fan'no…'

'Hmmm,' synfyfyriodd Hywel yn feddylgar. 'Dwn i ddim a wnaiff hynny weithio. Mae'r Leiac yr un taldra â bws, ac mae'r drysau i'r tai bach yn reit fychan. Heb sôn am y drychau eu hunain. Beryg na fyddai o'n gweld fawr mwy nag adlewyrchiad o'i fys bach ynddyn nhw.'

Nodiodd Hilda. 'Byddai mwy o siawns gyda ni efo clamp o ddrych mawr. Ac mi fydd yn rhaid i rywun fynd â'r drych i mewn i'r sinema ato fo. Bydd honna'n goblyn o joban beryg.'

Neidiodd Tom ar ei draed wrth glywed hyn, a'i heglu hi am y drws. Cyn i unrhyw un gael cyfle i ddweud gair, roedd o wedi diflannu allan i'r stryd, ei hwdi yn dynn dros ei ben.

Ysgydwodd Hilda ei phen. 'Llwfrgi!' ebychodd yn atgas ar ei ôl.

Trodd Tom i boeri wrth iddo frysio ar hyd y palmentydd tuag adref. Roedd o'n gandryll. Yr hen jadan Hilda 'na… Wastad yn meddwl ei bod hi'n well na phawb arall, yn edrych i lawr arno fo a'i ffrindiau. Hen snob biwis oedd hi!

Doedd Hywel fawr gwell. Doedd Tom ddim wedi meddwl rhyw lawer amdano cyn heddiw, ond erbyn hyn roedd o'r farn bod Hywel yn ben bach a gredai ei fod o'n gwybod y cwbl. Y ffordd roedd o wedi brysio i fyny i'r balconi i gael gweld y bwystfil! Ac roedd Tom wedi gweld y wên a oleuodd ei wyneb pan welodd o'r Leiac am y tro cyntaf... Doedd y peth ddim yn normal.

Os Leiac oedd y bwystfil, wrth gwrs. Roedd Tom yn llawn amheuon am hynny. Swniai'r holl beth yn annhebygol iawn – bod Hywel yn digwydd bod yn berchen ar lyfr a soniai am yr union fwystfil a oedd yn awr wedi ymgartrefu yn sinema Tywyn. Na, mae'n siŵr mai Hywel oedd wedi dyfeisio'r stori i edrych yn glyfar.

Roedd strydoedd Tywyn yn dal heb y prysurdeb arferol a chyrhaeddodd Tom ei gartref mewn llai na phum munud. Yn wahanol i'r arfer, roedd y tŷ yn dawel, a daeth o hyd i'w fam yn y gegin yn chwysu dros lond sinc o lestri budron.

'S'mae, 'ngwas i?' gwenodd ar ei mab. 'Ro'n i'n dechrau meddwl i ble est ti. Mi ddaeth dy frodyr di adre'n syth o'r ysgol, wrth eu bodd bod y lle wedi cau. Ew annwyl, roedd 'na sŵn ganddyn nhw!'

'Lle maen nhw rŵan?' holodd Tom.

'Wedi mynd allan i rywle, i hel dryga mae'n siŵr.' Ysgydwodd ei phen. 'Gobeithio'u bod nhw'n bihafio, heddiw o bob dydd. Mae pobol wedi ypsetio'n lân yn barod efo'r holl fusnes ysbrydion 'na, heb gael y pedwar yna'n eu herian nhw.'

'Dwi am fynd allan.'

Llygadodd mam Tom ei mab yn amheus wrth dynnu clwtyn dros fowlen fudr. 'Bihafia ditha hefyd, Tom. Paid â chwara'n wirion wrth drio cadw wyneb efo'r hen ffrindia 'na s'gin ti.'

Aeth Tom i'r ystafell ymolchi, ac wrth olchi ei ddwylo, syllodd ar ei adlewyrchiad yn y drych mawr hir ar y wal. Roedd o'n casáu'r olwg honno a roddai ei fam iddo pan fyddai'n sôn am ei ffrindiau – byddai'n ei lenwi â chywilydd ac euogrwydd. Roedd adroddiad diweddaraf Tom o'r ysgol wedi ei ddychryn hefyd, yn enwedig geiriau Miss James – 'Mi fyddai Tom yn gwneud yn llawer gwell pe bai o'n rhoi'r gorau i boeni am be mae ei gyfeillion yn meddwl ohono.'

Paid â meddwl am hynny, meddai Tom yn dawel wrtho'i hun. Roedd o'n edrych ymlaen at fynd i chwilio am ei ffrindiau, a dweud wrthyn nhw ei fod o wedi dod wyneb yn wyneb â bwystfil – ei fod o wedi bod yn ddigon dewr i fynd i chwilio am fwystfil. Mi fydden nhw wrth eu bodd.

Ond, rhywsut, doedd o ddim mor falch ohono'i hun ag roedd o wedi disgwyl. Pigai ei gydwybod, a gwyddai na fyddai'n medru mwynhau sôn wrth ei ffrindiau am y bwystfil ac yntau'n gwybod iddo ddianc o'r sinema, yn llwfrgi â'i gwt rhwng ei goesau.

Ochneidiodd Tom, a gwgodd ar ei adlewyrchiad yn y drych. Bai Hilda oedd hyn i gyd! Roedd hi wedi gwneud iddo deimlo fel petai o'n beth hollol naturiol i aros a chwffio'r hen fwystfil yna, i roi ei fywyd mewn perygl er mwyn achub y sinema. Roedd y peth yn hollol ynfyd. Prin bod Tom a'i ffrindiau'n cael aros yno i weld ffilm gyfan, p'run bynnag. Caent eu hel adref am daflu pop corn neu gadw twrw. Trio bod yn glyfar oedd Hilda, trio achub y byd er mwyn cael clywed y clod a dderbyniai wedyn.

Ond er hyn, gwyddai Tom yn ei galon nad oedd ganddo ddewis. Roedd Hilda'n iawn wrth ddweud mai aros i helpu oedd y peth iawn i'w wneud. A beth bynnag, mi fyddai cael dweud wrth yr hogiau ei fod o wedi lladd bwystfil yn stori ganwaith gwell na gweld un.

Ymbalfalodd Tom, a thynnu'r drych oddi ar y wal, gan drio'i orau i fod yn dawel rhag i'w fam ei glywed.

Cafodd Hywel gryn sioc wrth weld Tom yn baglu drwy ddrysau'r sinema, gan ddal clamp o ddrych yn ei freichiau. Roedd Hywel wedi meddwl na welai o'r bachgen blin yr olwg am amser hir, ei fod o wedi dianc at ei ffrindiau i gael dangos ei hun am ei fod o wedi gweld bwystfil. Ond dyma fo, wedi dod â'r union beth roedd ei angen arnyn nhw, a golwg penderfynol ar ei wyneb hefyd.

'Wneith hwn?' gofynnodd Tom, gan osod y drych i orffwys yn erbyn y wal. Roedd y chwys yn diferu oddi arno wedi iddo'i gario yr holl ffordd o'i gartref.

'Perffaith,' meddai Hywel, gan fethu â chuddio'r syndod yn ei lais. Ciledrychodd ar Hilda, a edrychai mewn penbleth llwyr wedi i Tom ailymddangos. Sylwodd Tom ar hyn, hefyd, a gwenu'n fuddugoliaethus.

'Reit 'ta,' meddai gŵr y sinema'n nerfus. 'Dewch â'r drych 'na i mi.' Roedd hi'n amlwg o'r olwg ar ei wyneb nad oedd o'n edrych ymlaen o gwbl at wynebu'r Leiac.

Camodd Hywel o flaen y drych, ei galon yn drymio. 'Na,' meddai'n bendant. 'Dwi am fynd â'r drych at y Leiac.'

Edrychodd gŵr y sinema arno fel petai o wedi disgwyl clywed Hywel yn dweud hynny. 'Dim ar unrhyw gyfri. Hogyn ifanc wyt ti. Fedra i ddim gadael i ti roi dy hun mewn peryg.'

'Tydach chi ddim yn dallt. Mi dwi *eisiau* gwneud.'

Roedd Hywel yn dweud y gwir. Teimlai fel pe bai'n berchen ar y bwystfil yn yr ystafell nesaf, ac mai ei gyfrifoldeb ef oedd delio â'r Leiac.

'Ond petai 'na rywbeth yn digwydd i ti... Fyddwn i ddim yn gallu maddau i mi fy hun. Mi fyddwn i'n gorfod wynebu dy rieni di...'

Golchodd tawelwch dros yr ystafell, a llosgai gwrid dros wyneb Hywel. Gallai deimlo llygaid Hilda a Tom arno, a wyddai o ddim sut roedd ymateb. Edrychai gŵr y sinema o'r naill wyneb i'r llall, yn dyfalu iddo roi ei droed ynddi rywsut. Teimlodd Hywel drueni droso. Sut roedd o i wybod ei fod wedi colli ei fam? Byddai Hywel yn casáu'r chwithdod a oedd wedi codi o bryd i'w gilydd ers i'w fam farw, yn casáu'r tawelwch a olchai dros bob man pan fyddai rhywun yn anghofio ac yn sôn amdani. Pam yn y byd nad oedden nhw'n ymddiheuro, ac yn symud ymlaen i sgwrsio? Oedden nhw ddim yn sylweddoli cymaint yn waeth oedd y tawelwch?

Hilda oedd y gyntaf i dorri ar y distawrwydd, ac roedd Hywel yn ddiolchgar iddi. 'Mi ddo i hefo ti.'

'A finna,' ychwanegodd Tom yn ansicr.

'Peidiwch â bod yn wirion...' dechreuodd gŵr y sinema wrth weld Hywel yn codi'r drych.

Penderfynodd Hywel ei anwybyddu. Roedd y drych yn anhygoel o drwm, a difarodd Hywel na wnaeth weithio ychydig yn galetach yn y gwersi addysg gorfforol i fagu mwy o gyhyrau. 'Mi fydd y Leiac yn siŵr o ddod amdanon ni, ac yntau'n awchu am waed,' meddai wrth Tom a Hilda. 'Felly mae'n rhaid i ni wneud yn siŵr ei fod o'n cael gweld ei adlewyrchiad yn reit handi, cyn iddo fo gael cyfle i'n llarpio ni.'

Hoffai Hywel fod wedi gallu rhoi cyfarwyddiadau mwy

pendant, a manylu ychydig ar y cynllun, ond penderfynodd, ar ôl gweld wynebau Tom a Hilda, mai mynd amdani nawr fyddai orau, yn lle rhoi amser iddyn nhw hel meddyliau a chodi mwy o ofn arnyn nhw.

Agorodd Hilda ddrws y sinema iddo, a gwenodd Hywel arni'n werthfawrogol wrth gamu i mewn i'r tywyllwch. Roedd hi'n rhyfedd iawn bod yno heb fod y sgrin fawr wedi ei goleuo gan ffilm neu hysbysebion, a heb y goleuadau bach a oleuai'r llwybr at y seddi. Cymerodd llygaid Hywel eiliad i ddod yn gyfarwydd â'r tywyllwch ac, erbyn hynny, roedd Tom a Hilda'n sefyll bob ochr iddo. Roedd waliau'r sinema wedi eu haddurno â lluniau enfawr o hen sêr y ffilmiau, a theimlai Hywel fod Charlie Chaplin, Laurel a Hardy a'r Brodyr Marx yn gwylio'r olygfa'n llawn chwilfrydedd. Edrychodd Hywel draw at y Leiac eiliad neu ddwy cyn i'r drws gau'n glep y tu ôl i'r tri. Gyda hynny, edrychodd y bwystfil i fyny oddi ar ewinedd ei draed a syllu draw atynt.

Roedd Hywel wedi disgwyl rhu o wylltineb o enau'r Leiac, neu o leiaf wg ddieflig i'w cyfeiriad – unrhyw beth, a dweud y gwir, heblaw'r chwerthiniad a ddaeth o geg y Leiac wrth iddo sylweddoli fod ganddo gwmni. Gwenodd yn siriol, gan ddangos rhesaid cam a brown o ddannedd budron. Methodd Hywel â rhwystro'i hun rhag gwenu yn ôl ar y bwystfil.

Ciledrychodd Hilda arno. 'Rwyt ti'n *gwenu* ar y bwystfil anferthol hyn sydd am ein gwaed ni?' Ysgydwodd ei phen. 'Boncyrs. Hollol boncyrs.'

Gwyddai Hywel ei fod o'n edrych fel rhywun wedi colli ei iawn bwyll. Roedd Hilda'n dweud y gwir bod y Leiac yma'n beryglus, a bod y wên a roddodd iddynt ychydig eiliadau ynghynt yn fersiwn o'r wên a roddai ef ei hun pan fyddai ei dad yn gosod plataid o sglodion a byrgyr o'i flaen. Ond meddyliodd mor wych oedd y ffaith nad oedd neb ar wyneb y ddaear wedi credu ym modolaeth y ffasiwn greadur cyn heddiw. Rŵan, dyma fo mewn cig a gwaed, ac yn amhosib ei anwybyddu yn eu sinema leol.

'Mae o'n anhygoel,' meddai'n dawel.

'Falle dy fod ti wedi gwneud camgymeriad, Hywel,' sibrydodd Tom. 'Mae o'n *edrych* yn ddigon cyfeillgar.'

Tawelodd Tom yn sydyn wrth weld y bwystfil yn codi ar ei draed ar lwyfan y sinema. Safai'n simsan, braidd, fel plentyn bach yn dysgu cerdded, ond parhaodd i edrych ar Hywel, Tom a Hilda â gwên oedd yn ymddangos braidd yn dwp yr olwg ar ei wyneb. Agorodd ei geg yn araf, a rhwbiodd ei fol mawr gwyn.

'Iam, iam,' meddai'n awchus.

Ebychodd Tom yn syn. Gwenodd Hywel yn fuddugoliaethus – mae'n rhaid bod y llyfr yn iawn, mai Leiac oedd hwn. Roedd o'n amlwg yn meddwl am y tri ohonynt fel pryd blasus o fwyd. Llongyfarchodd Hywel ei hun yn dawel wrth glywed synau ofnus Tom a Hilda bob ochr iddo.

Gyda hynny, neidiodd y Leiac i lawr o'r llwyfan i'r llawr yn drwsgwl braidd, gan wneud i bobman grynu o'i amgylch. Dim ond yr eiliad honno y sylweddolodd Hywel wir faint y bwystfil. Roedd o'n fwy na dwywaith ei daldra ef, yn drwm ac yn dew. Roedd ei goesau blonegog fel bonion praff coeden dderw, a'i ddwylo fel rhawiau. Byddai'n medru codi a llowcio Hywel, Tom a Hilda heb drafferth yn y byd, a'u bwyta heb dalu fawr o sylw i unrhyw brotestiadau na strancio ei brae.

Am y tro cyntaf, teimlodd Hywel gorddi anghyfarwydd yn ei stumog. Wyddai o ddim ai cyffro ynteu ofn ydoedd.

Dechreuodd y bwystfil gerdded yn ansicr tuag atynt, yn dal i wenu. Roedd popeth am ei gerddediad simsan yn atgoffa Hywel o blentyn ifanc yn dysgu cerdded – ei freichiau, hyd yn oed, wedi eu hymestyn bob ochr iddo fel petai'n trio cadw cydbwysedd. Efallai mai babi ydi o, meddyliodd Hywel yn sydyn, cyn penderfynu'n siŵr ei fod o'n gywir. Heblaw am y cerddediad simsan, roedd y bloneg a orchuddiai ei gorff yn union fel y rholiau o fraster a oedd gan bob plentyn bach, a'r carpiau gwyn a wisgai o amgylch ei ganol yn debyg i glwt babi.

Llyncodd Hywel gan feddwl, os mai babi ydi hwn, be fyddai maint ei rieni?

Baglodd y Leiac ei ffordd tuag atynt, gan agosáu'n araf at gefn y sinema. Gallai Hywel glywed anadl cyflym Tom, a rhegodd Hilda'n dawel wrth i'r Leiac nesáu.

Pan oedd ond ychydig gamau i ffwrdd, ymestynnodd y Leiac ei law at Tom, fel plentyn bach yn ymestyn am degan. Gwaeddodd Tom wrth gymryd cam yn ôl. Mor gyflym ag y gallai, gosododd Hywel y drych o flaen y Leiac, a gwaeddodd 'oi!' yn uchel. Collodd y bwystfil ddiddordeb yn Tom yn syth, a throdd at Hywel gan wenu, fel petaen nhw'n chwarae gêm. Am hanner eiliad brawychus, credai Hywel fod y Leiac am lwyr anwybyddu ei adlewyrchiad ei hun a'i fod am godi Hywel yn ei ddwylo a'i fwyta, ond, diolch byth, wrth iddo ymestyn ei law, cafodd gip arno ef ei hun yn y drych. Anghofiodd am bopeth arall. Chwifiodd ei law, a rhyfeddu bod ei adlewyrchiad yn gwneud yr un fath. Yna, yn araf, cododd y Leiac ei olygon ac wynebu ef ei hun, gan syllu i fyw ei lygaid brawychus. Rhewodd calon Hywel yn yr ennyd o seibiant a ddaeth wedyn. Onid oedd y Leiac i fod i ddiflannu ar ôl gweld ei adlewyrchiad?

Roedd y sgrech a ddihangodd o enau'r Leiac yn ddigon i godi braw ar unrhyw un, a neidiodd Hywel mewn ofn. Ni allai lai na theimlo trueni dros y bwystfil anferth. Roedd fel petai o wedi torri ei galon wrth sylweddoli ei fod o mor hyll. Parhaodd y sgrechian am ychydig eiliadau, tan i Hywel deimlo na allai o ddiodde'r sŵn uchel, main rhagor. Ac yna, yn ddirybudd, diflannodd y Leiac.

Edrychodd Hywel o'i gwmpas mewn syndod. Ar ôl y sgrechian, teimlai'r tawelwch yn rhyfedd, a methai'n lan â choelio bod bwystfil mor fawr a swnllyd wedi diflannu o flaen ei lygaid. Doedd Hywel ddim wedi cael fawr o gyfle i ystyried be fyddai'n digwydd i'r Leiac pan welai ei adlewyrchiad ei hun yn y drych. Yng nghefn ei feddwl roedd o wedi meddwl y byddai'r bwystfil yn syrthio'n farw, neu'n troi'n llond dwrn o lwch. Ond, yn lle hynny, roedd fel petai rhywun wedi diffodd switsh, a bod y Leiac wedi diflannu.

'Mae o wedi mynd,' meddai Hilda'n dawel, fel petai'n methu â chredu'r peth yn iawn. Yna, yn uwch, 'Mae o wedi mynd!'

Gosododd Hywel y drych i bwyso yn erbyn rhai o gadeiriau'r sinema. Edrychodd ar Hilda a Tom mewn syndod, gan fethu â choelio'r pethau anhygoel oedd wedi digwydd iddyn nhw'r bore hwnnw. Edrychodd y tri ar ei gilydd – tri o bobol ifanc nad oedd ganddynt fawr ddim i'w ddweud wrth ei gilydd tan y diwrnod hwnnw, ond tri a gyflawnodd weithred anhygoel.

Yn araf, gwenodd y tri ar ei gilydd, gan fwynhau eu buddugoliaeth.

Pennod 5

DOEDD HILDA ERIOED wedi teimlo fel hyn o'r blaen.

Wrth gerdded i lawr y stryd wag yn Nhywyn, teimlai fel petai'n medru rhedeg marathon. Ar ôl sefyll ychydig droedfeddi oddi wrth fwystfil cyn ei weld yn diflannu i ganol nunlle, teimlai Hilda erbyn hyn y byddai hi'n medru gwneud unrhyw beth.

'Roedd o ar fin fy mwyta i,' meddai Tom, a'i geg yn llawn da-da. Mynnodd perchennog y sinema eu bod nhw ill tri yn helpu eu hunain i'r pethau da yn siop y sinema fel diolch am eu cymorth. Roedd ei lygaid wedi sgleinio mewn diolchgarwch wrth iddo wylio'r tri'n llenwi eu pocedi â siocled a da-das – Tom, wrth gwrs, yn cymryd ddwywaith cymaint â Hywel a Hilda. Addawodd perchennog y sinema'n dwymgalon na fyddai byth eto'n codi tâl ar 'run o'r tri pan fydden nhw am weld ffilm yn ei sinema o.

'Hei,' holodd Tom, ''dach chi'n meddwl y cawn ni fynd i mewn i weld ffilmia i bobol dros ddeunaw rŵan, gan ein bod ni'n arwyr?'

'Paid â siarad efo dy geg yn llawn,' meddai Hilda, er ei bod hi'n ymwybodol bod ei chasineb tuag at Tom bellach yn dadmer. Doedd hi ddim wedi disgwyl iddo ddod yn ôl ar ôl gadael y sinema, a chafodd sioc o'i weld yn y drws yn cario clamp o ddrych. Er hynny, roedd o'n dechrau mynd ar ei wic hi'n barod. Yn sgwario'i ysgwyddau ac yn trafod eu profiad fel petai o wedi bod yn arwr, yn hytrach na bod yn fwndel o ofnau.

Gwthiodd Tom yr olaf o'i becyn da-das i'w geg, a chnodd yn awchus. Wrth iddo agor ei geg sylwodd Hilda fod y melysfwyd meddal yn sticio i'w ddannedd. 'Mi fyddai'r hen fwystfil yna'n siŵr o fod wedi crensian fy esgyrn i rhwng ei ddannedd.'

Nodiodd Hilda. 'Ac mi fyddet ti wedi gadael iddo fo wneud, hefyd, heblaw bod Hywel 'ma wedi tynnu ei sylw o.'

Cnodd Tom ei dda-da yn feddylgar am ychydig, cyn troi at Hywel. 'Ia, diolch am wneud hynna.' Roedd o'n ddiolch digon tila am achub ei fywyd, meddyliodd Hilda, ond gwyddai hefyd nad ar chwarae bach y byddai rhywun fel Tom yn cydnabod cymwynas gan un mor wantan â Hywel. Sylwodd Hilda ar y syndod yn llygaid Hywel wrth iddo nodio ar Tom.

Daeth y tri at groeslon ynghanol y brif stryd, cyn stopio'n lletchwith. Roedd cartref Hilda i un cyfeiriad, cartref Tom heibio'r llyfrgell a thŷ Hywel ar hyd ffordd arall. Ar ôl treulio'r bore yng nghwmni'r bechgyn yma, wyddai Hilda ddim beth i'w wneud nesaf. Er nad oedd hi'n cyfri Hywel na Tom yn ffrindiau, roedd 'na gysylltiad cryf rŵan rhyngddynt gan fod y tri wedi rhannu profiad mor anhygoel. Mi fyddai'n teimlo'n rhyfedd i ffarwelio â'r ddau bellach.

Diolchodd Hilda'n dawel, felly, pan dorrodd Hywel ar y tawelwch. ''Dach chi isho dod draw i 'nhŷ i?' gofynnodd, a gallai Hilda ddweud o'r ffordd y gwthiai ei sbectol ar gefn ei drwyn ei fod yn nerfus. Peth rhyfedd hefyd. Roedd o wedi bod mor hyderus yn wynebu bwystfil rheibus, ond yn ansicr wrth wahodd dau aelod o'i ddosbarth yn ôl i'w dŷ. 'Mae gen i glamp o deledu mawr. Mi gawn ni wylio'r newyddion am yr ysbrydion a'r bwystfilod ar hwnnw. Ac mae 'na bitsa yn y rhewgell i ginio.'

''Sa hynna'n neis,' cytunodd Hilda, a sylwodd ar y rhyddhad ar wyneb Hywel nad oedd o wedi cael ei wrthod.

'Ia, ocê 'ta,' meddai Tom, gan edrych i lawr fel petai ganddo bethau eraill, llawer pwysicach i'w gwneud.

Roedd Hywel yn byw mewn byngalo clyd ar Ffordd Dyfrig, un o lecynnau tawelaf Tywyn. Wrth iddo agor y giât a throedio i lawr y llwybr, sylweddolodd Hilda mor daclus oedd popeth yno – y lawnt newydd ei thorri, y blodau heb eu tagu gan chwyn, a waliau gwyn y tŷ yn berffaith fel petaent ond wedi cael eu paentio ddoe. Edrychai'r lle fel cartref pensiynwyr – doedd dim arwydd bod yna berson ifanc yn byw yno o gwbl.

Estynnodd Hywel y goriad o'i boced, ac agor y drws. Camodd yn ôl i adael i Hilda a Tom fynd i mewn o'i flaen, a gwenodd Hilda arno wrth weld mor betrus roedd o'n edrych.

Ar ôl gweiddi, 'Dad!' a heb gael ateb, aeth Hywel â'i westeion draw i'r lolfa. Roedd popeth yn hollol berffaith yno hefyd, fel tŷ mewn catalog – carped lliw hufen heb staen na budreddi; waliau gwyn a ffotograffau anferth o goedwigoedd yn hongian oddi arno; teledu mawr fflat yn gorchuddio un wal. Meddyliodd Hilda am y lolfa yn ei chartref hi, am y llanast roedd ei brawd a hithau'n eu gadael o gwmpas y lle.

'Ydach chi isho diod?' gofynnodd Hywel, a symud draw i'r gegin cyn cael ateb. Roedd yr ystafell yma, hefyd, yn werth ei gweld – sylwodd Hilda ar y sglein ddisglair ar y sinc, heb gymaint â llwy de'n gorwedd yno'n aros i gael ei golchi.

'Hywel,' meddai Hilda, ar ôl derbyn can o bop oer ganddo, 'Wyt ti'n meddwl y cawn i weld y llyfr y soniaist ti amdano? Yr un oedd yn dweud am y Leiac?'

Doedd gan Tom ddim diddordeb mewn llyfrau. Yr unig beth y byddai o'n ei ddarllen fyddai'r cylchgrawn wythnosol a ddywedai beth oedd ar y teledu'r wythnos honno, neu'r tudalennau pêl-droed yng nghefn y papurau newydd a brynai ei dad. Byddai cael nofel gyfan i'w darllen yn waith cartref yn ddigon i wneud iddo eisiau cysgu yn y fan a'r lle: doedd o ddim yn gweld y pwynt mewn darllen, a hithau gymaint yn haws gwylio'r teledu.

Felly pan arweiniodd Hywel y ffordd drwy'r byngalo bach i'w lofft, i gael dangos y llyfr a oedd yn cynnwys y wybodaeth am y Leiac, dechreuodd Tom ddifaru iddo fynd yno o gwbl. Waeth iddo wynebu'r ffaith rŵan: roedd Hilda a Hywel yn hollol, hollol wahanol iddo fo.

Mi fyddwn i'n medru bod efo fy ffrindiau rŵan, meddyliodd Tom wrth eistedd ar wely esmwyth Hywel. Roedd yr ystafell yma'n union fel gweddill ei dŷ – diflas a di-liw. Fedrai Tom ddim deall sut roedd hogyn yr un oed ag o'n medru cadw ei lyfrau mewn rhes daclus ar y silff uwchben ei ddesg; cadw'r blancedi'n daclus a heb grychau ar ei wely; y gêmau cyfrifiadurol mewn rhes o dan y teledu ar ei wal, a hwnnw bron mor fawr â'r un yn y lolfa. Roedd y llofft a rannai Tom gyda Wil a Waldo'n llanast llwyr, gyda phapurau da-das a sanau budron yn gorchuddio'r carped ar lawr. Gorweddodd Tom yn ôl ar wely Hywel, gan anwybyddu'r olwg flin a gafodd gan Hilda wrth iddi rythu ar ei sgidiau rhedeg budron yn gorwedd ar flancedi perffaith Hywel. Doedd hwnnw ddim fel petai ots ganddo. Roedd o'n rhy brysur yn archwilio'r silff o lyfrau taclus uwchben ei ddesg.

'Dyma fo,' meddai'n sydyn, gan dynnu clamp o lyfr mawr a'i feingefn wedi ei gracio'n gam. Roedd clawr y llyfr yn galed, a'i liw o frown tywyll hen ffasiwn. Disgleiriai'r teitl mewn llythrennau euraidd ar y blaen: *Bwystfilod a Bwganod*. Cydiodd Hywel yn y llyfr yn ofalus, a'i osod ar ei ddesg yn araf, fel petai'n faban newydd-anedig neu'n drysor gwerthfawr.

Cododd Tom ar ei eistedd er mwyn cael gwell golwg ar y llyfr. Mae'n rhaid ei fod o'n beth go arbennig i Hywel ei drin o mor annwyl ac roedd yn rhaid i Tom gyfaddef nad llyfr arferol mo hwn. Fe welodd ei debyg o'r blaen, ond dim ond mewn ffilmiau, a byddai llyfrau fel hyn wastad yn llawn o hen gyfrinachau neu swynion.

'Mae'n siŵr bod y llyfr 'na'n werth pres,' meddai Tom yn edmygus. 'Lle gest ti o, Hywel?' gofynnodd, wrth i hwnnw droi'r tudalennau trwchus yn araf a gofalus.

'Wyddoch chi'r siop elusen ar y Stryd Fawr?' holodd Hywel, gan wthio'i sbectol yn ôl ar ei lygaid wedi iddyn nhw lithro rhyw fymryn i lawr ei drwyn. 'Yr un sy'n flêr o hyd, a phob mathau o geriach ynddi? Wel, mi ddois i o hyd i'r llyfr yma ynghanol hen bentwr o lyfrau plant. Mae 'na fargeinion i'w cael yn y siop yna weithiau: Mi fydda i'n piciad i mewn yn eitha aml.'

Gwyddai Tom yn iawn pa siop y soniai Hywel amdani. Roedd pob twll a chornel o'r lle'n llawn o greiriau, llyfrau, dillad, tlysau, teganau – pob mathau o bethau. Byddai mam Tom yn mynnu mynd yno weithiau i chwilio am ddilledyn neu lyfr, ac roedd gan Tom gywilydd mawr o hyn. Dychmygai fod pawb yn Nhywyn yn gwybod na allai o a'i deulu fforddio pethau newydd sbon bob tro.

'A! Dyma fo!' ebychodd Hywel, gan agor y tudalennau. Safodd Tom a Hilda un bob ochr iddo, gan syllu dros ei ysgwyddau ar y llyfr mawr hynafol.

Roedd y tudalennau wedi melynu braidd, a'r ysgrifen yn drwchus a hen ffasiwn. Ar ymylon y tudalennau, roedd patrwm tlws o eiddew mewn inc gwyrdd, gan roi golwg hudol, hynafol i'r holl beth. Roedd penawdau bychan yn britho'r tudalennau, a phob un â pharagraff neu ddau oddi tano. Roedd holl benawdau'r tudalennau yma'n dechrau gyda'r llythyren 'l':

leblog, laeswyr, lamgwn rheibus, Leiac. Roedd pob un heblaw'r olaf yn hollol anghyfarwydd i Tom.

'Leiac,' darllenodd Hilda'n uchel. 'Bwystfilod sy'n hollol foel, ac yn hyll fel pechod. Maent i'w canfod mewn mannau tywyll. Mae ganddynt awch am waed dynol, ac er eu bod nhw'n ofnadwy o ddiog, mi aiff y Leiac i gryn drafferth i gael gwledda ar bobol. Yr unig fodd o gael gwared ar y Leiac yw trwy ddangos eu hadlewyrchiad iddynt. Bydd eu hylltra'n ddigon i'w dinistrio.'

'Wnest ti erioed gofio hynna i gyd o'r hen lyfr yma?' holodd Tom mewn syndod, wrth gofio'r holl fanylion roedd Hywel wedi eu hadrodd am y Leiac yn ôl yn y sinema.

Cododd Hywel ei ysgwyddau. 'Dwi wedi darllen y llyfr droeon. Ac mae 'ngho i'n reit dda.'

'Mae'r llyfr 'ma'n anhygoel!' meddai Hilda, gan fyseddu'r tudalennau'n ofalus. 'I feddwl ei fod o'n sôn am y Leiac, ac yn esbonio sut mae cael gwared arnyn nhw... Hei, ydach chi'n meddwl ei fod o'n dweud sut mae cael gwared ar weddill yr ysbrydion a'r bwystfilod?'

Aeth Hywel ati i hwylio cinio, ac wrth iddo dynnu'r plastig oddi ar y pitsas a'u gosod yn y popty poeth, gwrandawodd ar Hilda'n parablu'n ddi-baid.

'Y peth ydi, mi fedr y llyfr yma fod yn union be sydd ei angen ar y byd,' meddai'n frwd. 'Mi fyddai'r llyfr yn gallu dweud sut mae cael gwared ar yr holl fwystfilod ac ysbrydion.'

'Rhoi'r wybodaeth ar y we fyddwn i'n ei wneud,' cynigiodd Tom. 'Wedyn, mi fyddai unrhyw un yn gallu ei weld o.'

'Mae hynna'n syniad gwych,' cytunodd Hywel, a gwelodd y syndod ar wyneb Tom wrth i rywun gytuno ag o. 'Ond mi fydd 'na lawer o waith teipio i roi popeth sydd yn y llyfr ar y wefan.

Tydw i ddim yn siŵr sut i wneud gwefan, a dweud y gwir.'

'Rhoi'r llyfr i'r heddlu fyddai orau,' meddai Hilda'n bendant. 'Mi fyddan nhw'n gwybod beth i'w wneud.'

Doedd Hywel ddim yn siŵr a oedd o'n cytuno. A dweud y gwir, roedd o'n amau bod Hilda'n anghytuno â'r syniad o wneud gwefan am mai syniad Tom oedd o. Roedd y ddau fel petaen nhw'n benderfynol o dynnu'n groes i'w gilydd.

'Mi gawn ni ginio'n gynta,' meddai Hywel yn frysiog, yn awyddus i osgoi ffrae rhwng Tom a Hilda. 'Mi gawn ni benderfynu wedyn beth i'w wneud am y llyfr. Rŵan, ydach chi'n barod am fwy o ddiod?'

Ymhen hanner awr, roedd y tri'n ymlacio ar y soffas o flaen y teledu yn y lolfa, dau bitsa anferth ar y byrddau bach o'u blaenau a'r teledu'n bloeddio hanes yr ysbrydion a'r bwystfilod ym mhob cornel o'r byd. Synnodd Hywel ei fod o'n teimlo mor gartrefol yng nghwmni'r ddau ymwelydd. Doedd o ddim yn cofio'r tro diwethaf iddo gael unrhyw un o'r ysgol draw i'w gartref. Syllodd drwy gil ei lygad ar y ddau – roedd Hilda a Tom wedi eu swyno'n llwyr gan y digwyddiadau ar y sgrin.

'Mae'r teledu yma'n anferth,' meddai Tom yn llawn eiddigedd, gan godi darn o bitsa at ei geg. 'Mae'r un yn ein tŷ ni yn llai na hanner ei faint o, a dwi byth yn cael gwylio be dwi isho.' Sychodd ychydig o'r saws tomato oddi ar ei ên, a chnoi ei ginio'n awchus.

Wyddai Hywel ddim sut roedd ateb hyn. Roedd o'n gwybod ei fod o'n lwcus i gael teledu mawr, gêmau cyfrifiadurol a phres poced hael, ond gwyddai hefyd y byddai teulu mawr, fel un Tom, yn fwy gwerthfawr iddo nag unrhyw beth y gellid ei brynu mewn siop.

Trodd Hywel ei olygon at y teledu, ble roedd dynes o

Fanceinion yn adrodd ei hanes hi. Estynnodd Hywel am ddarn arall o bitsa, a swatiodd yng nghesail y soffa i wylio'r rhaglen.

'Ro'n i yn fy stafell fyw yn gwylio'r teledu,' meddai'r ddynes mewn Saesneg acennog. Roedd hi'n ddynes dlws a chanddi wallt du, a thatŵs mawr blodeuog yn lliwio'i breichiau. 'Mi ymddangosodd y siâp mawr 'ma yn ffenest y lolfa, a phan godais fy mhen i edrych, roedd 'na... roedd 'na...' Ochneidiodd y ddynes, a sychu deigryn o'i llygaid. 'Edrychai fel dyn mawr cyhyrog, efo dau gorn anferth ar ei ben, fel carw. Roedd o'n edrych yn wyllt, efo llygaid mawr tywyll.'

'A be ddigwyddodd wedyn?' gofynnodd rhyw lais o'r tu ôl i'r camera.

'Mi redais i fyny'r grisiau at fy hogyn bach, oedd yn cysgu yn y gwely. Mi edrychais i drwy'r ffenest, a gweld y dyn â'r cyrn yn diflannu i'r parc y tu ôl i 'nghartre.'

'Ydych chi wedi gweld y bwystfil ers hynny?'

Ysgydwodd y ddynes ei phen. 'Ond mae arna i ofn y daw o yn ei ôl. Yr olwg 'na yn ei lygaid o... Roedd o'n edrych yn wirioneddol wyllt.'

'Druan fach,' meddai Hywel, ar ôl llyncu darn o bitsa. 'Mae hi'n iawn, wchi. Mi fydd y dyn efo cyrn carw yn ei ôl, ac er na ddaw o i mewn i'w thŷ, mi wnaiff o goblyn o lanast o'r ardd.'

Trodd Hywel i weld Hilda a Tom yn syllu arno mewn syndod.

'Heblaw ei bod hi'n plannu ambell blanhigyn yn yr ardd, wrth gwrs. Mae'r Cernwnws wedi gwirioni efo natur, 'dach chi'n gweld, ac mi wnaiff adael llonydd i unrhyw un sy'n cymryd gofal o'u gerddi.'

Ysgydwodd Tom ei ben. 'Fedra i ddim coelio dy fod ti'n cofio hyn i gyd o'r hen lyfr 'na. Mi fydd rhaid i mi ddechra darllen.'

Er na wnaeth Hywel ddim heblaw rhoi gwên fach, roedd o wrth ei fodd. Gwyddai fod creu argraff ar Tom yn dasg go fawr – roedd o a'i ffrindiau yn gwgu ar bawb a phopeth yn yr ysgol. Soniodd Hywel ddim am y rheswm ei fod o'n cofio'r manylion am yr holl fwystfilod ac ysbrydion yn y llyfr: Mae'n rhaid ei fod o wedi darllen y gyfrol ganwaith, os nad mwy.

Yn sydyn, daeth sŵn drws y cefn yn cau dros barablu'r teledu. Dyna beth rhyfedd, meddyliodd Hywel. Y drws ffrynt y bydd Dad yn ei ddefnyddio fel rheol.

'Dad adre am ei ginio,' esboniodd Hywel wrth Tom a Hilda. Roedd o wedi synnu, a dweud y gwir, fod ei dad wedi mynd i'r gwaith o gwbl gan ei bod hi'n amlwg wrth weld yr holl siopau ar gau yn y stryd fod y rhan fwyaf wedi aros adref o'u gwaith y bore hwnnw. Disgwyliai Hywel weld pen moel ei dad yn eu cyfarch drwy ddrws y lolfa. Ddaeth dim un smic, dim hyd yn oed clic cyfarwydd y tegell yn cael ei droi ymlaen. Cododd Hywel o'r soffa, a cherdded draw at y ffenest.

'Be sy'n bod?' gofynnodd Hilda, gan godi ar ei thraed wrth weld wyneb Hywel yn gwelwi.

'Tydi car Dad ddim wedi ei barcio y tu allan,' atebodd Hywel mewn braw. 'Nid y fo ddaeth i mewn drwy ddrws y cefn.'

Wrth frysio drwy'r gegin tuag at ddrws y cefn, teimlodd Hywel ei galon yn cyflymu. Mae'n rhaid mai ysbryd neu fwystfil oedd yno, yn ei dŷ ef! Roedd y peth yn anhygoel o gyffrous!

Gallai Hywel weld bod drws y cefn, ym mhen arall y coridor, yn llydan agored, ond cyn iddo gael cyfle i agosáu, rhewodd ei waed yn ei wythiennau wrth weld siâp dyn, a chôt fawr ddu a hwd dros ei wyneb, yn rhuthro o'r llofft ac yn ei heglu hi am ddrws y cefn. Yn ei ddwylo mawr roedd bag bin du, ac ynddo rywbeth hirsgwar a thrwm. Ac, er mor ddewr y bu Hywel y bore hwnnw, fedrai o wneud dim ond sefyll a syllu wrth weld y dieithryn yn diflannu i'r ardd.

'Hei!' Gwthiodd Tom heibio i Hywel a Hilda, a rhedodd nerth ei draed ar ôl y dyn. Gwyliodd y ddau arall mewn tawelwch, cyn y daeth Tom yn ôl ymhen ychydig a'i wynt yn ei ddwrn. 'Mae o wedi diflannu. Dwi'n meddwl ei fod o wedi dringo dros y ffens at draciau'r rheilffordd.' Ysgydwodd ei ben. 'Wna i byth ei ddal o rŵan.'

'Be yn y byd oedd o'n wneud yma?' holodd Hilda mewn syndod, yn amlwg wedi dychryn yn llwyr. 'Ydi o ddim braidd yn rhyfedd bod lladron yn torri i mewn i dai ar yr un diwrnod pan fo pawb adre'n gwylio'r teledu?'

Troediodd Hywel yn dawel i'w lofft, lle y bu'r dyn yn y got ddu ychydig funudau ynghynt. Chwyrlïai ei feddwl yn gymysglyd, a chwestiynau yn codi o bob cyfeiriad: Pwy oedd y dyn? Beth oedd o'n ei wneud yma? A pham, ar ôl bod yn ddewr wrth wynebu ysbrydion a bwystfilod, roedd ef, Hywel, wedi rhewi gan ofn wrth ddod wyneb yn wyneb â dyn o gig a gwaed?

Gwyddai Hywel cyn edrych, bron, beth oedd y lleidr wedi ei ddwyn, ac roedd un cip ar ei ddesg wag yn ddigon i gadarnhau ei amheuon.

'Be gymrodd o?' holodd Tom. 'Dy gêmau?'

'Dy si-dis? Dy ffôn?' holodd Hilda.

Llyncodd Hywel ei boer. 'Rhywbeth llawer mwy gwerthfawr na'r rheiny i gyd. Sbïwch.' Pwyntiodd at ei ddesg wag. 'Mae'r llyfr *Bwystfilod a Bwganod* wedi diflannu.'

Pennod 6

ROEDD Y SYNDOD ar wyneb Mr Huws ar ôl dod adref i ganfod bod gan ei fab gwmni yn siarad cyfrolau, meddyliodd Hilda. Roedd hi'n eistedd ar un o stolion y gegin, a Hywel a Tom bob ochr iddi, pan gerddodd tad Hywel i mewn drwy'r drws ffrynt. Syllodd ar ffrindiau newydd ei fab mewn syndod llwyr am ennyd, cyn i wên fawr gynnes ledaenu dros ei wyneb.

'Wel, helô,' meddai'n dawel, gyda'r un llais eiddil ag roedd gan ei fab. 'Do'n i ddim yn disgwyl y byddai gan Hywel gwmni.' O'r olwg ar ei wyneb, roedd hi'n amlwg nad oedd Hywel yn cael cwmni draw yn aml, os o gwbl. 'Ydach chi'n iawn i gyd?'

'Dyma Hilda, a dyma Tom,' cyflwynodd Hywel hwy. Roedd ei wyneb yn dal yn llawn poen ar ôl ymweliad y lleidr â'i gartref. 'Mae'r ysgol wedi cau... 'Dan ni wedi bod yn gwylio'r teledu.'

'Wyt ti'n siŵr dy fod ti'n iawn, Hywel?' cwestiynodd ei dad ef wrth weld ei fab heb wên ar ei wyneb.

'Mr Huws,' torrodd Hilda ar ei draws. 'Mae arna i ofn bod 'na rywbeth wedi digwydd.'

'Rhywbeth...' Gwelwodd wyneb Mr Huws. 'Be yn union?'

Felly adroddodd Hilda'r hanes wrtho, o'r eiliad y cyrhaeddon nhw'r ysgol y bore hwnnw hyd at yr eiliad y sylweddolodd Hywel fod y llyfr *Bwystfilod a Bwganod* wedi ei ddwyn. Arhosodd Tom a Hywel yn hollol dawel, ond gwnaeth Mr Huws ambell ebychiad o bryder a sioc pan soniodd Hilda am y Leiac a'r lleidr. Ar ôl clywed y stori gyfan, suddodd Mr Huws i eistedd ar un o gadeiriau'r gegin, a golwg bryderus iawn ar ei wyneb.

'Mi wna i baned i chi,' meddai Hilda'n dawel, 'i'ch helpu chi i ddod dros y sioc.' Llanwodd y tegell, a phwyso'r botwm bach coch.

Treuliodd Mr Huws rai munudau yn ysgwyd ei ben, fel petai'n pendroni ynglŷn â'r sefyllfa'n ddwys. Dim ond ar ôl i Hilda osod paned o de ar y bwrdd bach o'i flaen, a throi tair llond llwy de o siwgr ynddo, y dechreuodd Mr Huws siarad.

'Felly mi gawsoch chi wared ar y... y Leiac 'ma o'r picjwrs?'

Nodiodd Hywel.

'Am i ti, Hywel, gofio rhywbeth y darllenaist ti mewn llyfr o siop elusen?'

'Dyna fo, ia,' cytunodd Hywel. 'Mae'n rhaid bod 'na bron i flwyddyn bellach ers i mi brynu'r gyfrol.'

'Ac wedyn,' parhaodd Mr Huws. 'Mi dorrodd 'na ddyn i mewn i'r tŷ, ac yn lle dwyn dy deledu neu dy liniadur, y cyfan gymrodd o oedd yr hen lyfr 'na y talaist ti ryw bunt amdano?'

'Ond dydach chi ddim yn gweld?' ebychodd Hilda, gan fethu peidio â thorri ar ei draws. 'Rŵan bod yr holl fusnes bwystfilod ac ysbrydion 'na wedi ymddangos dros nos, mae'r llyfr yn anhygoel o werthfawr. Y cwestiwn ydi, pwy oedd yn gwybod bod y llyfr yn y tŷ yma?'

Meddyliodd Hywel am funud. 'Dyn y sinema, wrth gwrs, a'r dyn yn y siop a werthodd y llyfr i mi. Rydw i'n amau'n fawr a fyddai 'run o'r rheiny'n sleifio i mewn i 'nghartref i i'w ddwyn.'

Ochneidiodd Hilda'n ddiamynedd, ond ni ddywedodd 'run gair. Onid oedd Hywel yn gwybod bod yn rhaid amau pawb pan fyddai rhywbeth fel hyn yn digwydd?

'Wyddwn i ddim byd am y llyfr,' meddai Mr Huws, gan sipian ei baned. 'Mae'n swnio fel petait ti wedi bod yn anhygoel o ddewr, Hywel. Ond plis, cymer ofal efo'r bwystfilod yna.

Tydan ni'n gwybod fawr ddim amdanyn nhw...'

'Ond dyna'r peth!' esboniodd Hilda. 'Mae Hywel *yn* gwybod amdanyn nhw... Gwybod llawer iawn! Ydi, mae'r llyfr wedi ei ddwyn, ond mae'r wybodaeth oedd ynddo fo'n dal ym mhen Hywel. Mae o'n cofio'r cyfan. 'Yn dwyt Hywel?'

'Dwn i ddim am y cyfan,' atebodd hwnnw. 'Ond dwi'n gyfarwydd efo llawer o'r pethau maen nhw'n sôn amdanyn nhw ar y teledu.'

Eisteddodd y pedwar yn y gegin am amser hir, yn sgwrsio am y bwystfilod, y llyfr, ac am beth i'w wneud nesaf. Roedd Mr Huws yn amlwg wedi cael sioc ar ôl clywed am y profiadau y cafodd ei fab yn ystod y bore, ac roedd hi'n amlwg i bawb faint o feddwl oedd ganddo o Hywel. Am un eiliad fer, teimlodd Hilda fymryn o eiddigedd. Roedd ei thad wedi gadael y teulu pan nad oedd Hilda ond yn bump oed, ac wedi symud i ffwrdd – doedd neb wedi clywed amdano ers hynny. Gorfododd Hilda ei hun i anghofio'i heiddigedd, ac argyhoeddi ei hun yn dawel ei bod hi'n well hebddo. Doedd ei thad hi'n ddim byd tebyg i Mr Huws – dyn annwyl, cyfeillgar a chariadus.

Roedd Mr Huws wrthi'n gorffen ei baned pan lithrodd y gwpan o'i law a thorri'n deilchion ar y llawr. Lledaenodd ei lygaid yn soseri mawrion wrth iddo edrych dros ysgwydd Hilda i gyfeiriad y ffenest. 'Esgusodwch fi, wnewch chi,' meddai'n freuddwydiol, 'dwi'n meddwl mod i angen gorwedd i lawr. Rydw i'n dechrau gweld pethau.'

'Be?' gofynnodd Hilda mewn penbleth.

'Wir yr,' mynnodd Mr Huws. 'Mae'n rhaid mod i, achos mi fyddwn i'n tyngu bod y Prif Weinidog o flaen ein tŷ ni, ar fin cnocio ar ddrws y ffrynt.'

Roedd Tom wedi meddwl droeon, wrth weld Prif Weinidog Cymru ar y teledu neu yn y papurau newydd, ei fod o'n debycach i drempyn nag i wleidydd, a heddiw, edrychai'n waeth byth. Wrth i Hywel agor y drws, yn nerfus braidd, gwenodd y Prif Weinidog arnynt gan ddangos olion rhywbeth gwyrdd rhwng ei ddannedd. Roedd staeniau wy yn stribedi ar ei dei, ac roedd ei grys yn grychau i gyd. Edrychai fel hogyn ysgol oedd ar fin cael ffrae am fod mor flêr.

'Shwmai?' meddai, gan estyn ei law i Hywel. 'Gobeithio nad odw i'n amharu ar eich p'nawn chi. Teilo Siencyn... Prif Weinidog Cymru.'

Wrth iddo ysgwyd llaw Hywel, chwyrlïodd mop blêr o wallt Teilo Siencyn yn yr awel.

'Fydde ots 'da chi tawn i'n dod i mewn?'

Tawelodd ei lais rhyw fymryn, a phwysodd tuag atynt.

'I ddweud y gwir, mae e'n fater go bwysig.'

Wedi i Teilo Siencyn groesi'r trothwy, estynnodd Hilda ei llaw iddo, ac ysgydwodd y ddau ddwylo.

'Hilda Siôn,' cyflwynodd Hilda ei hun yn hyderus. 'Mae'n bleser cael cwrdd â chi. Er, mae'n rhaid i mi gyfaddef ei bod hi'n syndod i'ch gweld chi'n galifantio ar ddiwrnod fel heddiw. Ddyliach chi ddim bod o flaen camera teledu yn rhywle, yn dweud wrth bawb bod popeth yn mynd i fod yn iawn?'

Er nad oedd gan Tom fawr o feddwl o Hilda, a'i fod o'n meddwl ei bod hi'n ymddwyn braidd yn orhyderus yng nghwmni dyn mor bwysig, roedd yn rhaid iddo gyfaddef bod gweld yr olwg ar wyneb y Prif Weinidog yn grêt. Roedd o'n amlwg heb ddisgwyl y ffasiwn onestrwydd gan rywun mor ifanc.

'Wel,' meddai'n ansicr, 'ddywedwn i ddim mod i'n galifantio...'

'Dewch i mewn i'r gegin,' meddai Hywel yn frysiog. 'Mi wna i baned.'

Gwenodd Teilo Siencyn, yn gwerthfawrogi bod Hywel yn ei achub o dwll. Gwenodd Hilda, yn falch iawn iddi allu gwneud i ddyn mor bwysig deimlo'n anghyfforddus.

Wrth i Hywel daro'r tegell ymlaen, a chyflwyno'r Prif Weinidog i'w dad, syllodd Tom drwy'r ffenest ar y car mawr du a'r ffenestri tywyll oedd wedi hebrwng Teilo Siencyn i Dywyn. Safai dau ddyn bob ochr i'r modur sgleiniog, sbectolau tywyll ar eu trwynau a theclynnau gwrando yn eu clustiau. Edrychai'r ddau o'u cwmpas fel petai rhywun ar fin neidio o'r tu ôl i'r perthi taclus i ymosod ar y car.

'Gwych o gar,' meddai Tom yn dawel.

'Mae e, yn tydi? Ges i fe'n newydd ddeufis yn ôl. Dylet ti weld y lledr ar y tu mewn.'

Gwenodd y Prif Weinidog drwy'r ffenest ar ei gar fel dyn yn gwylio'i faban newydd-anedig. 'Ac mae'r ddau warchodwr 'na sy 'da fi'n gwneud jobyn da iawn o edrych ar ei ôl e, chware teg. Fyddai 'na 'run gwylan yn meiddio gadael staen gwyn ar y bonet, os wyt ti'n deall be sy 'da fi.'

Syllodd Tom ar Teilo Siencyn mewn syndod. Oedd Prif Weinidog Cymru wir yn gwneud jôcs am faw adar efo fo? Roedd heddiw'n mynd yn rhyfeddach fyth.

'Siwgr?' gofynnodd Hywel, a throdd Teilo Siencyn yn ôl at ei baned.

'Chwech, os gwelwch yn dda.'

Ddywedodd Hywel 'run gair wrth lwytho hanner y potyn siwgr i'r te, ac eisteddodd Teilo Siencyn wrth y bwrdd bach, cyn ochneidio'n braf. Bron nad oedd Tom yn disgwyl iddo dynnu ei sgidiau a rhoi ei draed i fyny.

'Wel?' gofynnodd Hilda ar ôl saib fer.

'Beth?' holodd y Prif Weinidog mewn penbleth.

'Oes 'na reswm pam eich bod chi yma? Dim mod i isho bod yn ddigywilydd, ond dwi'n siŵr bod gynnoch chi lawer i'w wneud ar ddiwrnod fel heddiw...'

'Wrth gwrs! Prysur! Ofnadwy o brysur!' ebychodd Teilo Siencyn fel dyn oedd newydd ddod o hyd i'w restr siopa. 'Fyddech chi ddim yn credu!'

Cododd Hilda'i haeliau'n amheus, ond ni ddywedodd 'run gair.

'Ga i'n gyntaf wneud yn siŵr mai chi ydi'r tri rydw i'n chwilio amdanyn nhw?' Estynnodd bapur crychiog o boced ei siwt. 'Hilda Siôn? Hywel Huws? Tom Williams?'

Nodiodd y tri'n fud.

'Rydw i wedi dod i ddeall eich bod chi wedi cael gwared ar fwystfil rheibus o sinema Tywyn y bore 'ma.'

'Sut yn y byd y gwyddoch chi hynny?' holodd Mr Huws. 'Wnaeth o ond digwydd rai oriau 'nôl...'

'Wel,' atebodd Teilo Siencyn yn falch, gan lacio'i dei, 'mae gan fy swyddfa i weithwyr ym mhob twll a chornel o'r wlad, wyddoch chi. Dwi'n cael gwybod am bob dim sy'n digwydd yng Nghymru. Os ydi Mysus Jones Tŷ Pen wedi colli ei chath amser brecwast, rydw i'n gwybod am y peth erbyn hanner dydd.'

'Am beth ofnadwy!' ebychodd Hilda'n ddig. 'Beth am breifatrwydd? Dydach chi ddim yn meddwl bod hawliau dynol pobol yn...'

'Dydych chi ddim yn gwastraffu eich amser, yn cael gwybod am yr holl bethau bach dibwys sy'n digwydd ym mywydau pobol?' holodd Hywel, gan adael golwg flin ar wyneb Hilda.

'Aha! Mi fyddech chi'n meddwl hynny, 'yn byddech chi? Ond mae heddiw yn esiampl berffaith ei bod hi'n system wych! Mi ges i wybod am yr unig rai yn y byd i gyd yn grwn sydd wedi medru cael gwared ar ysbryd neu fwystfil! A dyma fi nawr, rhyw dair awr yn ddiweddarach, yn eich cwmni chi!' Gwenodd y Prif Weinidog fel giât. 'Gwych o beth. Gwych!'

'Ni ydi'r unig rai sydd wedi medru cael gwared arnyn nhw, ddywedoch chi?' holodd Tom, gan fethu peidio lledaenu gwên falch dros ei wyneb.

'Nawr, beth dwi moyn gwybod,' meddai Teilo Siencyn yn fwy difrifol yn sydyn, 'yw sut yn y byd wnaethoch chi fe?'

Felly, am yr eildro o fewn awr, adroddwyd y stori o'r foment y cyrhaeddon nhw yr ysgol hyd at ladrad y llyfr. Unwaith eto, ychwanegodd Tom 'run gair at y stori. Byddai Hilda'n siŵr o weld bai ar ei fersiwn ef, a, beth bynnag, doedd o ddim yn hyderus iawn yn siarad o flaen oedolion. Gwyliodd ymateb Teilo Siencyn i'r holl hanes roedd Hilda newydd ei adrodd, a bu bron iddo â chwerthin yn uchel wrth weld yr holl ystumiau rhyfedd a wnâi'r Prif Weinidog.

'Y llyfr wedi ei ddwyn, rydych chi'n dweud?' Crafodd ei ben yn feddylgar wedi iddi orffen y stori. 'Pwy fyddai'n meddwl? Mae'n amlwg bod rhywun wedi clywed am eich llwyddiant chi cyn ni, hyd yn oed.'

'Ond pwy?' holodd Hywel. 'A pham ei ddwyn o?' Os oedd ganddyn nhw broblem gyda'r bwystfilod neu ysbrydion, pam na fydden nhw wedi gofyn?'

'Falla eu bod nhw'n bwriadu codi tâl ar bobol i gael gwared ar y bwystfilod,' awgrymodd Hilda.

'Efallai wir,' meddai'r Prif Weinidog yn feddylgar. 'Ond beth bynnag am hynny. Rydw i a 'nghyd-weithwyr wedi meddwl am gynllun a fydd yn helpu'r sefyllfa sydd wedi codi dros y byd dros nos. Ro'n i'n siarad ar fy ffôn yr holl ffordd lan 'ma.' Sticiodd Teilo Siencyn ei fys yn ei glust a'i grafu rhyw fymryn, cyn ei dynnu allan a'i sychu yn ei drowsus. 'Beth bynnag, rwy'n credu i ni ddod i gytundeb ar ba gamau i'w cymryd nesaf.'

'Ond beth sydd â hyn i gyd i'w wneud efo ni?' holodd Hilda mewn rhwystredigaeth.

Edrychodd Teilo Siencyn arni fel pe bai'n synnu o glywed y ffasiwn gwestiwn. 'Ydy e ddim yn amlwg?' Symudodd ei lygaid oddi wrth Hilda draw at Hywel, cyn dod i stop ar wyneb Tom. 'Chi yw'r unig obaith sydd 'da ni. Mi ddyweda i'r gwir yn blaen: Mae ar Gymru eich angen chi.'

Gwyddai Hywel na fyddai o byth yn anghofio'r eiliad honno. Prif Weinidog Cymru, yn eistedd yn ei gegin ef, yn erfyn am gymorth. Roedd y peth yn anhygoel.

'Arhoswch funud, Mr Siencyn…' dechreuodd Mr Huws.

'Plis, galwch fi'n Teilo.' Gwenodd y Prif Weinidog, a meddyliodd Hywel ei bod hi'n anhygoel sut roedd dyn mor chwit-chwat yn gallu bod mewn swydd mor bwysig.

'Teilo,' ufuddhaodd Mr Huws. 'Dwedwch wrtha i, sut y gall Hywel a'i ffrindiau fod o help i chi? Ifanc iawn ydyn nhw…'

'Ifanc iawn,' cytunodd Teilo Siencyn. 'Yn llawn egni a brwdfrydedd. Perffaith i wynebu sialens fel hon.'

'A phrun bynnag, mae'r llyfr wedi ei ddwyn rŵan,' ychwanegodd Tom.

'Ond doedd dim angen y llyfr ar Hywel yn y sinema, oedd e? Roedd yr wybodaeth am y Leiac ar ei gof!'

Ysgydwodd Hywel ei ben mewn difrif. Roedd o wrth ei

fodd o weld bod dyn mor bwysig yn meddwl y gallai o wneud gwahaniaeth i fyd mor ansicr, ond doedd Hywel ei hun ddim mor hyderus. 'Mi fedra i gofio ambell fanylyn o'r llyfr, ond ddim y cyfan. Roedd hi'n glamp o gyfrol, wyddoch chi…'

Nodiodd y Prif Weinidog. 'Mae diflaniad y llyfr yn golled fawr, yn sicr. Gadewch i mi fod yn onest gyda chi.' Pwysodd Teilo Siencyn dros fwrdd bach y gegin. 'Hyd yn oed gyda'r llyfr ar goll, chi ydi'r unig obaith sydd 'da ni. Does 'na ddim llygedyn o obaith o unman arall: hebddoch chi, waeth i'r blaned gyfan dderbyn bod y byd nawr yn llawn bwystfilod.'

'Ond be all Hywel a'i ffrindiau wneud?' gofynnodd Mr Huws, gan edrych braidd yn ddiamynedd. 'Wedi'r cyfan, prin y medrwch chi eu hanfon nhw o gwmpas Cymru i gael gwared â'r bwystfilod, un ar y tro.'

Dechreuodd Hywel wrido wrth glywed ei dad yn disgrifio Tom a Hilda fel ffrindiau – wedi'r cyfan, doedd o prin wedi siarad â nhw cyn heddiw. Ond wrth gymryd cip draw at y ddau, doedd hi ddim yn ymddangos eu bod wedi sylwi ar hynny.

'Wrth gwrs, wrth gwrs,' cytunodd y Prif Weinidog yn frwd, cyn ychwanegu, 'Dyna yw *plan B*, os nad ydy *plan A* yn gweithio.'

'Dydach chi ddim o ddifri.' Rhythodd tad Hywel yn gegrwth arno.

'Be ydy'ch cynllun chi, 'ta?' holodd Hilda'n ddiamynedd.

Gwenodd Teilo Siencyn arni mewn tawelwch am ychydig, ei lygaid yn bell. 'Gwed wrtha i, Hilda. Wyt ti'n credu mewn ffawd?'

Ysgydwodd Hilda'i phen yn bendant. 'Nac ydw. Hen lol ofergoelus.'

'Aaaa! Ond dyna fyddet ti wedi ei ddweud am ysbrydion a

bwystfilod yr amser yma ddoe, 'yn tyfe? A dyma ni nawr, mewn byd yn llawn ohonyn nhw!'

Doedd gan Hilda ddim ateb i hynny: roedd y Prif Weinidog yn dweud y gwir.

'Y peth yr hoffwn i ei wneud ydy 'ych anfon chi i lygad y ffynnon, fel petai – mae 'na un ardal yng Nghymru sydd â llawer mwy o ysbrydion nag unrhyw leoliad arall yn y byd, hyd y gallwn ni weld. Efallai fod modd dod i wybod sut mae cael gwared â'r ysbrydion os ewch chi i fan'no.'

'Be sy'n gwneud i chi feddwl hynny?' holodd Hilda'n amheus.

'Dim oll,' gwenodd y Prif Weinidog eto. 'Ond dyna ble mae'r broblem fwyaf, ac felly mae'n bwysig i ni ymchwilio.'

Ysgydwodd tad Hywel ei ben. 'Syniad gwallgof...'

'Mae o'n gwneud rhyw fath o synnwyr,' meddai Tom, a throdd pawb i edrych arno. Doedd o ddim wedi dweud fawr ddim ers i'r Prif Weinidog ddod, ond rŵan roedd o'n edrych yn feddylgar iawn. 'Os 'dan ni'n meddwl am y byd arall, y byd lle mae'r bwystfilod a'r ysbrydion i gyd wedi bod tan y bore 'ma, fel lle hollol wahanol, ac os 'dan ni'n meddwl bod y drws i'w byd nhw wedi agor, mae hi'n gwneud synnwyr y bydda 'na fwy ohonyn nhw'n ymgasglu o gwmpas y drws?'

Meddyliodd Hywel yn galed: roedd yr hyn roedd Tom yn ei ddweud mor gymhleth fel bod ei feddwl yn brifo wrth ystyried y peth. Oedd, roedd 'na ryw synnwyr yn hynny: synnai Hywel wrth glywed Tom yn siarad mor gall. Doedd o byth yn ateb cwestiwn yn yr ysgol.

'Mi wnawn ni edrych ar eich ôl chi, wrth gwrs,' meddai Teilo Siencyn. 'Mae 'na glamp o gampafan i'ch tywys chi yno, ac i roi lle i chi ymlacio os bydd angen; digon o arian i brynu bwyd a diod. Ac, wrth gwrs, bydd tâl dyddiol i chi – mae'r cyfrifon banc wedi eu hagor yn barod.'

'Cyfrifon banc?' poerodd Mr Huws, a meddyliodd Hywel mai dyma oedd y mwyaf blin iddo weld ei dad erioed. 'Mae fy mab i'n bedair ar ddeg, Mr Siencyn – poeni am orffen ei rownd bapur mewn pryd y dylai o fod yn ei wneud, nid am achub y byd!'

'Pwy ddywedodd unrhyw beth am y byd?' holodd Teilo Siencyn, heb boeni o gwbl am dymer tad Hywel. 'Bòs Cymru ydw i… Mi gaiff y gwledydd eraill ddod o hyd i helwyr bwystfilod eu hunain.'

'Helwyr bwystfilod…' ailadroddodd Tom yn araf. Roedd hi'n amlwg o'r olwg freuddwydiol ar ei wyneb ei fod o'n hoff iawn o'r teitl, ac roedd y Prif Weinidog yn deall i'r dim.

'Dyna ti,' meddai'n ysgafn. 'Swnio'n cŵl, on'd ydi e? Mi fydd pawb yn dod i wybod amdanoch chi… Bydd e fel bod yn seren ffilm enwog…'

Ebychodd Mr Huws yn uchel. 'Wnewch chi roi'r gorau iddi, wir! Fydd Hywel *ddim* yn mynd!'

'Bydda, mi fydda i, Dad,' meddai Hywel yn dawel cyn iddo gael cyfle iawn i ystyried yr hyn roedd o'n ei ddweud. Fyddai o byth yn tynnu'n groes i'w dad, dim am y mater lleiaf, ac roedd y rebel a deimlai yn codi o'i enaid yn dipyn o sioc.

'Be?' gofynnodd Mr Huws, ei lygaid wedi eu lledaenu mewn syndod.

'Dim achos mod i am fod yn enwog, dim am mod i isho bod yn cŵl,' esboniodd Hywel yn daer. 'Dwn i ddim a fedra i fod o help i unrhyw un, Dad, ond mae'n rhaid i mi drio.'

'Ond pam?' gofynnodd Mr Huws, yn hanner sibrwd.

'Am mai dyna'r peth iawn i'w wneud.' Edrychodd Hywel

i fyw llygaid ei dad, a gwyddai'n syth bod ei dad yn deall yn iawn. Roedd y ddau mor debyg i'w gilydd, a waeth pa mor ffôl y teimlai Mr Huws roedd y cynllun, gwyddai mor bwysig oedd hyn i'w fab.

'Gwych!' gwenodd Teilo Siencyn. 'Ro'n i'n amau y byddech chi'n cytuno. Pa fachgen a all wrthod y cyfle i fod yn enwog, yntê?'

Ystyriodd Hywel roi ateb digon siarp i'r Prif Weinidog, a dweud yn gadarn nad oedd ganddo ef ddim diddordeb yn hynny ei hun, ond penderfynodd beidio. Beth oedd y pwynt?

'Beth amdanoch chi'ch dau?' gofynnodd y Prif Weinidog i Tom a Hilda. 'Ydych chi am fy ngwneud i'n ddyn hapus iawn, a chytuno i helpu?'

'Ocê, ta,' cytunodd Tom yn syth. Roedd yr olwg bell yn dal yn ei lygaid, a thybiai Hywel ei fod o'n breuddwydio am yr ymateb a gâi gan ei ffrindiau pan glywent fod Tom ar fin cael coblyn o antur.

Trodd pawb eu llygaid at Hilda. Roedd Hywel yn siŵr y byddai hithau'n cytuno'n syth i fod yn rhan o'r cynllun – wedi'r cyfan, roedd hi wedi cael blas ar antur, ac wedi mynd ati'n frwd i helpu'r dyn yn y sinema. Ond edrych i fyw llygaid y Prif Weinidog wnaeth hi, a syllu arno'n amheus.

'Mae 'na un peth dydw i ddim yn ei ddeall,' meddai'n bwyllog. 'Mae hi'n amlwg pam bod angen Hywel arnoch chi – mae o'n gwybod llawer am y bwystfilod, a fo oedd yn berchen ar y llyfr. Ond pam bod angen Tom a minnau? Digwydd bod efo Hywel oedd y ddau ohonon ni'r bore 'ma – 'dach chi'n gwybod hynny. Toes dim o'n hangen ni arno fo.'

Gwridodd Hywel, ond ni ddywedodd 'run gair. Roedd o'n falch iddo gael cwmni Hilda a Tom y bore hwnnw. Mewn ffordd, roedd cael cwmni dau o bobol boblogaidd yn fwy o sioc iddo na dod wyneb yn wyneb â bwystfil rheibus. Ond nawr ei fod o am drio gwaredu Cymru o'i holl fwystfilod ac ysbrydion, oni fyddai'n syniad gwell cael criw go fawr o filwyr neu blismyn yn gwmni iddo?

Diflannodd gwên y Prif Weinidog am ennyd, ac edrychodd mewn difri ar Hilda. 'Wyddost ti, Hilda, mae pobol sy'n cwrdd â mi am y tro cynta'n tueddu i wneud un camgymeriad mawr. Mae e'n digwydd bob tro – maen nhw'n gweld y gwallt blêr a'r dillad heb eu smwddio, ac maen nhw'n meddwl mod i'n dwp. Y gwir yw, wrth gwrs, na ddylech chi fyth farnu rhywun yn ôl y ffordd maen nhw'n edrych.'

Estynnodd y tawelwch am gyfnod a ymddangosai'n hir ac, am eiliad, credai Hywel fod y Prif Weinidog wedi gorffen siarad. Ond na.

'Yn ôl y wybodaeth sydd gen i, mi wnest ti, Hilda, aros i helpu yn y sinema hyd yn oed a thithau'n ofni'r perygl enbyd a gyflwynwyd gan y bwystfil. Yn ogystal â hyn, rydw i wedi dod i'r casgliad, ar ôl bod yn dy gwmni am chwarter awr, na fyddet ti'n cymryd unrhyw lol gan neb. Mi fedrwn i chwilio a chwilio, Hilda fach, ymysg rhengoedd o blismyn a milwyr, ond ddo i byth o hyd i unrhyw un â cheg mor barod â ti.'

Rhoddodd Hilda hanner gwên, fel petai hi'n ansicr a oedd o'n ceisio bod yn glên ynteu'n ofnadwy o ddigywilydd.

'A Tom wedyn. Mae'n ymddangos i mi mai fo oedd y mwyaf ofnus o'r tri ohonoch chi.' Agorodd Tom ei geg i brotestio, ond daliodd y Prif Weinidog i siarad. 'Ond fe ddaeth e 'nôl i'r sinema ar ôl gadael, ac fe arhosodd e. Ac yn fwy na hynny, Tom oedd yr un a redodd ar ôl lleidr y llyfr – wnaeth Hilda na Hywel mo hynny. Felly, mae'n ymddangos bod gennym ni'r criw perffaith yma. Un yn llawn gwybodaeth am fwystfilod ac ysbrydion, un yn ddigon dewr i'ch gwarchod chi rhag pobol fydd yn sefyll yn eich erbyn chi, ac un arall yn ddigon pengaled a chegog i'ch cadw chi ar y trywydd iawn. Perffaith.' Gwenodd Teilo Siencyn eto, a thrawsnewidiwyd ei wyneb yn gyfan gwbl i fod yn un cyfeillgar yr olwg. 'Felly. Ydych chi i gyd yn cytuno i'n helpu ni?'

Trodd pawb at Hilda, ac ochneidiodd hithau. 'Mae'n rhaid fy mod i'n boncyrs,' meddai'n dawel. 'Ond iawn, mi wna i helpu.

Pennod 7

WRTH EISTEDD YNG nghefn car crand y Prif Weinidog, teimlai Hilda iddi gael ei drysu'n llwyr ganddo. Gwyliodd ef yn dawel wrth iddo ddysgu Tom sut roedd y peiriant mp3 yn y car yn gweithio. Yn y sedd flaen, eisteddai'r ddau ddyn mewn siwtiau du a sbectol dywyll, heb wên ar gyfyl eu hwynebau.

Y gwir oedd bod Hilda wedi ffurfio barn ar Teilo Siencyn ar sail ei edrychiad chwit-chwat. Roedd hi wedi ei weld o droeon ar y teledu, yn edrych fel petai o wedi cysgu yn ei ddillad, ac roedd hi wedi darllen yn y papur newydd am rai o'r pethau dwl roedd o wedi eu dweud. Ond gynnau, wrth eistedd yng nghegin Hywel, gwelodd Hilda fflach o glyfrwch yn y dyn diolwg, ac roedd ei chamgymeriad wedi ei siglo'n llwyr. Doedd Hilda ddim yn gyfarwydd â gwneud camgymeriadau.

Wrth gyrraedd ei chartref, arhosodd Tom a Hywel yn y car wrth i Hilda a'r Prif Weinidog gerdded i lawr y llwybr bach tuag at ei chartref. Estynnodd Hilda oriad y tŷ o'i phoced, gan deimlo braidd yn ffôl. Yr hogyn cyntaf iddi ddod ag o adre gyda hi, ac roedd o'n edrych fel trempyn! Mi fyddai Gwilym, ei brawd, yn ei herian hi'n ddi-baid am hyn.

'Maaaam!' galwodd Hilda wrth groesi'r trothwy.

'Haia Hils,' atebodd ei mam, a symudodd Hilda draw i'r lolfa, ble safai ei mam y tu ôl i'r bwrdd smwddio, stêm yn codi o'r jîns o'i blaen a'r teledu yn fflachio'i straeon. 'Mae'r salon wedi cau efo'r holl fusnes bwystfilod yma... diolch byth, i ddweud y gwir, achos...' Sylwodd Mrs Siôn ar Teilo Siencyn, oedd wedi camu i'r lolfa y tu ôl i'w merch. Syllodd yn geg-agored am amser hir, ei llygaid glas fel soseri.

'Ym… Yr haearn smwddio…?' meddai'r Prif Weinidog yn dawel, a deffrodd Mrs Siôn o'i breuddwyd.

'Daria!' ebychodd, wrth dynnu'r haearn smwddio oddi ar y jîns, gan adael triongl brown o ddenim wedi'i losgi. Llenwodd yr ystafell ag arogl crasu. 'Sbïwch golwg!'

'Fy mai i,' ymddiheurodd Teilo Siencyn.

'Wel,' gosododd Mrs Siôn yr haearn yn ôl yn ei briod le cyn troi i edrych ar y Prif Weinidog. 'Mae Hilda wedi dod â phob mathau o ffrindiau adre efo hi, ond do'n i *ddim* yn eich disgwyl chi.'

Chwarddodd Teilo Siencyn. 'Beth am i ti fynd lan i dy lofft, Hilda, i bacio bag, tra ca' i air gyda dy fam?'

Nodiodd Hilda a dianc i fyny'r grisiau, ond nid cyn iddi glywed llais ei mam yn cyfarth, 'Pacio bag? I ble yn union 'dach chi'n meddwl 'dach chi'n mynd â fy merch i, Mistar?' Byddai gan Teilo Siencyn dasg go fawr i ddarbwyllo ei mam bod mynd i hela ysbrydion a bwystfilod yn syniad da.

Ychydig iawn o bethau a baciodd Hilda – dau bar o jîns, cwpl o grysau-T a dwy hwdi; dillad isa; nofel drwchus a'i brws dannedd. Ystyriodd am eiliad a ddylai fynd â photyn o eli gwefusau pinc oedd wedi bod yng ngwaelod ei drôr tlysau, ond meddyliodd sut byddai Tom yn tynnu coes pe bai hi'n gwisgo colur a hithau ddim yn gwneud fel rheol, a gadawodd yr eli gwefusau yn y drôr. Wedi newid o'i dillad ysgol, aeth Hilda draw at y cwpwrdd crasu i chwilio am sanau glân. Wrth chwilio'n ddyfal am ddwy hosan oedd yr un fath â'i gilydd, teimlodd glamp o gic ar ei phen-ôl.

Neidiodd Hilda mewn braw, yn siŵr bod bwystfil yn ei chartref hi.

Chwarddodd Gwilym wrth weld yr olwg ar wyneb ei chwaer

fach. Ysgydwodd Hilda'i phen yn ddirmygus. Roedd o mor ofnadwy o blentynnaidd.

'Cer o 'ma, dwi'n brysur,' cyfarthodd ar Gwilym yn ddig.

'Yn gwneud be? Sortio sanau? Am fywyd difyr sy gen ti...' atebodd yntau'n goeglyd wrth drio cael ei wynt ato.

Gwrthododd Hilda'r demtasiwn i regi arno, gan weld ei chyfle i gael y gorau ar ei brawd mawr. 'Chwilio am ddillad glân. Dwi'n cael mynd ar drip.' Gwyddai y byddai hynny'n siŵr o godi gwrychyn ei brawd, ac roedd hi'n iawn: diflannodd ei wên yn syth.

'E? I le?'

Ceisiodd Hilda guddio'i gwên, a phrysurodd i ymestyn am ddwy hosan binc a guddiai o dan bentwr o dywelion. 'Tydw i ddim yn siŵr. Dwi'n gweithio i'r llywodraeth rŵan. Mae'n ymddangos eu bod nhw wedi penderfynu mai fi ydi'r person i sortio'r busnes ysbrydion yma.' Penderfynodd Hilda nad oedd Gwilym angen gwybod bod Hywel a Tom hefyd yn rhan o'i swydd newydd.

'Ti'n boncyrs.'

'Ddim yn fy nghoelio i? Cer lawr i'r lolfa. Mae Teilo Siencyn yno rŵan, yn siarad efo Mam.'

'Y boi gwallt blêr 'na sy ar y teledu o hyd?' Ysgydwodd Gwilym ei ben, yn gegagored. 'Wel, mae o wedi digwydd. Ro'n i'n amau y bydda fo, ond ddim mor ifanc â hyn.'

'Be?'

'Ti 'di mynd yn dw-lal. Mi fydd yn rhaid i ni dy roi di mewn cartre...'

'Hwyl, Gwil,' meddai Hilda'n annwyl gan stwffio'i sanau i'w bag a chychwyn i lawr y grisiau. Gwyddai na fyddai Gwilym yn gallu gwrthsefyll y demtasiwn i'w dilyn.

Roedd yr olwg ar wyneb ei brawd wrth iddo gerdded i mewn i'r lolfa, a chanfod ei fam yn cael paned gyda'r Prif Weinidog, yn un a drysorai Hilda am byth. Agorodd ei geg yn llydan, fel cymeriad mewn cartŵn, a lledaenodd ei lygaid yn fawr.

'Gwilym, ie?' gofynnodd y Prif Weinidog. 'Teilo Siencyn. Da iawn i gwrdd â ti.'

'Be... Be...' poerodd Gwilym mewn syndod.

'Fedra i ddim coelio dy fod ti wedi mynd i chwilio am fwystfilod yn y sinema,' meddai Mrs Siôn, gan anwybyddu ei mab yn llwyr. 'Fydda fo'n gwneud dim drwg i ti gadw dy drwyn allan o betha am unwaith, 'ngeneth i.'

'Hy!' ebychodd Hilda'n bwdlyd, 'dwi'n cael gwared ar fwystfil rheibus, a'r cyfan 'dach chi'n wneud ydi cwyno.'

'Fel hyn mae hi, wyddoch chi,' trodd Mrs Siôn at y Prif Weinidog. 'Os oes 'na unrhyw beth yn digwydd, mi fedrwch chi fod yn siŵr y bydd hi yn ei ganol o.'

'Be... ond...' poerodd Gwilym mewn syndod, ond chymerodd neb fawr o sylw ohono.

'Ydych chi wedi dweud wrthi am eich cynllun chi?' gofynnodd Hilda i'r Prif Weinidog, yn awyddus i gael clywed ymateb ei mam.

'Do, wir,' atebodd Mrs Siôn cyn i Teilo Siencyn gael cyfle i agor ei geg. 'Glywais i rioed y ffasiwn beth, wir. Anfon plant ifanc i wneud gwaith oedolion. Mae'r peth yn warthus!'

'Mam!' Stompiodd Hilda ei throed ar lawr mewn rhwystredigaeth. Roedd o'n deimlad ofnadwy i orfod gofyn caniatâd rhywun arall i gael gwneud rhywbeth, ac fe deimlai Hilda mai 'na' oedd yr ateb bob tro. 'Mae tad Hywel yn gadael iddo fo fynd!'

'Does gen i ddim ots yn y byd be mae tad Hywel yn ei ddweud. Fel deudais i wrth y Prif Weinidog yn fa'ma... Does 'na ddim ffordd yn y byd mae fy hogan fach i'n mynd i godi bwganod heb ei mam.'

'Tydi hyn ddim yn deg!' protestiodd Hilda.

'Felly,' gwenodd Teilo Siencyn, gan edrych yn edmygus ar fam Hilda. 'Mi esboniais i wrth dy fam bod angen gwarchodwr ar y tri ohonoch chi, rhywun rydych chi'n adnabod...'

'O, na...' ysgydwodd Hilda'i phen yn araf.

'Rhywun i'ch gyrru chi, coginio i chi os oes angen...'

'Coginio i ni?' ebychodd Hilda. 'Mam? Ond mae hi'n gallu llosgi salad!'

'Paid â bod yn bowld,' meddai Mrs Siôn. 'Rŵan, rhowch funud i mi bacio. W! Mi fydd o fel gwyliau!'

Suddodd calon Hilda. Gwthiodd Mrs Siôn heibio i'w mab, a safodd hwnnw yn edrych o wyneb i wyneb, ei geg yn agor a chau fel ceg pysgodyn.

Y peth cyntaf a ddywedodd mam Tom ar ôl agor y drws i weld y Prif Weinidog yn sefyll ar y trothwy gyda'i mab oedd: 'O Tom! Be wnest ti rŵan eto?'

Llosgodd bochau Tom mewn cywilydd. Roedd hi'n wir fod ganddo fymryn o hanes o gael ei hebrwng adref gan oedolion ar ôl cael ei ddal yn gwneud rhywbeth o'i le – athro yn cwyno am ei ddigywilydd-dra, cymydog yn cwyno ei fod o'n taflu sbwriel i'w ardd, plismon, unwaith, ar ôl dal Tom a'i ffrindiau'n canu clychau drysau am hanner awr wedi deg ar nos Lun, cyn rhedeg i ffwrdd a gadael perchnogion y tai mewn penbleth. Ond y tro hwn, wedi gwneud daioni roedd Tom, ac roedd o'n ysu am weld ei fam yn falch ohono. Beth roedd hi'n credu iddo wneud, tybed? Pa drosedd fyddai'n ddigon ofnadwy i ddenu Prif Weinidog Cymru i'w cartre?

'Peidiwch â phoeni, Mrs Williams,' meddai'r Prif Weinidog, gan wenu'n siriol. 'Dyw Tom ddim wedi gwneud unrhyw beth o'i le. Nawr, ydych chi'n meddwl y byddai'n bosib i mi ddod i mewn am sgwrs fach 'da chi?'

Chwarter awr yn ddiweddarach, ac eisteddai Tom gyda'i rieni a'r Prif Weinidog wrth fwrdd y gegin. Roedd ei dad wedi dychwelyd o'i waith yn syth ar ôl derbyn galwad ffôn gan ei wraig i ddweud bod Teilo Siencyn yn eistedd yn y gegin yn yfed te ac yn sglaffio bisgedi siocled. Doedd hi ddim wedi cynnig 'run gwên i'r gwleidydd chwaith, dim hyd yn oed pan ddisgrifiodd y Prif Weinidog ddewrder Tom wrth wynebu'r Leiac.

Ar ôl i Teilo Siencyn adrodd y stori, ac amlinellu ei fwriad o anfon Tom i hela ysbrydion a bwystfilod, bu tawelwch llethol o amgylch y gegin. Sylwodd Tom ar wyneb gwelw ei fam, ac ar y difrifoldeb yn llygaid ei dad. Mi fyddai Tom yn teimlo'n ddigon ansicr be bai o yn esgidiau'r Prif Weinidog rŵan.

'Mae hyn i'w ddisgwyl, wrth gwrs,' meddai Mr Williams o'r diwedd, gan syllu i fyw llygaid Teilo Siencyn. Synnwyd Tom gan hyn – roedd hi'n ymddangos iddo ef mai peth annisgwyl iawn oedd cael y Prif Weinidog wrth y drws, yn gofyn i gael benthyg mab er mwyn trechu ysbrydion.

'Mae'n ddrwg gen i?' holodd y Prif Weinidog, yn amlwg mewn penbleth.

'Mae hyn i'w ddisgwyl,' ailadroddodd Mr Williams, 'gan rywun fel chi.'

'Rhywun fel fi?'

'Gwleidydd!' Poerodd Mr Williams y gair fel petai o'n flas cas yn ei geg, a llosgodd gwrid dros fochau Tom. Mi ddylai o fod wedi cofio casineb ei dad tuag at unrhyw un oedd yn ymwneud efo'r llywodraeth – nhw oedd yn cael y bai am bopeth ganddo, o bris peint o laeth at law trwm dros fisoedd yr haf. Nodiodd Teilo Siencyn, fel petai o'n dechrau deall – mae'n rhaid ei fod o wedi cwrdd â channoedd o ddynion fel tad Tom yn ystod ei yrfa.

'Y peth yw…'

''Dach chi'n dŵad yma, yn edrych fel petaech chi'n cysgu yn eich dillad ers pythefnos, yn disgwyl i ni roi'n mab pedair ar ddeg oed i chi i gael ei blannu fo yn y lle perycla yn y wlad, a 'dach chi wir yn meddwl ein bod ni'n mynd i gytuno!' Ysgydwodd Mr Williams ei ben. 'Mae'n rhaid eich bod chi'n meddwl mod i'n dw-lal, ddyn!'

'Ddim o gwbwl,' atebodd Teilo Siencyn yn gyflym. 'Gofyn ydw i…'

'Y Prif Weinidog ei hun!' ebychodd Mr Williams, ei fochau coch yn fflamio mewn tymer. 'Mae ganddoch chi'r fyddin, yr heddlu, y frigâd dan, a dyn a ŵyr pwy arall i'ch helpu chi, a 'dach chi'n dŵad ar ôl tri o blant ysgol o ganol y wlad! Dwi 'di dweud ers y dechra y byddech chi'n gwneud llanast o redeg y wlad 'ma, a…'

'Mae'n amlwg mod i'n gwastraffu fy amser fan hyn,' torrodd Teilo Siencyn ar ei draws, a chodi o'i gadair. Suddodd calon Tom. Roedd o wedi gwybod yn ei galon na fyddai ei dad yn gadael iddo fynd ond, am ychydig, roedd Tom wedi cael breuddwydio am fywyd gwahanol, bywyd ble roedd o'n arwr yn lle bod yn un o'r rafins a yrrai pobol i groesi'r ffordd ar strydoedd Tywyn yn lle dod i gwrdd ag o. 'Mae'n biti bod Tom yn colli'r cyfle, dyna i gyd. Mi fyddai'n derbyn tâl hael iawn am wneud y gwaith…'

'Pres! Ydach chi'n meddwl y byddan ni'n gwerthu ein mab

i chi? Wel, i chi gael dallt, mae 'na betha llawer pwysicach na phres, ac mae teulu'n un ohonyn nhw.'

'Ac, wrth gwrs, mi fyddai'n gyfle iddo feddwl am ei ddyfodol, treulio ychydig o amser oddi wrth ei ffrindiau... Ond na.' Estynnodd Teilo Siencyn i ysgwyd llaw â Tom, ac wrth iddo deimlo cledr boeth y bachgen ar ei law, meddai, 'Pob hwyl i ti, Tom. Pob lwc, yn beth bynnag a wnei di.'

Teimlai Tom yr anobaith yn llenwi pob modfedd o'i gorff. Wyddai o ddim tan rŵan mor anfodlon y buodd o gyda'r math o fywyd y bu'n ei ddilyn, ac roedd meddwl mynd yn ôl i fel roedd pethau o'r blaen yn gwneud iddo ddigalonni.

'Ond dwi isho mynd!' meddai Tom mewn llais bach, ond dim ond gwenu'n drist arno wnaeth y Prif Weinidog.

Wrth i'r Prif Weinidog estyn am fwlyn y drws, daeth llais mam Tom dros fwrdd y gegin. Doedd hi ddim wedi siarad o gwbl tan rŵan, ac roedd yr un gair a ddwedodd hi'n ddigon i gynnig llygedyn o obaith i Tom.

'Arhoswch.'

Ufuddhaodd Teilo Siencyn, a throdd yn ôl i edrych ar Mr a Mrs Williams. Edrychodd ei gŵr arni hefyd mewn syndod llwyr.

'Sheila,' meddai'n araf, fel petai o'n siarad â phlentyn bach. 'Dwyt ti ddim o ddifri yn cysidro gadael i Tom bach fynd efo hwn?'

Trodd Mrs Williams i edrych ar ei gŵr, a diolchodd Tom, am y tro cyntaf yn ei fywyd, fod ganddo fam oedd mor barod i dynnu'n groes. 'Meddylia am y peth, Eric. Meddylia am y profiada bydd Tom yn eu cael...'

'Tydw i ddim angen meddwl am y peth!' gwylltiodd Mr Williams. 'Tydi o ddim yn mynd!'

'Mae'n amlwg y bydda fo'n gwneud joban go lew, neu fyddan nhw ddim wedi'i ddewis o. Mae o wedi ffindio rhywbeth mae o'n wirioneddol dda yn ei wneud, Eric, a dim ein lle ni ydi sefyll yn ei ffordd o.'

'Ond mi fydda fo mewn peryg...'

'Mae nofio yn y môr yn beryglus, mae gyrru car yn beryglus... Mae byw mewn byd llawn ysbrydion a bwystfilod yn beryglus, mae'n siŵr. Mae bywyd yn beryglus, dim ots be 'dan ni'n ei wneud.'

'Mae o'n syniad gwallgo! Tydi o ddim yn mynd, a dyna ni!' meddai Mr Williams yn ei lais mwyaf cadarn.

'Iawn ta,' atebodd Mrs Williams yn dawel. 'Rwyt ti am iddo fo aros yn fa'ma, yn dal i fynd allan efo'r hen hogia 'na mae o'n mynnu gwneud efo nhw. Yn cario mlaen i wneud y nesa peth i ddim yn yr ysgol.'

'Yndi, mae o'n llond llaw,' cytunodd Mr Williams, 'ond tydi ei anfon o i ganol peryglon ddim yn ateb...'

''Dan ni wedi trio pob dim arall, Eric! Ei gadw fo yn y tŷ gyda'r nos... Stopio'i bres poced o... Rhesymu efo'r hogyn... Ond does 'na ddim yn tycio o gwbl, oes 'na? Mae arna i ofn ein bod ni'n mynd i adael i gyfle grêt fynd heibio rŵan os gadawn ni i Mr Siencyn gerdded o'ma hebddo.'

Bu tawelwch hir yn y gegin. Teimlai Tom y dylai ef fod yn dweud rhywbeth, ond, a dweud y gwir, roedd o wedi cael gymaint o sioc o glywed ei rieni'n ei drafod o fel 'na, wyddai o ddim beth i'w ddweud. Gwyddai'n iawn ei fod o'n medru bod yn llond llaw weithiau, ond doedd o ddim wedi sylweddoli gymaint roedd ei fam a'i dad yn pryderu amdano. Siawns nad oedd o cyn waethed â hynny? Ac eto, teimlai'n euog wrth gofio am yr holl droeon y galwyd ei fam druan i'r ysgol ar ei gownt

o. Yr adeg hynny pan gafodd o a'i ffrindiau eu dal yn sgwennu rhegfeydd ar waliau'r tŷ bach. Yr amser cinio pan aeth y criw i'r labordy Cemeg a rhoi'r tapiau nwy ymlaen, gan wneud i'r ysgol gyfan sefyll y tu allan yn y glaw am awr. Ac, wrth gwrs, yr adeg honno pan osododd o lygoden fawr farw ym mag Miss Jones, ei athrawes gerdd annwyl.

Edrychodd tad Tom i fyw ei lygaid, ac roedd Tom yn siŵr ei fod yntau'n cofio'r un digwyddiadau.

'Wyt ti isho mynd, Tom?' gofynnodd yn dawel.

Nodiodd Tom yn frwd. 'Plis, Dad.'

Ochneidiodd Mr Williams yn araf, a nodiodd ei ben. 'Dwi ddim yn hapus am y peth,' meddai. 'Ond os ydi dy fam yn meddwl y gwnaiff o wahaniaeth i ti...'

Roedd y goflaid a gafodd Tom gan ei fam ar garreg y drws y prynhawn hwnnw'n teimlo'n hollol estron. Ni allai gofio'r tro diwethaf iddi gydio ynddo mor dynn.

'Bydda di'n ofalus,' sibrydodd, a dagrau'n powlio i lawr ei gruddiau. 'A chofia di, os wyt ti am ddod adre, paid ti â meddwl ddwywaith – fyddan ni ddim yn meddwl dim llai ohonot ti. Pe bydda unrhyw beth yn digwydd i ti, Tom, fyddwn i byth yn maddau i mi fy hun am adael i ti fynd.'

Wrth iddi ollwng ei gafael ynddo, daeth ton o ansicrwydd dros Tom. Oedd o'n wirion i adael rhieni oedd yn amlwg yn meddwl y byd ohono?

'Reit, te,' meddai'r Prif Weinidog yn bwysig i gyd. 'Mae'n bryd i ni drafod busnes.'

Estynnodd i mewn i fag wrth ei draed, a thynnu gliniadur i'w osod ar y bwrdd. Roedd hen ddigon o le iddo ef, Hilda, Tom a

Hywel o gwmpas y bwrdd, a meddyliodd Hywel am y canfed tro mor anhygoel oedd y gampafan yma.

Wrth gwrs, roedd o wedi gweld nifer o gerbydau tebyg o'r blaen – Onid oedden nhw'n heidio i Dywyn o bob cornel o Brydain bob blwyddyn? Ond welodd o rioed ddim byd cystal â hon. Roedd y cerbyd yn anferth, o liw arian sgleiniog drosti. Ond y tu mewn roedd yn wirioneddol wych. Roedd Hywel wedi disgwyl un bwrdd bach, cegin bitw, efallai soffa fach a allai gael ei gwneud yn wely, ac roedd o wedi disgwyl i'r cyfan fod o liw melyn di-ddim arferol carafán.

Doedd y gampafan yn ddim byd tebyg i hynny.

Roedd seddi y tu blaen i'r cerbyd, ble byddai'r gyrrwr a dau arall yn eistedd, yn felfaréd coch cyfforddus yr olwg. Y tu ôl i'r rheiny, roedd soffa fawr biws yn cyrlio o amgylch y cornel, a bwrdd o fetel sgleiniog yn ei ymyl – lle'r eisteddai pawb rŵan. Roedd cegin yn ymestyn ar hyd canol y gampafan, cegin blastig goch sgleiniog, ac ynddi bopty newydd sbon a chlamp o oergell dal. Tu hwnt i hwnnw, drws bach arweiniai at y stafell ymolchi modern, gyda chawod, sinc a thŷ bach o fetel coch. Ac yna, i goroni'r cyfan, yng nghefn eithaf y cerbyd, roedd dau wely bync, yn fawr ac yn esmwyth. Roedd Hywel ar ben ei ddigon.

'Nawr te, ble mae e, gwedwch?' Pwysodd Teilo Siencyn ambell fotwm ar y gliniadur, gan edrych fel pe bai o heb weld y ffasiwn beth erioed o'r blaen. Fflachiodd map ar y sgrin, map mawr o Gymru, a gwenodd y Prif Weinidog yn fuddugoliaethus cyn troi'r sgrin i bawb allu gweld yn well. 'Dyma fe.'

Astudiodd Hywel siâp cyfarwydd y map. Roedd Cymru gyfan wedi ei lliwio'n wyrdd, ac fe'i gorchuddiwyd â smotiau coch, a phla ohonynt mewn rhai ardaloedd tra bod eraill yn foel.

'Be 'di'r smotiau?' gofynnodd Hilda.

'Bwystfilod, neu ysbrydion. Y rhai 'dyn ni'n gwybod amdanyn nhw.'

'Maen nhw ym mhob man,' ebychodd Hywel, wrth weld nad oedd prin 'run cornel o'r wlad wedi osgoi'r smotiau.

'Ydyn,' cytunodd Hilda, 'ond mewn rhai llefydd yn fwy na'i gilydd. Sbia yn fan hyn,' pwyntiodd at ben eitha Sir Benfro, ble roedd y tir bron yn gwbl goch mewn dotiau. 'Mor wahanol i fan'ma,' meddai gan symud ei bys at arfordir y gogledd-ddwyrain, lle nad oedd llawer o smotiau.

'Yn gwmws!' Tarodd Teilo Siencyn ei law ar y bwrdd yn frwd. 'Pam bod mwy o fwystfilod ac ysbrydion mewn ambell le, a dim mewn lle arall? Mae hi'n amhosib dod o hyd i batrwm!'

'Ond pam bod ots am hynny?' holodd Tom. 'Pam bod yn rhaid gweld y patrwm? Dydi hi ddim yn bwysicach i ni gael gwared arnyn nhw, un ar y tro?'

Nodiodd Teilo Siencyn. 'Rwyt ti'n iawn, mewn ffordd, Tom. Cael pethau yn ôl i fel roedden nhw sy'n bwysig. Ac eto, mae'n hanfodol ein bod ni'n dod i ddeall cymaint ag y gallwn ni am yr hyn sy'n digwydd. Y peth yw, does neb yn gwybod pam, na sut, mae'r byd wedi newid mor sydyn. Efallai y byddai deall patrwm eu hymddangosiad yn helpu, rhywsut...'

Edrychodd Hilda'n amheus ar y Prif Weinidog.

'Felly sut ydan ni'n gallu helpu efo hyn?' gofynnodd Hywel, gan deimlo'n frwd dros ddechrau ar ei siwrnai.

'Ydy e ddim yn amlwg?' gwenodd Teilo Siencyn. 'Rydyn ni am eich anfon chi i'r mannau lle mae'r rhan fwyaf o ysbrydion ar hyn o bryd, er mwyn i chi gael mwy o syniad wrth weld yr hyn sy'n digwydd.'

Llyncodd Hywel ei boer yn nerfus. Gwyddai'n iawn mor

beryglus fyddai mynd i ganol un o'r llefydd ar y map oedd yn frith o smotiau cochion. Wedi'r cyfan, dim ond un bwystfil roedd o wedi ymdrin ag o hyd yn hyn. Mi fyddai trio cael gwared â llawer iawn o fewn milltir sgwâr yn dasg tra gwahanol.

'I ble 'dan ni'n mynd, ta?' gofynnodd Hilda'n frwd.

'Wel,' trodd y Prif Weinidog yn ôl at ei gliniadur, 'mae'n ymddangos mai'r lle syn cael ei boenydio fwyaf ydi'r fan hyn.' Pwyntiodd at ardal ar y map oedd yn smotiau i gyd, heb ddim ond y darnau lleiaf o wyrdd yn eu hamgylchynu. 'Oes gennych chi syniad ble yw'r fan hyn?'

Ysgydwodd Hilda, Tom a Hywel eu pennau. Rhywle i'r de o Aberystwyth, roedd hynny'n sicr, ond doedd gan Hywel ddim syniad ble.

Ochneidiodd Teilo Siencyn. 'Beth ydych chi'n *wneud* mewn gwersi Daearyddiaeth, dwedwch?'

Sgwariodd Hilda braidd, yn casáu unrhyw un yn meiddio awgrymu ei bod hi'n amherffaith mewn unrhyw ffordd. 'A dweud y gwir, rydw i'n dda iawn mewn Daearyddiaeth. Mi fedra i ddweud wrthoch chi lle mae Senegal, Siberia neu Seland Newydd...'

'Ond nid Llanbedr Pont Steffan!' meddai'r Prif Weinidog. 'Tref fechan, dlos... Ac mi roedd hi'n arfer bod yn heddychlon iawn. Am ryw reswm, mae'r bwystfilod a'r ysbrydion wedi penderfynu mai dyma'r lle i fod... Mae trigolion y dref ar fin colli eu hiawn bwyll.'

'Llanbedr Pont Steffan,' ailadroddodd Tom yn araf. 'I fan'no 'dan ni'n mynd, felly?'

Nodiodd Teilo Siencyn. 'Dipyn o lond ceg, tydi? Ond, Llanbed mae'r rhan fwyaf o bobol yn ei alw fe,' eglurodd.

'Rydych chi i fynd yno, pnawn 'ma, a thrio sortio'r problemau, hyd eithaf eich gallu wrth gwrs. Mae e'n glamp o dasg, rwy'n gwybod hynny, ond mae gen i ffydd ynoch chi.'

Unwaith eto, teimlodd Hywel ansicrwydd yn byrlymu yn ei berfedd. Doedd arno ddim ofn, nac unrhyw chwant i newid ei feddwl a'i heglu hi am adref, ond doedd o ddim yn siŵr a fyddai o'n medru cyflawni'r dasg bwysig a osodwyd gan Teilo Siencyn. Roedd ffydd hwnnw ychydig yn rhyfedd, yn nhyb Hywel, ond dyna fo, roedd o'n amlwg yn ysu am ateb i'w drafferthion.

Gyda hynny, cododd y Prif Weinidog ar ei draed. 'Pob lwc i chi,' meddai, 'a diolch.'

Wrth ddilyn Teilo Siencyn i lawr y grisiau bach o'r gampafan, trodd meddwl Hywel at yr hyn a fyddai'n disgwyl amdano yn Llanbed, a chofiodd fod un dasg anodd iawn eto i'w chyflawni yn Nhywyn.

Yno, gyda bag mawr yn ei ddwylo ac wyneb gwelw iawn ar ei wyneb, safai tad Hywel, yn aros i ffarwelio â'i fab.

Pennod 8

'IESGOB ANNWYL!' EBYCHODD mam Hilda mewn rhwystredigaeth, wrth i'r gampafan lamu yn ei blaen, 'mae gan y cerbyd yma feddwl ei hun, wir i chi!'

Nid atebodd neb, ond gwelodd Hilda fod Tom yn rholio'i lygaid. Bu bron iddi ag agor ei cheg i ddweud y drefn wrtho, ond y gwir oedd ei bod hi'n cytuno ag o. Roedd ei mam wedi arfer gyrru car bychan, heb injan gref: roedd ei gosod hi y tu ôl i lyw'r gampafan fel rhoi beic modur i blentyn bach oedd wedi arfer â beic tair olwyn.

Ac eto, roedd pob dim ar y daith yn mynd yn iawn, meddyliodd Hilda wrth edrych drwy ffenestri'r gampafan ar yr awyr, oedd yn duo'n araf wrth iddi nosi. Roedd y gampafan bron â chyrraedd Llanbed, a heblaw am ambell gornel dynn, roedd teithwyr yn y gampafan wedi teimlo'n berffaith saff.

Y tu allan i'r gampafan oedd y broblem.

Roedd pawb wedi synnu gweld mor wag oedd y lonydd. Dim ond ambell gar arall oedd yn teithio, a'r rheiny ar ras wyllt, fel petai'n bosib dianc rhag digwyddiadau'r byd. Aberdyfi oedd wedi dychryn Hilda fwyaf. Ar noson braf, fel heno, byddai'r lle'n berwi o dwristiaid, a cheir wedi eu parcio blith draphlith dros bob man. Ond heddiw, doedd neb o gwmpas o gwbwl, dim un car yn y maes parcio, dim un siop na chaffi na thafarn ar agor. Roedd fel petai pawb wedi diflannu.

Roedd hi'n stori debyg ym mhobman, bron: Pennal; Machynlleth, Derwenlas. Pob un mor dawel â'r bedd, ac yn edrych braidd yn sinistr dan olau gwan y machlud. Yr unig arwydd o fywyd oedd y bocsys o olau i'w gweld drwy ambell ffenestr – roedd hi'n amlwg bod pobol yn cymryd cysur wrth wrando ar leisiau a gwylio'r lluniau ar y teledu. Meddyliodd Hilda y byddai hithau wedi bod yn falch o rywbeth i'w wylio yma yn y gampafan, unrhyw beth i dynnu ei meddwl oddi ar yr hyn oedd o'u blaenau. A hithau'n ystyried hynny, gwichiodd brecs y gampafan cyn dod i stop.

'Mam?' gofynnodd Hilda, gan droi ati. 'Be sy'n bod?'

Eisteddai ei mam yno'n gegagored, ei hwyneb yn welw a'i bysedd yn cydio'n dynn yn y llyw.

'Roedd o yno,' mwmialodd yn dawel. 'Mi welais i o.'

'Pwy?' gofynnodd Tom, wrth graffu drwy'r ffenestri. Roedd y lôn yn gul ac yn goediog yma, heb arwydd o fywyd yn unlle.

'Dyn,' atebodd mam Hilda, 'yn sefyll ar ganol y lôn, yn syllu arna i. Dyn efo barf, a llygaid mawr craff...'

'Welsoch chi lle aeth o?' holodd Tom.

'Peidiwch â dweud. Mi ddiflannodd fel roeddech chi ar fin ei daro fo,' ebe Hywel yn wybodus, gan wthio'i sbectol i fyny ei drwyn. Nodiodd mam Hilda mewn braw. 'Un o Ffoaduriaid y Ffyrdd ydi o: maen nhw'n gwneud hynny i'ch dychryn chi.'

'Ond roedd o'n edrych mor fyw!'

'Ysbryd oedd o, coeliwch chi fi. Mae'n well i ni symud ymlaen, wyddoch chi... Tydan ni ddim eisiau aros yn y fan hyn yn rhy hir, ydan ni?'

Er mor welw ac ofnus oedd mam Hilda, ailgychwynnodd injan y gampafan yn ufudd, a symud i gyfeiriad Aberystwyth. Ychydig filltiroedd i lawr y lôn, clywodd Hilda ei mam yn ebychu eto.

'O, haleliwia... Sbïwch...'

Ar stryd hir Tal-y-bont, pentref a oedd, fel rheol, yn fywiog, safai creadur yn stond ar y pafin yn ymyl siop y pentref, fel petai'n aros am fws. Teimlai Hilda'i hanadl yn cyflymu wrth i'r gampafan agosáu. Syllai pawb drwy'r ffenestri arno, a bron na ellid clywed yr ofn yn eu mysg yn y cerbyd.

Cawr, o ryw fath, a'i ben yn cyrraedd llofftydd uchaf y tai. Gwisgai'n drwsiadus iawn, fel petai'n gweithio mewn banc, a'i siwt dywyll gyda streipiau ysgafn a'i sgidiau du sgleiniog. Ond, yn lle'r pen taclus a gwallt twt a ddylai fod yn goron ar y ffasiwn gorff, roedd gwagle dychrynllyd.

Doedd ganddo ddim pen.

'Cariwch ymlaen, cariwch ymlaen,' siarsiodd Hywel yn dawel. 'Penbal ydi o, ac mi fyddwn ni'n styrbio mwy arno fo pe baen ni'n stopio.'

'Ydi o'n beryg?' gofynnodd mam Hilda. Nid atebodd Hywel. 'Ydi o'n beryg?' gofynnodd eto, yn uwch y tro hwn.

'Mi glywais i'r tro cynta,' atebodd Hywel. 'Ro'n i'n meddwl y byddai'n well gynnoch chi beidio â chlywed yr ateb.'

Daliodd pawb eu gwynt wrth basio'r Penbal, a gallai Hilda deimlo pob nerf yn ei chorff ar dân. Disgwyliai glywed rhu'r creadur, ond, drwy ryfedd wyrth, wnaeth hwnnw ddim byd ond codi llawes ei grys, fel petai'n edrych ar ei oriawr.

Dyma fu'r patrwm yr holl ffordd i Lanbed – y goleuadau rhyfedd ym Mlaenplwyf, y ffigyrau llonydd mewn clogynnau du ar groesffordd Cross Inn, yr ysbryd tlws ond gwyllt yr olwg a redodd drwy bentref Cwm Llan. Pob un yn ddigon i godi ofn ar y dewraf o bobol, a phob un yn profi i Hilda bod 'na lawer, llawer mwy o ysbrydion a bwystfilod nag roedd hi wedi ei ddychmygu.

'Diolch byth,' meddai mam Hilda gan dynnu ochenaid fawr.

Daeth y gampafan i stop mewn stryd fach a siopau ar un ochr iddi a gwrych ar yr ochr arall. 'Dyma ni o'r diwedd: Llanbed.'

Dechreuai Tom amau o ddifri iddo wneud camgymeriad mawr. Oedd, roedd mynd o le i le yn cwffio'r gelyn yn swnio'n grêt, ac mi fyddai bod yn arwr yn ei siwtio fo i'r dim. Ond oedd o'n ddigon da i lwyddo? Doedden nhw ddim wedi dechrau ar y gwaith yn iawn eto, neno'r tad, ac roedd o'n teimlo fel petai ei nerfau o i gyd yn rhacs jibiders.

Y ffigyrau mewn du yn Cross Inn oedd wedi codi'r ofn mwyaf arno, heb os nac oni bai. Pedwar ohonynt, yn dal a thenau, a'u gwisgoedd duon yn gorchuddio pob modfedd ohonynt, o'u pennau i'w sodlau. Welodd Tom ddim byd mor ddychrynllyd yn ei fywyd, a dyna pryd y gwawriodd y gwirionedd. Fyddai o byth yn gallu gwneud hyn: roedd y dasg a osodwyd iddynt gan y Prif Weinidog yn un ar gyfer pobol hyderus a dewr. Waeth iddo wynebu'r ffaith yn syth: doedd o ddim yn ddigon da.

'Swper!' meddai Dot, mam Hilda, gan osod platiau o fîns ar dost o'u blaenau. Er mor llawen roedd hi'n swnio, roedd hi'n amlwg i bawb mai trio cuddio'i theimladau oedd hi. Roedd y sioc o ddod ar draws cynifer o greaduriaid arallfydol wedi ei dychryn. Mwmialodd pawb eu diolch, ond yr unig un a edrychai fel petai arno chwant bwyd oedd Hywel.

'Mi fydd yn rhaid i ni benderfynu sut i fynd o'i chwmpas hi,' meddai, wedi iddo wagio hanner ei blât. 'Sut awn ni ati i ddod o hyd i'r ysbrydion?'

'Wnewch chi ddim byd tan bore fory,' mynnodd Dot. 'Mae hi'n nos, a...'

'Dim ond mynd am dro bach oedd gen i mewn golwg.' Edrychodd Hywel i fyny arni'n obeithiol. 'Wedi'r cyfan, tydan ni ddim yn nabod y dref o gwbwl, ac mi fyddai cael cip o gwmpas y lle rŵan yn help pan ddaw yn amser i fynd ati i gael gwared â'r bwystfilod a'r bwganod…'

'Mynd o gwmpas tre ddieithr, a hithau wedi nosi?' holodd Dot yn amheus. 'Ar ôl popeth rydan ni wedi ei weld heddiw 'ma?'

Bu ennyd o dawelwch, a gallai Tom weld bod Hywel yn ysu i gael ateb Dot. Ddywedodd o 'run gair, fodd bynnag: roedd o'n llawer rhy boléit i ateb yn ôl. Ochneidiodd Tom mewn rhyddhad – y peth olaf roedd o am ei wneud oedd mynd allan yn y tywyllwch. Trodd Hilda at ei mam.

'Mae Hywel yn iawn, wyddoch chi. Mae'n syniad da i ni ddod i nabod y dre cyn ein bod ni'n mynd ati i hela ysbrydion.' Agorodd Dot ei cheg i brotestio, ond ni roddodd Hilda gyfle iddi siarad. 'Na, Mam. Mi wn i ei bod hi'n anodd arnoch chi, ond 'dan ni'n tri yma i bwrpas, a wnawn ni ddim dod i ben os 'dach chi'n trio'n gwarchod ni o hyd.'

Edrychodd Dot ar wyneb ei merch a golwg dorcalonnus ar ei hwyneb. Yr union olwg a roddodd mam Tom iddo ef pan adawodd o yn y gampafan y prynhawn hwnnw. Ysgydwodd Tom ei ben yn ysgafn i drio cael gwared â'r atgof. Roedd o'n casáu meddwl ei fod o'n achosi poendod meddwl i'w fam.

'Plis, byddwch yn ofalus,' meddai Dot, wrth sbio o'r naill wyneb i'r llall. 'Fyddwn i byth yn medru maddau i mi fy hun petai 'na rywbeth yn digwydd i chi.'

Atebodd neb. Wedi'r cyfan, roedd hi'n amhosib addo i Dot y bydden nhw'n hollol saff gan fod perygl yn siŵr o fod yn aros amdanynt ym mhob cysgod. Llowciodd Tom ei fîns yn brudd, gan feddwl mor braf fyddai gorwedd yn ôl yn un o'r gwlâu bync cyfforddus yr olwg yng nghefn y gampafan.

Gadawodd Tom, Hywel a Hilda y gampafan a Dot â'i dwylo yn y sinc. Dringodd y tri'r grisiau bach i lawr i'r lôn.

Roedd ias yn yr awyr, a thynnodd Tom ei hwdi yn dynn amdano. Doedd o heb ymweld â Llanbed o'r blaen, ac ar noson dywyll fel heno, a dim ceir na phobol o gwmpas y lle, roedd 'na ryw awyrgylch dychrynllyd am y lle.

Roedd y gampafan wedi ei pharcio ar y lôn rhwng mynedfa'r Brifysgol a rhes o siopau bach difyr yr olwg: becws, siop ddillad, bwyty Indiaidd a siop dlysau. Gallai Tom weld y byddai Llanbed yn lle braf iawn pe bai o'n ymweld â hi mewn amgylchiadau gwahanol.

'Ffordd hyn?' cynigiodd Hywel, gan arwain y ffordd ar hyd y pafin tuag at fwy o siopau. Dilynodd Tom, a'i ddwylo wedi eu plannu yn ddwfn yn ei bocedi. Edrychai Hywel o'u cwmpas, gan graffu i mewn i ffenestri'r siopau, ond doedd gan Tom ddim diddordeb mewn edrych i mewn i'r cysgodion, ac ysai am gynhesrwydd ei gartref yn ôl yn Nhywyn. Doedd o ddim wedi ystyried o'r blaen mor braf oedd y teimlad o fod yn saff, ac addawodd iddo'i hun na fyddai o byth yn cymryd hynny'n ganiataol eto.

'I ble nesaf?' holodd Hilda wrth i'r tri ddod i stop ger cylchfan fechan. Roedd y ddwy lôn a arweiniai ohoni'n ddigon tebyg i'w gilydd: siopau bach o boptu'r lôn, a'r rheiny'n dywyll a difywyd.

'Dim syniad,' atebodd Hywel, ond dechreuodd gerdded i'r dde gan fod y ffordd ychydig yn lletach, ac felly roedd llai o gysgodion tywyll yn nrysau'r siopau.

Roedd defnydd tywyll yr hwdi yn cuddio llawer o'r olygfa, ac roedd Tom yn ddiolchgar am hynny. Fodd bynnag, wnaeth y cysur ddim para'n hir, gan i'r tawelwch gael ei chwalu'n sydyn gan sgrech uchel, a berodd i waed Tom rewi yn ei wythiennau.

Neidiodd Hywel wrth glywed y sgrech yn diasbedain drwy'r stryd wag. Er mor ddychrynllyd oedd y sŵn, roedd o'n ddiolchgar, mewn ffordd, bod rhywbeth wedi dod i dorri ar y tawelwch. Roedd unrhyw beth yn well na'r tawelwch.

Roedd Llanbedr Pont Steffan yn wahanol iawn i'r hyn roedd Hywel wedi ei ddychmygu. Wrth wrando ar Teilo Siencyn yn sôn am y lle'r prynhawn hwnnw, roedd Hywel wedi dychmygu trigolion y dref yn rhedeg o le i le yn sgrechian, a ffigyrau dychrynllyd ysbrydion a bwystfilod yn gwibio ar eu holau. Mi fyddai hynny wedi rhoi gwell syniad i Hywel o'r hyn i'w wneud nesaf. Y peth olaf roedd o wedi ei ddisgwyl oedd y tawelwch llethol.

'Be oedd hynna?' gofynnodd Hilda, a'i llygaid yn llydan.

'Sgrech,' atebodd Tom mewn llais crynedig.

'Dwi'n gwybod *hynny*, dydw. Tydw i'm yn dwp.' Ysgydwodd Hilda ei phen mewn diflastod. 'Be dwi'n feddwl ydi, ai bwystfil, ysbryd neu berson go iawn oedd o?'

'Dim syniad,' atebodd Hywel. 'Ond does 'na 'mond un ffordd o weld.'

Roedd y sgrech wedi dod o'r tu ôl i'r adeiladau ar y chwith, ac felly gwibiodd Hywel ar hyd y pafin, gan chwilio am ffordd i agosáu at y sŵn. Roedd ei galon yn curo'n gyflym, ond doedd ganddo ddim ofn: yn hytrach, teimlai'r cyffro yn llenwi ei gorff ac yn rhoi egni rhyfedd iddo. Roedd o ar drothwy rhywbeth mawr, gallai deimlo hynny ym mêr ei esgyrn.

'Fan'no!' meddai'n llawn brwdfrydedd, gan weld lôn fach dywyll yn arwain i gyfeiriad y sgrech. Sylwodd fod Tom a Hilda yn syllu mewn braw ar y lôn fach. Edrychodd Hywel arni eto: oedd, roedd hi'n edrych yn ddigon dychrynllyd, meddyliodd, heb gysur goleuadau stryd. Ond siawns nad oedd ar Tom a Hilda ofn tywyllwch!

'Iawn, ta,' meddai Tom yn dawel. Fe synnwyd Hywel gan iddo ddisgwyl y byddai Tom yn trio gwneud rhyw esgus i beidio â'i ddilyn. Sylwodd fod ei wyneb yn welw o dan ei hwdi du, ac roedd o'n symud ei bwysau o'r naill droed i'r llall yn nerfus.

'Arhoswch funud,' meddai Hilda'n gyflym. 'Mynd i gael cip o gwmpas y dre – dyna ddywedon ni wrth Mam. O'n i'n meddwl ein bod ni am aros tan fory i... O! peidiwch â sbio arna i fel 'na!'

Doedd o ddim fel Hilda i drio osgoi tasg, dychrynllyd neu beidio, a doedd Tom ddim am adael iddi osgoi cael tynnu ei choes ar ôl iddi hi ei herian o gyhyd.

''Sgin ti'm ofn, oes Hilda?' gofynnodd yn wawdlyd, ei ofn ei hun wedi ei anghofio am ychydig wrth i wên foddhaus ledaenu dros ei wyneb.

'Paid â bod yn wirion!' cyfarthodd Hilda. 'Meddwl oeddwn i y byddai'n haws dechra bore fory, a ninnau wedi cael noson o gwsg, ac yn gallu gweld yn well. Ond os ydy hi'n well gynnoch chi fynd rŵan...'

Ystyriodd Hywel am funud. Roedd yn wir ei fod o wedi dweud wrth Dot mai dim ond cael cip o amgylch y dref y byddai'r tri yn ei wneud heno, a doedd o ddim am ei phoeni hi yn fwy nag roedd yn rhaid. Ond gwyddai hefyd na fyddai o'n cael 'run winc o gwsg petai o'n mynd yn ôl i'r gampafan yn awr: mi fyddai atgof o'r sgrech yn diasbedain yn ei feddwl drwy'r nos. Fyddai o'n dda i ddim i neb yfory ac yntau heb gysgu.

'Wnawn ni ddim cymryd yn hir,' meddai'n benderfynol.

Croesodd y ffordd wag at dywyllwch y lôn fach, a diflannodd i'r cysgodion duon. Roedd hi'n deimlad hollol wahanol yma, ac roedd y diffyg goleuadau stryd yn rhoi awyrgylch dieflig i'r lle. Gallai Hywel glywed sŵn camau Tom a Hilda yn agos y tu ôl iddo.

Ar ôl pasio siop drydanol a thafarn, daeth tro yn y lôn fach, a chlywodd Hywel ochenaid Hilda y tu ôl iddo wrth iddi weld bod mwy o oleuadau stryd ar ben y lôn. Wedi pasio'r cysgodion hirion ger y bythynnod bach a'r eglwys, daeth y tri allan i'r goleuni unwaith eto. Safai'r tri mewn sgwâr mawr a thai yn ei amgylchynu. Roedd maes parcio mawr yn y canol, ac ambell gar yno.

'Ro'n i'n siŵr bod 'na rywbeth yn mynd i neidio o'r cysgodion ar y lôn fach yna rŵan,' meddai Hilda.

Trodd Hywel i edrych arni, a synnodd wrth weld ei bod hi'n crynu.

'Wyt ti'n iawn?' gofynnodd Hywel. Nodiodd Hilda. Disgwyliodd Hywel i Tom ddweud rhywbeth i'w herian ond, wedi edrych, roedd golwg ddigon gwelw arno yntau hefyd.

Trodd Hywel yn ôl at y sgwâr, a chraffodd o amgylch y tai, gan chwilio am unrhyw arwydd o fywyd. Doedd dim arwydd o gwbl o bwy bynnag, neu beth bynnag, a fu'n sgrechian.

'Sbïwch,' meddai Tom o'r tu ôl iddo, gan bwyntio at un o'r tai lleiaf. Crynodd Hywel wrth ddilyn cyfeiriad ei fys.

Ar stepen y drws, a dagrau'n powlio i lawr ei gruddiau crychiog, eisteddai hen wraig fusgrell, a hithau fel petai hi wedi torri ei chalon yn llwyr.

Pennod 9

NI WELSAI HILDA erioed o'r blaen olygfa mor drist.

Ystyriodd, am eiliad, ai ysbryd oedd yr hen wraig a eisteddai ar garreg drws y tŷ yn ei dagrau, ond na, penderfynodd wrth agosáu at y ffigwr trist. Dynes go iawn oedd hi, ac roedd hi'n torri ei chalon.

'Ydych chi'n iawn?' gofynnodd Tom, gan fynd ar ei gwrcwd yn ei hymyl, a thynnu'r hwdi oddi ar ei ben yr un pryd. Synnwyd Hilda gan fwynder y bachgen tuag at yr hen wraig. Fyddai hi ddim wedi disgwyl iddo fod mor annwyl.

Edrychodd y wraig arno a thynnodd hances boced o'i llawes. Sychodd ei llygaid cyn syllu ar y tri, ei llygaid yn goch ar ôl bod yn wylo cyhyd. 'Beth 'ych chi'n neud mas ffordd hyn ar noson fel heno?' gofynnodd mewn llais gwan. 'Dyw hi ddim yn saff...'

'Hidiwch befo am hynny,' atebodd Hilda. 'Beth sy'n bod?'

Ysgydwodd yr hen wraig ei phen, a chodi'r hances i'w llygaid. 'Rydw i'n iawn,' meddai, gan geisio swnio'n ddewr.

'Falle y medrwn ni'ch helpu chi,' meddai Hywel yn dawel. 'Plis, dwedwch wrthon ni.'

Ysgydwodd yr hen wraig ei phen, cyn ochneidio. 'Ddylen i ddim. Rydych chi'n rhy ifanc i glywed straeon dychrynllyd.' Ond gwelodd yr olwg ddisgwylgar ar wyneb Hywel. 'Olreit te, os mai 'na beth 'ych chi moyn.'

'Dwi'n byw yn y tŷ 'ma ers dros drigain mlynedd, wyddech chi. Mi ddes i 'ma pan briodes i, ganed fy mhlant i 'ma a dwi heb gael unrhyw drafferth o gwbl cyn heddi.' Ysgydwodd yr hen wraig ei phen, fel petai hi'n methu deall y peth o gwbl. 'Wrth gwrs, mi rois i'r radio mla'n bore 'ma – dwi'n hoffi clywed y newyddion yn y bore ac roedd yr holl sôn 'ma am ysbrydion a bwystfilod. Mi ges i sioc, wrth gwrs, ond a dweud y gwir rown i'n teimlo'n lwcus nad oedd unrhyw beth sinistr wedi ymddangos yn fy nghartref i.'

'Ond mae hynny wedi newid?' awgrymodd Hywel.

'Dwi ddim yn siŵr, a dweud y gwir wrthoch chi,' cyfaddefodd yr hen wraig, 'dwi ddim yn gwbod o's rhywbeth 'no, neu falle taw fi sy'n gwallgofi. Dwi dros fy mhedwar ugain, r'ych chi'n gweld, a falle mod i'n drysu...'

'Be sy'n gwneud i chi feddwl bod 'na unrhyw beth yno?' gofynnodd Tom, gan ddal i ddefnyddio'r llais mwyn na chlywsai Hilda mohono yn ei ddefnyddio o'r blaen wrth iddo sgwrsio'n addfwyn a thyner.

'Cysgodion, yn symud, o gornel fy llygaid... sibrydion tawel... dim byd fel y bwystfilod mawr roedd sôn amdanyn nhw ar y newyddion. Dyna sy'n gwneud i fi feddwl mai 'nychymyg i yw'r cyfan...' Dihangodd deigryn bychan o gornel ei llygaid. 'Ond mae gormod o ofn arna i i fynd yn ôl i mewn i'r tŷ, chi'n gweld.'

'Fyddai ots gennych chi i ni gael cip yn y tŷ?' holodd Hywel yn obeithiol.

'Pam byddech chi moyn gwneud hynny?' gofynnodd yr hen wraig mewn penbleth.

'Mae Hywel yn un da am ymdrin ag ysbrydion, wyddoch chi,' cysurodd Tom. 'Mi fydd o'n medru dweud ai eich dychymyg chi sy'n gweithio'n rhy galed ai peidio.'

Er mawr syndod i Hilda, nodiodd yr hen wraig, a gadawodd i Tom ei helpu i godi ar ei thraed. Fyddai Hilda byth wedi gadael i dri dieithryn archwilio'i chartref, ysbrydion neu beidio, ond bihafiai'r hen wreigan fel petai'n ymddiried yn llwyr yn y tri. 'Fyddai ots 'da chi tasen i ddim yn dod i mewn 'da chi? Mae'n well 'da fi fynd draw i dŷ fy ffrind Besi, dros yr hewl. Rhif deunaw. Dwi ddim am wynebu'r ysbrydion 'na 'to.'

'Mi wna i eich helpu chi.' Cynigiodd Tom ei fraich yn fonheddig, cyn troi at Hywel a Hilda. 'Rhowch ddau funud i mi.'

Syllodd Hilda ar ôl y ddau'n gegagored. 'Ysbrydion a bwystfilod,' meddai'n dawel wrth Hywel. 'Hyd yn oed ar ôl popeth 'dan ni wedi ei weld heddiw, dyna i ti'r olygfa fwya annisgwyl welais i 'rioed.'

Brysiodd Tom ar draws y sgwâr, lle'r arhosai Hywel a Hilda amdano'n amyneddgar. 'Sori mod i wedi cymryd cyhyd,' ymddiheurodd. 'Ro'n i jest am wneud yn siŵr bod Mrs Edwards yn iawn cyn i mi ddod yn ôl.'

'Mrs Edwards?' ailadroddodd Hilda, gan edrych ar Tom fel petai ganddo gyrn yn tyfu o'i gorun.

'Ia,' atebodd hwnnw, heb sylweddoli pam roedd Hilda'n syllu arno mor rhyfedd. Er nad oedd o'n edrych ymlaen at fynd i mewn i'r bwthyn bychan, tywyll yr olwg, roedd helpu Mrs Edwards wedi gwneud iddo deimlo fel petai o'n gwneud rhywbeth gwirioneddol bwysig. Mi fyddai o wrth ei fodd yn medru rhoi ei chartref yn ôl i Mrs Edwards, yn glyd ac yn saff. Trodd at Hywel. 'Unrhyw syniadau pa fath o ysbryd sydd yna?'

Ysgydwodd Hywel ei ben. 'Cysgodion, lleisiau. Mi fedr fod yn unrhyw beth. Mi gawn ni wybod yn well ar ôl cael cip y tu mewn.'

Roedd tŷ Mrs Edwards yn fach, a'r celfi'n flodeuog a hen

ffasiwn. Roedd hen luniau yn gorchuddio'r waliau, ambell un yn ddu a gwyn ac wedi dechrau pylu yn y corneli, rhai eraill yn dangos plant bach yn gwisgo dillad o'r pumdegau neu'r chwedegau. Ar ben y silff ben tân, roedd lluniau diweddar o blant ysgol yn gwenu'n siriol – wyrion ac wyresau Mrs Edwards, dyfalodd Tom.

Doedd dim arwydd o unrhyw ysbrydion yn y lolfa, felly symudodd y tri draw i'r gegin fach. Roedd y fan honno, hefyd, yn dawel fel y bedd, heb unrhyw sôn am y sibrwd na'r cysgodion roedd Mrs Edwards wedi sôn amdanynt.

'Mi a' i i edrych yn y sièd yn yr ardd. Hilda, pam nad ei di i sbio yn y seler, a Tom, dos i fyny'r grisiau? Galwch os gwelwch chi rywbeth.'

Wrth ddringo'r grisiau i fyny i'r llofft, sylweddolodd Tom fod Hywel wedi rhoi'r dasg hawsaf iddo ef. Roedd dringo grisiau mewn cartref hen wraig yn llawer llai dychrynllyd na mynd allan i'r ardd dywyll neu i lawr i'r seler oer. Tybed a oedd Hywel yn meddwl ei fod o'n llwfrgi? Dechreuodd Tom ddigio, am ychydig, cyn sylweddoli bod ei galon yn cyflymu wrth ddringo'r grisiau, a bod chwys oer ar ei dalcen. Roedd Hywel yn iawn meddyliodd Tom mewn cywilydd – roedd o'n methu cuddio ei ofn.

Diolch byth, doedd dim i'w ofni yn y llofft. Dwy ystafell wely fechan, hen ffasiwn, ac ystafell ymolchi, digon plaen. Roedd y tawelwch yn llethol, ac ni welodd Tom 'run bwystfil nac ysbryd. Aeth yn ei ôl i lawr y grisiau i weld a oedd Hywel neu Hilda wedi cael mwy o lwyddiant.

'Dim byd,' oedd ymateb Hywel, ac ysgydwodd Hilda'i phen hefyd. Fedrai Tom ddim deall y peth o gwbl. Oedd yr ysbryd wedi gadael y tŷ, efallai?

'Mrs Edwards druan,' meddai Hilda'n dawel. 'Sut gwnawn ni ddweud wrthi?'

'Druan ohoni?' meddai Tom mewn anghrediniaeth. 'Mi fydd hi wrth ei bodd yn clywed nad oes ysbryd yma!'

Edrychodd Hilda arno a'i hwyneb fel petai'n awgrymu mai fo oedd y person twpaf ar wyneb y ddaear. 'Ond Tom, mi ddwedodd hi ei hun! Mae hi'n hen, ac mae'n amlwg ei bod hi wedi dechrau gweld a chlywed pethau.'

'Nac ydi siŵr!' wfftiodd Tom. 'Mae'n rhaid bod yr ysbryd yn cuddio... Neu'n bod ni ddim wedi edrych yn y lle iawn.'

Gwyddai Tom wrth siarad fod hynny'n annhebygol iawn, ac mai Hilda oedd yn iawn. Meddyliodd am wyneb caredig Mrs Edwards, a'r dagrau yn ei llygaid. Druan ohoni.

'Paid â bod yn wirion,' meddai Hilda, gan droi ei chefn arno i edrych drwy'r ffenest ar y sgwâr tu allan. 'Dwi'n teimlo piti drosti hefyd, sdi, ond ma'n wirion i ni... Wnei di stopio gwneud hynna! Mae o mor blentynnaidd!'

Edrychodd Hywel a Tom ar ei gilydd mewn penbleth. Am be yn y byd roedd Hilda'n sôn?

'Rho'r gorau iddi!' Trodd Hilda'n ôl i'w wynebu. 'Fedra i'm coelio dy fod...' Stopiodd siarad mewn syndod wrth i'w llygaid setlo ar Tom. Lledaenodd ei llygaid yn anferth. 'Nid ti sy'n gwneud hynna...!'

'Gwneud be?' gofynnodd Hywel yn dawel.

'Y sibrwd yna,' atebodd Hilda mewn braw.

Tawelodd pawb am ychydig, a theimlodd Tom gryndod o ofn yn golchi drosto. Fedrai o ddim clywed unrhyw beth, ond roedd hi'n amlwg o weld wyneb Hilda nad tynnu coes oedd hi.

'Wir yr, mi glywais i o,' dechreuodd Hilda, ond fe dorrwyd ar ei thraws gan sibrwd ysgafn iawn.

'Wir yr, mi glywais i o...'

Daliodd Tom ei wynt mewn braw. Roedd o wedi ei glywed o: roedd o wedi clywed yr ysbryd.

'Anhygoel,' sibrydodd Hywel yn llawn cyffro. Roedd o'n siŵr mai Hilda oedd yn iawn, ac mai'r hen wraig druan oedd yn dechrau drysu. Ond na! Dyma brawf pendant bod 'na ysbryd yn y tŷ, a'i fod o'n copïo popeth roedd Hilda yn ei ddweud. Grêt! 'Dweda rywbeth arall, Hilda.'

Agorodd Hilda ei cheg fel pysgodyn, cyn gofyn mewn llais isel, 'Be wyt ti isho i mi ddweud?'

'Be wyt ti isho i mi ddweud?'

O gornel ei lygad, gwelodd Hywel symudiad bach y tu ôl i'r teledu, a throdd yn gyflym gan ddisgwyl gweld rhywbeth tywyll yn llechu yn y cysgodion. Doedd dim byd yno, ond roedd Hywel yn sicr nad ei ddychymyg oedd yn chwarae triciau. Na, roedd hyn yn rhywbeth mwy sinistr na hynny.

'Welaist ti rywbeth?' gofynnodd Tom yn nerfus.

'Tydw i ddim yn siŵr,' atebodd Hywel, cyn gweld symudiad arall drwy gornel ei lygad, y tu ôl i'r soffa'r tro hwn. Unwaith eto, roedd y cysgod wedi diflannu erbyn iddo droi ei ben.

'Mae o'n union fel y dywedodd Mrs Edwards,' meddai Hywel yn dawel, fel petai codi llais yn dychryn yr ysbryd. 'Mae o'n ddigon i yrru rhywun yn wirion, heb allu gweld yn iawn a oes 'na unrhyw un, neu unrhyw beth yno go iawn.'

Roedd y profiad yn debyg iawn i'r adegau pan fyddai wedi gorflino, meddyliodd Hywel. Roedd o wedi digwydd iddo ef droeon, gweld siapiau du o flaen ei lygaid pan fyddai o ar fin syrthio i gysgu. Mi fyddai'r ysbryd yma'n medru anfon rhywun o'i gof yn hawdd.

'Tydw i ddim yn hoffi hyn,' meddai Hilda'n ofnus, a gwelodd Hywel mor welw yr edrychai. Roedd hi wedi bod yn ddewr wrth weld y bwystfilod ac ysbrydion ar y ffordd i Lanbed, ond roedd hi'n amlwg wedi cael gwir ofn yn awr. 'Tydw i ddim yn hoffi hyn o gwbwl.'

'Tydw i ddim yn hoffi hyn,' ailadroddodd y siffrwd tawel. 'Tydw i ddim yn hoffi hyn o gwbwl.'

'Plis, Hywel,' erfyniodd Hilda'n dawel. 'Plis gwna rywbeth i gael gwared arno fo.'

'Plis, Hywel,' sibrydodd y llais, a ddechreuai swnio'n fwy milain yn awr. 'Plis gwna rywbeth i gael gwared arno fo.'

Roedd gweld Hilda wedi ei chynhyrfu yn amlwg yn dipyn o sioc i Tom, hefyd. 'Ym, oes gen ti syniad pa fath o ysbryd ydi hwn, Hywel?' Symudodd Tom ei ben yn sydyn i ddilyn cysgod a welai drwy gornel ei lygad, ac ysgydwodd ei ben drachefn wrth i'r cysgodion ddiflannu.

Ystyriodd Hywel gwestiwn Tom yn ddwys, a gwibiodd ei feddwl drwy'r holl bosibiliadau. Roedd o'n gwneud yn dda, hyd yn hyn, i allu cofio cynnwys y llyfr, ond roedd arno ofn gwirioneddol y byddai ei gof yn methu ar foment dyngedfennol fel hon.

Ysbryd a guddiai yn y cysgodion, heb gael ei weld heblaw o gornel llygad rhywun. Ysbryd a oedd yn ailadrodd geiriau rhywun drwy eu sibrwd yn dawel... Beth allai hyn fod? Ysbryd y wernen, efallai? Na, roedd hwnnw'n ad-drefnu'r celfi o flaen eich llygaid. Bwgan y llwch, ta – roedd hwnnw'n un digon swil. Ond na, mewn adeiladau gwag y byddai hwnnw'n llechu.

Wrth iddo feddwl, crwydrodd llygaid Hywel draw at Tom, a bu bron iddo weiddi mewn syndod. Triodd ei orau i siarad, ond dim ond sŵn annealladwy a ddaeth o'i enau. Dilynodd Tom a Hilda ei lygaid, a gwaeddodd y ddau mewn ofn.

Yno, ar bapur wal blodeuog lolfa Mrs Edwards, roedd cysgod – cysgod dyn mawr, sgwâr, yn sefyll yn stond. Fel pe bai'n gwylio'r tri. Edrychodd Tom o gwmpas yr ystafell, gan chwilio am berson a daflai'r ffasiwn gysgod, ond doedd neb yno.

'Pwy 'di hwnna?' gofynnodd Hilda'n nerfus. Sylwodd Hywel ei bod hi'n ymddangos yn llawer mwy nerfus o'r ysbryd yma nag roedd hi wedi bod wrth gyfarfod ag un o'r bwystfilod a welsant cyn hyn. A doedd dim rhyfedd! – edrychai'r cysgod yn faleisus, wrth sefyll yn stond ac yn eu hwynebu. Disgwyliai Hywel ei weld yn symud yn gyflym, gan ymestyn braich, efallai, tuag at un ohonynt, ei gysgod tywyll yn cydio'n dynn mewn un o'i arddyrnau...

Trodd Hywel ei feddwl at y llyfr *Bwystfilod a Bwganod* – roedd yr ysbryd yma'n siŵr o fod yno'n rhywle. Gwibiai ei feddwl ar ras wrth drio cofio...

'Plis, Hywel,' meddai Hilda mewn llais bach ofnus. 'Dweda wrthon ni be ydi hwn er mwyn i ni gael gwared arno fo. 'Dwi'm yn ei licio fo o gwbwl...' Prin roedd hi wedi sylwi bod yr ysbryd wedi rhoi'r gorau i ailadrodd ei geiriau – roedd y cysgod ar y wal yn llawer mwy dychrynllyd, rhywsut.

Fedrai Hywel ddim meddwl. Roedd o'n siŵr bod y wybodaeth yn ei ymennydd yn rhywle, ond fedrai o ddim cofio...

Ac yna, yn sydyn, daeth yr ateb i'w ben fel petai'r niwl wedi clirio.

'Dwergar ydi o,' meddai Hywel, gan deimlo rhyddhad yn

llenwi pob modfedd o'i gorff wrth iddo ddod o hyd i'r ateb. 'Ysbryd sy'n rheoli cysgodion ac eco. Mae'r holl arwyddion yma: y cysgodion, y sibrwd... Maen nhw'n tueddu i fynd i gartrefi lle nad oes ond un person yn byw yno, a hynny er mwyn gwneud iddyn nhw feddwl eu bod nhw'n colli arni.'

'Yn union fel Mrs Edwards,' meddai Tom, gan swnio braidd yn flin gyda'r dwergar creulon.

'Wel? Sut mae cael gwared arno fo?' gofynnodd Hilda'n ddiamynedd. 'Mae o'n codi ofn arna i, yn sefyll yma'n ein gwylio...'

'Fydd o ddim yn hawdd.' Ysgydwodd Hywel ei ben. 'Dwn i ddim sut...'

'Wel, dweda ta!' mynnodd Tom. 'I Mrs Edwards druan gael dod adref!'

'Goleuni. Mae'n rhaid i ni oleuo'r tŷ yma fel petasai'r haul yn ei ganol o,' meddai Hywel yn bendant. 'Dyna'r unig ffordd y cawn ni wared ar hwn.'

Pennod 10

Ochneidiodd Hilda'n uchel wrth iddi gnocio'r drws. Roedd Hywel yn iawn. Byddai cael gwared ar y dwergar yn dasg a hanner, yn enwedig gan fod pawb yn rhy ofnus o ddod wyneb yn wyneb â'r ysbrydion a'r bwystfilod i ateb eu drysau.

Ei syniad hi oedd mynd o dŷ i dŷ. Wedi i Hywel esbonio mai creadur oedd yn byw yn y cysgodion oedd y dwergar, a bod rhaid cael gwared ar yr holl gysgodion yn nhŷ Mrs Edwards, aeth y tri o ystafell i ystafell gan gynnau pob golau, lamp a fflachlamp. Ond roedd yn dasg amhosib. Roedd angen mwy o lampau, a'r unig ffordd o'u cael nhw oedd gofyn i'r cymdogion am gael benthyg rhai.

Roedd Hilda'n torri ei bol eisiau cael gwared ar yr ysbryd yma, a hynny am reswm oedd yn syndod iddi hi ei hun hyd yn oed. Roedd arni ofn. Nid ofn synhwyrol, call, ond ofn hyd at fêr ei hesgyrn o'r ysbryd milain a guddiai yng nghysgodion y tŷ. Fyddai hi byth yn cyfadde'r peth wrth Hywel na Tom, ond roedd un peth oedd yn wirioneddol yn ei dychryn hi, a thywyllwch oedd hynny. Fe wyddai'n iawn nad oedd y peth yn synhwyrol – wedi'r cyfan, roedd popeth yr un fath mewn tywyllwch, heblaw bod rhywun yn methu ei weld. Ond fel 'ma roedd hi ers iddi fedru cofio. Byddai'n cysgu bob nos gyda golau'r landin yn disgleirio drwy ddrws ei llofft, ac mewn tywydd mawr, mi fyddai'n gweddïo na fyddai toriad trydan yn ei chartref. Roedd yr ysbryd hwn a oedd yn byw mewn tywyllwch yn gwireddu ei holl hunllefau.

'Dim ateb yn fa'ma chwaith,' cwynodd Tom, wrth aros o flaen drws y tŷ nesaf. 'Ond mi fedra i eu gweld nhw'n fy ngwylio i drwy grac yn y llenni.'

'Nac yn y fan hyn,' meddai Hywel o'r ochr arall. 'Dwi ddim yn siŵr ydi hyn yn mynd i weithio. Mae pobol yn llawer rhy ofnus.'

'Ond mae'n rhaid iddo fo weithio!' Teimlai Hilda'n llawn rhwystredigaeth gan gasáu'r profiad o weld un o'i chynlluniau'n methu. 'Pam na wnân nhw agor eu drysau i helpu Mrs Edwards druan?'

'Wel, mi fydden nhw'n agor eu drysau 'taen nhw'n gwybod y byddai o gymorth i Mrs Edwards,' meddai Tom, gan rolio ei lygaid fel petai Hilda wedi dweud rhywbeth anhygoel o dwp. 'Iddyn nhw, mae 'na bobol ifanc nad ydyn nhw wedi eu gweld erioed o'r blaen yn cnocio'u drysau yn y nos.'

Ysai Hilda i ateb yn ôl – roedd Tom yn meddwl ei fod o'n gwybod y cwbl, wir, ond roedd o yn llygad ei le. Doedd Hilda ddim yn siŵr a fyddai hi'n ateb y drws petai hi yn eu sefyllfa nhw.

'Be wnawn ni?' gofynnodd Hywel. 'Falle y cawn ni fwy o lwyddiant yng ngolau dydd?'

'A gadael Mrs Edwards am noson arall ar drugaredd yr ysbryd?' holodd Tom.

'Na!' mynnodd Hilda, a chyn iddi gael cyfle i feddwl am yr hyn roedd hi'n ei wneud, rhedodd i ganol y sgwâr, ac edrych o'i chwmpas ar yr holl dai oedd yn ei hamgylchynu. Deg tŷ ar hugain, o leiaf... Petaen nhw ond yn gwrando arni...

'Hei!' gwaeddodd nerth esgyrn ei phen. 'Plis... dowch at y ffenestri. Does dim rhaid i chi ddod allan, ond gwrandewch ar be sy gen i i'w ddweud, er mwyn dyn!'

Edrychodd o'i hamgylch. Gwelodd ambell len yn symud, ac roedd hynny'n ddigon iddi.

'Mae gan Mrs Edwards ysbryd yn ei thŷ, a 'dan ni'n meddwl

ein bod ni'n gwybod sut mae cael gwared arno fo. Ond 'dan ni angen eich help chi. Mae angen golau arnon ni... Lampau, fflachlampau, unrhyw beth sydd gynnoch chi! Mi gewch chi nhw 'nôl wedyn, Dwi'n addo!'

Edrychodd Hilda o'i chwmpas. Doedd dim symudiad na sŵn yn unman.

Meddai Tom wrthi. 'Wrth gwrs, tydi pobol ddim yn fodlon...'

'Plis!' bloeddiodd Hilda. ''Dan ni'n trio helpu!'

Yn dawel iawn, gyda gwich gwynfanllyd, agorodd un o ddrysau'r tai, ac yno safai dyn ifanc blêr, a barf fawr dywyll yn ymestyn at ei fol mawr. Estynnodd ei law i gynnig rhywbeth i Hilda.

'Fflachlamp,' meddai mewn llais dwfn. 'Ac ma 'da fi gwpwl o lampau i chi lan llofft. A' i i'w nôl nhw i chi nawr.'

Syllodd Tom yn gegagored ar yr holl ddrysau yn agor o amgylch y sgwâr. Roedd o mor sicr na fyddai unrhyw un yn gwrando ar Hilda, heb sôn am ymateb. Ond dyma'r drysau'n agor, un ar ôl y llall, a phobol ac wynebau clên yn mentro allan a'u breichiau'n llawn lampau a chanhwyllau.

Agorodd drws Besi, ffrind Mrs Edwards, a brysiodd Tom draw ati i gymryd y lamp fawr liwgar o'i breichiau. Doedd dim arwydd o Mrs Edwards.

'Diolch,' meddai Tom wrth gymryd y lamp yn ofalus. Roedd sgwariau bach o wydr lliw ar y lamp i gyd, a blodau bach drosti – lamp werthfawr iawn. Sylwodd ar wyneb crychog Besi yn syllu arno.

'Mae'n ddrwg 'da fi, 'machgen i,' meddai Besi gan ysgwyd ei phen.

'Am be, dwedwch?' holodd Tom mewn penbleth.

'Am eich amau chi. Roeddwn i'n dweud wrth Mrs Edwards bum munud yn ôl mod i'n siŵr eich bod chi'n gwneud drygau yn ei chartref hi.'

Bu bron i Tom ollwng y lamp ar y palmant. Pam yn y byd y byddai unrhyw un yn ei amau o wneud ffasiwn beth?

'Dwyn, neu chwalu'r lle,' parhaodd Besi, gan edrych yn euog braidd. 'Roedd hi'n ymddiried ynoch chi, chwarae teg iddi, ond nid fi. Gymres i un olwg arnoch chi a'ch barnu chi. Ges i ffasiwn syndod pan ddechreuodd yr eneth ifanc 'na floeddio o ganol y sgwâr. Mae hi'n amlwg i mi nawr mai trio'n helpu ni ydych chi.'

'Fyddwn i byth yn cymryd mantais o hen wraig fel Mrs Edwards,' mynnodd Tom.

'Nawr, gwell i chi fynd yn ôl at eich ffrindiau,' gwenodd Besi. 'A phob lwc i chi!'

Roedd Hywel a Hilda eisoes wedi dechrau gosod y lampau a'r fflachlampau o amgylch cartref Mrs Edwards, ac roedd y cymdogion yn dal i ddod â mwy, gan eu gosod nhw mewn pentwr blêr ynghanol llawr y lolfa. Gwenai pawb ar Tom, a sylweddolodd yntau nad oedd o wedi cael cymaint o bobol yn gwenu arno ers pan oedd o'n hogyn bach. Ceisio peidio â dal ei lygaid fyddai pobol fel arfer.

Aeth rhywun ar ofyn perchennog y siop drydanol i lawr y lôn, ac roedd hwnnw wedi nôl y lampau oedd yn gyfleus ganddo yn ei siop. Synnodd Tom wrth weld faint o bobol oedd wedi bod o help iddyn nhw yn y diwedd, ac at barodrwydd pawb i adael llonydd i'r tri ohonyn nhw wneud eu gwaith.

Roedd hi'n dasg anodd. Bob tro y byddai Tom yn ychwanegu golau newydd, roedd o'n cael gwared ar un cysgod ond yn creu un arall. Soniodd am hyn wrth Hywel wrth i'r ddau drio goleuo'r gwagle y tu ôl i'r soffa â fflachlamp werdd, a lamp fach siâp trên a ddylai fod mewn llofft plentyn ifanc.

'Rwyt ti'n iawn,' atebodd Hywel. 'Mae o'n anodd. Ond mae'r dwergar yn byw mewn cysgodion, ti'n gweld, ac yn gallu symud o un cysgod i'r llall yn hawdd. Dim ond drwy gael gwared ar yr holl gysgodion y gellir cael gwared ar y dwergar.'

'Mi fyddan ni yma drwy'r nos,' cwynodd Tom gan wasgu'r swits golau, a symud ymlaen at y cysgod nesaf.

Bu'r tri yn gweithio'n ddyfal am awr a mwy, yn goleuo'r gwacter o dan y celfi ac yn hongian tortshys tu ôl i gypyrddau. Roedd yn waith undonog a diflas, ond, o'r diwedd, safodd y tri yn yr ystafell fyw gan edrych o'u cwmpas.

'Mae hi fel golau dydd,' meddai Hilda. 'Dwi angen fy sbectol dywyll.'

'Fedra i ddim gweld na chlywed yr un ysbryd rŵan.' Crafodd Tom ei ben. 'Sut byddwn ni'n gwybod ei fod o wedi gadael?'

'Mae'n rhaid i ni fod yn hollol dawel,' atebodd Hywel yn wybodus. 'Mae dwergar yn cael egni oddi ar sŵn lleisiau, ac felly mi fydd o'n dal yn fyw tra bydd siarad yn y tŷ.'

Methodd Tom â pheidio gwneud sylw wrth droi at Hilda. 'Wyt ti'n siŵr y gelli di wneud hynna? Achos 'dan ni i gyd yn gwybod faint wyt ti'n licio malu...'

'Cau dy geg!' atebodd hithau'n ffyrnig, a gwenodd Tom gan iddo lwyddo i'w gwylltio.

'Reit ta, byddwch yn hollol dawel rŵan,' mynnodd Hywel yn syber. 'Dim siarad, dim sibrwd hyd yn oed...'

'A dim torri gwynt,' meddai Hilda i gyfeiriad Tom, a thynnodd hwnnw ei dafod arni.

Safodd y tri mewn tawelwch am rai munudau, yn aros i rywbeth ddigwydd. Doedd dim smic o sŵn, dim hyd yn oed tipian cloc na sŵn traffig ar y lôn y tu allan, dim ond siffrwd ysgafn anadl y tri yn yr ystafell olau. Meddyliodd Tom yn siŵr bod rhywbeth wedi mynd o'i le, nad oedd hyn yn mynd i weithio o gwbl, ac roedd o ar fin agor ei geg i ddweud hynny pan glywodd sŵn.

Sŵn wylo.

Dim wylo babïaidd, di-ddim chwaith, ond wylo fel petai rhywun yn torri ei galon go iawn. Roedd o'n sŵn cythreulig o drist, ac agorodd Tom ei geg i ddweud hynny, ond cododd Hywel ei fys at ei wefusau i'w rwystro. Parhaodd yr wylo, fel petai rhywun yno yn yr ystafell gyda nhw, ac roedd o mor dorcalonnus nes peri i Tom deimlo dagrau'n dechrau pigo cefn ei lygaid. Doedd o ddim wedi disgwyl hyn.

Yna, yn sydyn iawn, daeth sŵn 'pop' uchel, fel petai rhywun wedi sticio bys i mewn i glamp o swigen fawr gwm cnoi, a diflannodd y sŵn. Daeth newid arall i'r ystafell hefyd, er na allai Tom roi ei fys ar beth yn union oedd o… Fel petai'r awyrgylch wedi ysgafnhau, a'r tensiwn wedi diflannu.

Doedd dim dwywaith amdani. Roedd y dwergar wedi diflannu.

'Peidiwch chi â *meiddio* chwarae tric fel 'na arna i eto,' meddai Dot am y canfed tro wrth iddi ddringo i mewn i'w gwely bync. 'Ro'n i bron â cholli 'mhwyll. Buoch chi i ffwrdd am oriau…'

'Ocê, ocê, Mam,' meddai Hilda o'i gwely, y blancedi wedi'u tynnu'n uchel at ei gên. ''Dan ni wedi dweud sori, yn do? A beth bynnag, pe basat ti ond yn gweld mor hapus oedd Mrs Edwards…' Dechreuodd ailadrodd y stori unwaith eto, er bod pawb wedi ei chlywed hi droeon, a throdd Hywel ei gefn ar bawb yn ei wely i wynebu'r wal. Roedd o wedi ymlâdd yn llwyr.

Roedd Hilda yn iawn, bod Mrs Edwards wedi gwirioni ar ôl i'r tri gael gwared ar y dwergar. Llanwodd ei llygaid â dagrau wrth iddi gerdded o ystafell i ystafell yn ei chartref, gan deimlo'n hyderus bod y bwgan wedi diflannu am byth. 'Wna i ddim anghofio hyn. R'ych chi wedi bod mor garedig.'

Roedd y cymdogion, hefyd, wrth eu bodd i glywed am y newydd da wrth i Hywel, Hilda a Tom ddosbarthu'r goleuadau yn ôl o amgylch y tai – Roedd y rhan fwyaf ohonynt yn gegagored wrth glywed bod rhywun wedi medru cael gwared ar yr ysbryd.

Pam felly ei fod o, Hywel, yn teimlo mor euog?

Yr holl ffordd yn ôl i'r gampafan, bu Tom a Hilda'n parablu pymtheg yn y dwsin, yn teimlo'n grêt ar ôl gwneud ffasiwn gymwynas â hen wraig oedd wedi colli pob gobaith. Ond nid felly Hywel. Caeodd o ei geg, gan adael i'r lleill ddweud yr hanes wrth Dot, ac er mor flinedig oedd o, teimlai yn awr fod cwsg ymhell iawn. Roedd atgof o sŵn yn diasbedain drwy ei ben.

Sŵn wylo.

Bu'n teimlo mor sicr ei fod o'n gwneud y peth iawn... yn cael gwared ar yr ysbrydion a'r bwystfilod fel y medrai'r byd fod yn union yr un fath ag roedd o cyn iddyn nhw ymddangos. Ond gwnaeth y sŵn wylo yn lolfa Mrs Edwards iddo golli ffydd braidd. Roedd y sŵn mor ofnadwy o drist, fel petai'r ysbryd yn torri ei galon go iawn. Doedd Hywel ddim wedi ystyried cyn hynny y gallai ysbrydion neu fwystfilod deimlo emosiwn.

'Roedd o'n reit hawdd, 'yn doedd?' gofynnodd Hilda'n

freuddwydiol. 'Ar ôl i Hywel ddweud be oedd yn rhaid i ni wneud, roedd o'n hawdd. Do'n i ddim yn teimlo mewn peryg mawr o gwbwl...'

Roedd hynny'n wir, meddyliodd Hywel, a gwnaeth iddo deimlo'n fil gwaeth. Doedd yr ysbryd ddim wedi brifo unrhyw un, yn nac oedd? Dim ei fai o oedd bod pawb yn ei ofni!

'Hywel?' Daeth llais Tom i lawr o'r bync uwch ei ben.

'Mmm?'

'Ydi o'n dweud yn y llyfr be sy'n digwydd iddyn nhw wedyn?'

'Nac ydi,' cyfaddefodd Hywel, a'i wyneb yn llosgi mewn cywilydd. Dyna Tom wedi lleisio ei ofn mawr. Doedd Hywel ddim yn berson maleisus, a doedd o ddim yn credu mewn trais o unrhyw fath. Ei ofn mwyaf oedd ei fod o'n lladd yr ysbrydion drwy ddilyn y cyfarwyddiadau yn y llyfr, a doedd o ddim eisiau lladd unrhyw beth.

Yn sydyn, daeth llun o'i fam i feddwl Hywel, ei hwyneb tlws yn gwenu a'i gwallt coch fel ffrâm o amgylch ei hwyneb. Beth petai hi'n ysbryd? Wedi'r cyfan, fe wyddai pawb mai pobol wedi marw oedd ysbrydion, wedi dod yn ôl i'r byd... Beth petai hi yn rhywle yn y byd nawr? Beth petai o'n dod i gwrdd â'i hysbryd hi, ac yntau ddim yn gwybod mai hi oedd yno? Beth petai o'n cael gwared arni?

Ysgydwodd ei ben i drio cael gwared â'r syniad. Ceisiodd roi wyneb gwerthfawrogol Mrs Edwards yn ei feddwl, i gymryd lle un ei fam, ond doedd o ddim yn gweithio.

Ymhell ar ôl i Tom, Hilda a Dot syrthio i gysgu'r noson honno, arhosodd Hywel yn effro, gan edrych drwy'r ffenest yn y to ar y sêr bach yn wincio arno drwy'r gofod.

Pennod 11

BANG, BANG, BANG.

Deffrodd Hilda yn araf o freuddwyd yn llawn fflachlampau a sibrydion. Agorodd ei llygaid am eiliad cyn eu cau drachefn, gan roi amser iddi hi ei hun gofio yn lle roedd hi. Doedd hi'n sicr ddim yn ei gwely bach adref – Doedd dim to arian na ffenestr fach yn ei llofft hi.

Bang, bang, bang, bang.

Cododd ar ei heistedd yn gefnsyth yn ei gwely. Llifodd y cyfan yn ôl i'w meddwl – sinema Tywyn, y Prif Weinidog, y gampafan a Llanbed. Tŷ Mrs Edwards a'r dwergar. Ia, dyna lle roedd hi... Mewn campafan mewn cilfach yn Llanbed.

Felly, be ar wyneb y ddaear oedd y sŵn yna?

'Ysbryd,' meddai Tom o'i wely, ac edrychodd Hilda draw ato. Roedd ei wallt yn sefyll yn bigau blêr ar ôl noson o gwsg. Yn y gwely bync oddi tano, taflodd Hywel ei flancedi oddi arno, cyn codi a gwisgo ei sbectol ar ei drwyn.

'Dwyt ti ddim am agor y drws!' daeth llais mam Hilda o'r bync oddi tani, yn llawn pryder ac ofn. Anwybyddodd Hywel ei gorchymyn, ac aeth at y drws yn ei byjamas streipiog gwyn-a-glas, cyn ei agor yn llydan.

Roedd hi'n amlwg o'r wên ar ei wyneb nad ysbryd oedd yno, felly cododd Hilda ac ymuno ag o wrth y drws. Cafodd syndod o weld pwy oedd yno.

Pobol. Degau ohonyn nhw, i gyd yn gwenu'n siriol ac yn edrych yn wirioneddol falch i weld dau berson ifanc yn eu pyjamas yn aros mewn campafan yn eu tref. Teimlodd Hilda fymryn yn hunanymwybodol wrth iddi gofio mai dim ond trowsus byr a fest las oedd ganddi amdani, ac mae'n siŵr bod ei gwallt hithau, fel Tom, fel nyth brain.

'Ydi o'n wir?' gofynnodd dynes ganol oed. 'Ydych chi'n medru cael gwared ar y creaduriaid 'ma sy'n ein poenydio ni?'

'Mae pawb yn dweud eich bod chi wedi gwneud rhyw gastiau i gael gwared ar yr ysbryd oedd yn nhŷ Anni Edwards!' meddai hen ŵr yn obeithiol. 'Ac os ydi hynny'n wir, wel, mae'ch angen chi arnon ni! Mae Llanbed yn ferw o fwystfilod a bwganod, a does dim syniad gan neb sut mae eu lladd nhw!'

Gwthiodd Tom ei ffordd i'r blaen, gan sgwario braidd. Edrychai braidd yn dwp, meddyliodd Hilda, o ystyried ei fod yn gwisgo pyjamas a bod ganddo gwsg yng nghorneli ei lygaid.

'Mae o'n wir,' meddai Tom, gan ddyfnhau ei lais ryw fymryn i wneud iddo'i hun swnio'n hŷn. 'Ac wrth gwrs, mi wnawn ni helpu. Un ar y tro, mi gawn ni wared â'ch ysbrydion chi.'

Aeth siffrwd o gyffro drwy'r criw, ac edrychodd pawb ar ei gilydd yn llawn cyffro.

'Wel, mi wnawn ni'n gorau,' meddai Hywel. 'A gwell i ni ddechrau gyda'r gwaethaf. Oes gan rywun syniad ble i ddechrau?'

'Heb os nac oni bai,' meddai'r ddynes ganol oed. 'Yr un sy'n cuddio o amgylch y corneli yw'r gwaethaf. Ew! Mae e'n...'

'Gwell i chi ddod i mewn i drafod y peth dros frecwast,' meddai Dot, gan ddefnyddio band lastig i glymu ei gwallt golau yn dwmpath ar ei phen. 'Dim pawb!' ychwanegodd wrth weld wynebau gobeithiol y dorf. 'Dim ond y ddynes yma. Dim ffreutur s'gin i yma wchi.' Ysgydwodd ei phen yn flinedig. 'Mi wn i o brofiad nad ydi Hilda'n dda i ddim cyn cael llond bol o frecwast yn y bore, ac felly mi fydd yn rhaid i'r ysbrydion aros tan iddi gael bowlenaid go fawr o uwd.'

Un siaradus oedd Meira, y ddynes ganol oed a ymunodd â nhw am frecwast. Yn wir, doedd Hilda erioed o'r blaen wedi gweld dynes yn siarad, chwerthin, bwyta uwd, ac yfed paned i gyd ar yr un pryd. Roedd Hilda wedi clywed hanes ei bywyd, o'i genedigaeth i be gafodd hi i swper y noson cynt, erbyn iddi orffen ei huwd.

'Felly dwedwch wrthon ni am yr ysbryd yma,' meddai Hywel. 'Mae o'n cuddiad rownd y corneli, medda chi?'

'Ydi!' meddai Meira, ei llygaid yn fawr fel soseri. 'Ac www! Mae e'n ddychrynllyd! Mae e'n dal ac yn gwisgo gwyn, ac mae unrhyw un a edrychodd i fyw ei lygaid e'n hollol ynfyd bellach. Siarad nonsens, chi'n gwybod – hyd yn oed Elin Haf, sydd wedi bod i'r coleg a phob dim – merch glyfar iawn yn siarad nonsens llwyr ers iddi ddod wyneb yn wyneb ag e. Mae'r rhai sydd wedi gweld ei gefn e'n iawn. Mae'n debyg mai edrych i mewn i'w wyneb e'n sy'n achosi'r broblem.'

'Hmm. Wel, felly Nwcecŵbi sy yma,' meddai Hywel gan gnoi darn o dost. Hen bethau milain ydyn nhw.'

'Nwce beth nawr?' gofynnodd Meira mewn penbleth.

'Nwcecŵbi,' ailadroddodd Hywel.

Synnodd Hilda unwaith eto ei fod o wedi cofio'r wybodaeth o'r llyfr. Mae'n rhaid ei fod o wedi ei ddarllen o glawr i glawr droeon, a diolch byth am hynny.

'Bwystfil sy'n cuddio o gwmpas corneli neu y tu ôl i ddrysau. Mawr, tal, ac yn gwisgo clogyn gwyn. Bydd unrhyw un sy'n edrych i mewn i'w lygaid yn rhewi mewn ofn ac yn gwallgofi braidd. Wedi i ni gael gwared arno fo fyddan nhw'n iawn, does dim rhaid i chi boeni.'

'W! Chi wir yn credu y gallwch chi wneud hynny?'

‘Sut mae cael ei wared o?’ gofynnodd Hilda.

‘Wel, mae o’n swnio’n reit hawdd,’ meddai Hywel yn amheus. ‘Y cyfan sydd rhaid ei wneud ydi sbio i fyw ei lygaid o am amser hir. Y peth ydi, mae o mor ddychrynllyd fel ei bod hi’n anodd iawn gwneud hynny: mae pawb am dynnu eu llygaid oddi arno fo cyn gynted â phosib.’

‘Dyna ni ta,’ cododd Tom ar ei draed, yn edrych yn welw braidd. ‘Well i mi fynd i newid.’

‘Jiw jiw,’ ysgydwodd Meira ei phen mewn difrif. ‘Odych chi’ch tri ddim braidd yn ifanc i fynd i chwilio am fwystfilod a bwganod, gwedwch?’

‘Peidiwch â sôn, wir,’ meddai Dot, gan glirio’r bwrdd yn brudd. ‘Dyna sy’n ’y mhoeni i.’

‘Mae’n rhaid ei fod o’n edrych yn ofnadwy os ydi o’n ddigon drwg i yrru pobol o’u coeau,’ meddai Hywel, wrth iddo ef, Tom a Hilda gerdded i lawr y stryd yn chwilio am y Nwcecŵbi. Roedd hi’n ddiwrnod braf, a’r haul yn tywynnu ar strydoedd gwag Llanbedr Pont Steffan. ‘Bydd gofyn i ni ganolbwyntio’n galed er mwyn peidio â thynnu’n llygaid oddi arno fo.’

‘Meddwl am rywbeth arall, dyna ydi’r ateb,’ meddai Tom yn ysgafn. Roedd gweld y dorf o bobol y tu allan i’r gampafan y bore hwnnw wedi gwneud iddo deimlo’n grêt, ac er iddo simsanu rhyw fymryn wrth glywed am y Nwcecŵbi, roedd o’n benderfynol o fod yn ddewr heddiw. Sylwodd ar ambell eneth ifanc ddeniadol yn y dorf, ac roedd o’n siŵr y bydden nhw wrth eu bodd yn cael heliwr ysbrydion fel fo yn eu mysg. A beth bynnag, roedd popeth yn edrych cymaint yn well yng ngolau dydd.

‘Lle mae o, tybed?’ gofynnodd Hilda. Roedd hithau’n edrych yn llawer gwell y bore ’ma – roedd golwg ddigon llwydaidd arni y noson cynt. Rhyw ddydd, byddai Tom yn tynnu ei choes ynglŷn â'r peth, ond rhywsut, doedd o ddim yn teimlo fel y peth iawn i'w wneud ar y pryd.

Crwydrodd y tri'r dref am awr a mwy, gan ddod i adnabod y strydoedd a'r siopau. Roedd yn lle hyfryd, meddyliodd Tom, gydag adeiladau hardd a siopau difyr, a'r coleg yn goron ar y cyfan. A dweud y gwir, mwynhaodd y tri edrych o gwmpas y lle, fel petaen nhw ar eu gwyliau. Ac fe welson nhw lawer o drigolion Llanbed hefyd, yn codi llaw drwy eu ffenestri neu'n codi bawd yn obeithiol – roedd y newyddion bod y tri yn chwilio am y Nwcecŵbi yn amlwg wedi cyrraedd pawb, ac roedden nhw'n rhoi llonydd i'r ymwelwyr wrth eu gwaith.

'Tydan ni'n cael dim lwc, ydan ni?' gofynnodd Hywel ymhen ychydig. 'Falle y byddai'n well i ni wahanu...'

'Falle dy fod ti'n... Www! Sbïwch!' meddai Hilda, gan weld cath fach ddu yn eistedd ar gornel stryd. Roedd hi fel petai'n aros wrth ddrws y caffi ar y gornel, caffi a oedd, wrth gwrs, ar gau. 'Druan fach! Falle'i bod hi'n cael llaeth fel arfer gan berchnogion y caffi, a'i bod hi'n sychedig... Ty'd yma, pws, pws, pws...' Cododd y gath a gwibiodd i gyfeiriad un o'r strydoedd cefn. Brysiodd Hilda ar ei hôl.

Cyn gynted ag y diflannodd Hilda, stopiodd sŵn ei thraed yn stond. Edrychodd Tom a Hywel ar ei gilydd, cyn brysio ar ei hôl. Teimlodd Tom ei galon yn drymio'n uchel yn ei frest.

Dim ond cip gawson nhw o'r Nwcecŵbi, ond roedd yr un fflach wen o glogyn sidan a welodd Tom yn ddigon i wneud i'w lwnc gau. Roedd rhywbeth aflan amdano, mor erchyll â llygoden fawr yn symud ac yn hisian. Cymerodd Tom rai eiliadau i gael ei wynt ato.

Ac yna, sylwodd ar Hilda.

Roedd hi'n sefyll ar y stryd, ei chorff yn stiff ac yn dalsyth, a'i llygaid, oedd mor llawn teimlad fel arfer, yn hollol wag.

'Hilda?' gofynnodd Hywel. 'Wyt ti'n iawn?'

'Pethau mawr,' atebodd honno mewn llais rhyfedd. 'Pethau mawr blewog, efo tri llygad ar bob bys. Wyt ti'n cofio'r gân yna?'

'Be?' holodd Tom mewn penbleth.

'Wedi drysu mae hi,' esboniodd Hywel.

'Ac mae 'na goeden ac ystlumod yn tyfu arni,' parhaodd Hilda yn freuddwydiol. 'Rhai bach efo dannedd fel hoelion, a'u llygaid nhw'n borffor…'

'Ty'd!' gwaeddodd Hywel ar Tom. 'Rhaid i ni ddilyn y Nwcecŵbi cyn iddo fo gael cyfle i fynd yn rhy bell!'

'A gadael Hilda fel hyn?'

'Yr unig ffordd i'w chael hi'n ôl ydi i'w ddifa fo! Rŵan tyrd!'

Doedd Hywel ddim yn rhedwr da iawn yn yr ysgol; yn wir byddai o ymysg yr olaf mewn cystadlaethau traws gwlad. Ond rŵan, teimlodd ei egni yn llenwi ei goesau, a gwibiodd o stryd i stryd yn chwilio am y Nwcecŵbi. Roedd 'na deimlad anghyfarwydd yn ffrwydro yn ei fol: dicter. Sut y meiddiai'r hen fwystfil 'na wneud ffasiwn beth i Hilda? A hithau ond yn trio helpu cath fach ddiniwed?

Cyflymodd Hywel, a gwyddai fod Tom yn cael trafferth i ddal i fyny ag o. Ond roedd yn rhaid iddo frysio. Bob hyn a hyn, fe welai glogyn sidanaidd y Nwcecŵbi yn diflannu rownd y gornel, a byddai'n gwibio ato.

Daeth Hywel i groesffordd mewn ystad o dai ynghanol y dref, ac edrychodd o'i gwmpas yn wyllt. Doedd dim arwydd o'r clogyn gwyn yn unrhyw le, dim ond wynebau ambell berson yn syllu trwy'r ffenestri arno.

'Bobol annwyl!' meddai Tom yn fyr ei wynt wrth iddo gyrraedd Hywel. 'Lle yn y byd wnest ti ddysgu rhedeg fel 'na? Mi faset ti'n chwalu pawb arall ym mabolgampau'r ysgol!'

'Dwi wedi ei golli o!' meddai Hywel yn llawn rhwystredigaeth, gan edrych o'i gwmpas fel dyn gwyllt. 'Lle mae o?'

'Mi dria i'r ffordd hyn,' meddai Tom, gan droi i lawr llwybr bach a blethai ar hyd cefn y tai. Doedd hi ddim tan i Tom symud cyn y gwelodd Hywel y Nwcecŵbi yn camu o'i guddfan y tu ôl i sièd un o'r tai, yn syth i lwybr Tom.

'Tom!' bloeddiodd nerth ei ben. Edrychodd Tom i fyny i wyneb y bwystfil, a hoeliodd ei lygaid ar yr wyneb.

'Paid â thynnu dy lygaid oddi arno fo!' gwaeddodd Hywel. 'Cadwa dy lygaid di ar ei lygaid o!'

Edrychodd Hywel ar Tom, a gwelodd y straen ar wyneb ei ffrind wrth iddo frwydro i beidio tynnu ei lygaid oddi ar y Nwcecŵbi. Edrychai fel petai o'n sbio ar yr haul, ei lygaid wedi eu culhau'n ddwy linell fach. Roedd o'n gwneud yn dda, meddyliodd Hywel yn obeithiol wrth i'r eiliadau lifo heibio, a Tom yn dal i syllu ar y bwystfil.

Ac yna, tynnodd Tom ei lygaid oddi ar y Nwcecŵbi, a baglodd yn ôl ar y pafin fel petai o wedi cael ei daro. Trodd y Nwcecŵbi, a brysio i ffwrdd.

'Hei!' sgrechiodd Hywel, yn gandryll yn awr. Roedd y bwystfil yma wedi codi ofn ar drigolion y dref fach hyfryd yma, ac wedi gwneud drwg i'r unig ffrindiau a gawsai Hywel erioed. Doedd o ddim am adael iddo gerdded i ffwrdd. 'Paid ti â cherdded i ffwrdd oddi wrtha i, y cachgi bach!'

Stopiodd y bwystfil, a throdd yn ôl yn araf. Yna, yn sydyn,

dechreuodd gerdded yn ôl at Hywel, gan gymryd camau mawr penderfynol. Teimlodd Hywel ei du mewn yn crynu, ond ceisiodd ei orau glas i gadw'r dicter oedd yn ei wneud o mor ddewr. Edrychodd i fyny at wyneb y bwystfil, ac edrychodd i fyw ei lygaid.

Llygaid oren, fel tân, a chanhwyllau'r llygaid yn fychan, fychan fel blaen nodwydd. Ond nid y llygaid eu hunain oedd yn ddychrynllyd, ond y teimladau a'r delweddau a ddaeth ohonyn nhw, fel petai'r llygaid yn gallu gweld i mewn i feddwl Hywel a rhoi tywyllwch ac ofn ble bu goleuni a llawenydd.

Roedd o'n anhygoel o ddychrynllyd. Ysai Hywel i dynnu ei lygaid oddi arno, ac yn awr, newidiodd y teimlad o fod yn llawn ofn o bethau afiach i fod yn ysfa reddfol i edrych i ffwrdd. Nid oedd Hywel erioed wedi teimlo'r ffasiwn beth – bron nad oedd gan y Nwcecŵbi reolaeth dros yr hyn roedd o'n ei wneud. Teimlai fel pe byddai popeth yn iawn petai o ond yn edrych i ffwrdd o lygaid y Nwcecŵbi, fel pe byddai ei holl freuddwydion a'i obeithion yn cael eu gwireddu – byddai'n tyfu'n dal a chyhyrog, byddai'n boblogaidd a hyderus, byddai'n cael ei fam yn ôl...

Na, meddai llais bach y tu mewn iddo. Mae hynny'n amhosib. Y Nwcecŵbi sy'n trio dy dwyllo di. Paid ti ag edrych i ffwrdd.

Teimlodd ei ewyllys yn cryfhau, a gwyddai, ar yr eiliad honno, ei fod o wedi ennill. Roedd o'n gryfach, ac yn glyfrach na'r Nwcecŵbi... Addo pethau amhosib yn wir! Agorodd Hywel ei lygaid yn llydan, a pharhaodd i edrych i fyw llygaid y bwystfil, yn llawn hyder.

Wyddai o ddim faint o amser y bu'n gwneud hyn ond, yn sydyn, dechreuodd y Nwcecŵbi ysgwyd o ochr i ochr, yn ysgafn i ddechrau, ac yna'n gyflymach. Daliodd Hywel i syllu i mewn i'w lygaid, a daeth cryndod i lygaid y bwystfil, cyn i'r oren ddiffodd yn ddim ac yna ailymddangos, fel teledu a hwnnw'n methu dod o hyd i signal. Ac yna, diffoddodd oren y llygaid am byth, a syrthiodd y Nwcecŵbi wysg ei gefn, cyn diflannu'n bentwr o lwch wrth iddo daro'r llwybr.

Roedd Hywel wedi llwyddo unwaith eto ac wedi trechu'r bwystfil, ar ôl i Hilda a Tom fethu gwneud. Teimlai ei gorff fel petai o wedi rhedeg ras hir. Wrth gwrs, roedd o wedi bod yn rhedeg o amgylch strydoedd Llanbed ar ôl y Nwcecŵbi, wedi gwibio'n gyflymach nag y gwnaethai erioed o'r blaen. Tynnodd ei sbectol i gael rhwbio ei lygaid blinedig a theimlo y gallai o gysgu am wythnos, er nad oedd hi ddim eto'n amser cinio.

Camodd Hywel yn ôl i'r stryd, a gwelodd Tom yn sefyll ynghanol y ffordd, yn edrych ar goll braidd.

'Hywel! Wyt ti'n iawn? Be ddigwyddodd? Fedra i ddim cofio...'

'Mae o wedi mynd. Y Nwcecŵbi. 'Dwi wedi cael gwared arno fo.'

'Wel... Mae hynna'n grêt! Deud wrtha i... pam ydw i'n teimlo fel petawn i wedi bod mewn cwffas efo hanner tîm rygbi Cymru?'

Chwarddodd Hywel. 'Tyrd i chwilio am Hilda. Mi ddweda i wrthot ti ar y ffordd.'

Wrth i'r ddau ymlwybro'n ôl i ganol y dref, daeth trigolion Llanbed allan ar stepen eu drysau, gan roddi i Hywel a Tom groeso brenhinol Llanbedr Pont Steffan.

Pennod 12

'RWYT TI'N BWYTA fel mochyn,' meddai Hilda wrth Tom, gan ei wylio'n stwffio selsigen gyfan i mewn i'w geg. 'Dwi'n synnu bod dy fam yn dy adael di allan o'r tŷ.'

'Hymph,' atebodd Tom, gan geisio ateb ond yn methu gan fod ei geg mor llawn.

Roedd Wmffra, perchennog Caffi Lôn Tudur, wedi bod yn hynod groesawgar i'r ymwelwyr, ac wedi rhoi bwyd am ddim iddyn nhw yn ystod eu harhosiad yn Llanbed. Ar ôl i Hilda esbonio bod ei mam yn gogyddes mor wael, ei bod hi'n medru llosgi salad hyd yn oed, byddai'r tri'n ymlwybro yno, bob amser brecwast, cinio a the, i gael eu bwydo a'u maldodi gan drigolion y dref. Roedd Hilda wedi gwirioni ar y lle. Roedd pawb mor garedig!

Prin y medrai Hilda goelio mai dim ond wythnos a fu ers iddyn nhw gyrraedd Llanbedr Pont Steffan. Roedd hela ysbrydion a bwystfilod yn teimlo fel rhan hollol naturiol o fywyd erbyn hyn, a bob bore, byddai pobol yn aros amdanyn nhw y tu allan i ddrws y gampafan yn gofyn am help i gael gwared ar ryw fwystfil neu'i gilydd yn eu cartrefi. Wynebodd Hilda bethau dychrynllyd yn ystod yr wythnos: cathod rheibus, ysbrydion maleisus a bwystfilod chwareus. A chwarae teg iddo, roedd Hywel wedi cofio am bob manylyn am bob un ohonynt, y tri wedi bod yn llwyddiannus a llawer llai o greaduriaid od yn Llanbed bellach.

'Dyma ti, 'merch i,' meddai Wmffra'n annwyl wrth daro bocs o blasteri ar y bwrdd. 'Bydd angen y bocsed cyfan arnat ti, rwy'n ame!'

'Diolch, Wmffra,' atebodd hithau. 'A diolch am y cyrri. Mae o'n hyfryd, fel arfer!'

Dechreuodd agor y plasteri, a'u gosod nhw'n ofalus ar y briwiau coch gwaedlyd oedd ar ei dwylo. Y bore hwnnw, bu'r tri yng nghroglofft teulu ifanc, yn trio cael gwared ar ellyll a fu'n poeni'r teulu ifanc ers rhai dyddiau. Roedd ganddo ewinedd fel cyllyll, a chan fod yn rhaid cydio ynddo gerfydd ei wallt a chwythu yn ei glust i gael gwared arno, bu'n rhaid i Hilda ymestyn amdano droeon cyn cael y cyfle i afael yn iawn ynddo. Roedd hi'n friwiau drosti.

'Be nesa ta?' gofynnodd Tom yn y llais dwfn y byddai'n ei ddefnyddio pan fyddai o'n trio creu argraff ar rywun. Dyna pryd sylwodd Hilda ar y genethod oedd yn eistedd ar y bwrdd y tu ôl iddi – tair ohonyn nhw, gyda'u gwalltiau wedi eu brwsio'n syth a mymryn o sglein ar eu gwefusau. Roedden nhw'n rhannu ysgytlaeth anferth ac yn gwenu'n wirion ar Tom. Roedd yntau'n sgwario wrth drio gwneud ati nad oedd o wedi sylwi arnyn nhw.

'Ti'n pathetig,' ysgyrnygodd Hilda, gan roi plaster arall ar ei bawd. Fe wyddai'n iawn nad oedd hi'n edrych gystal â'r genethod yna. Wel, doedd ganddi hi mo'r amser i wneud ei gwallt ac ymbincio, nac oedd?

Ceisiodd Tom ei hanwybyddu, ond gwyddai Hilda ei fod o'n teimlo braidd yn dwp bellach gan ei bod hi wedi sylwi arno'n trio creu argraff ar y merched hyn. Triodd ei orau i newid y pwnc.

'Mae hi'n braf gweld pobol allan o'u tai, yn tydi?'

Roedd hynny'n ddigon gwir, meddyliodd Hilda wrth iddi sipian ei sudd afal drwy welltyn. Roedd popeth ar gau pan gyrhaeddon nhw, ond erbyn hyn, roedd pobol wedi dechrau sylweddoli bod yn rhaid iddyn nhw fyw eu bywydau fel petai dim wedi digwydd. Roedd y rhan fwyaf o'r siopau wedi ailagor, y caffis a'r tafarndai dan eu sang gan fod pobol eisiau trafod y newyddion, ac roedd sôn y byddai'r ysgolion yn ailagor yr wythnos ganlynol. Bu Hilda, Tom a Hywel yn yr ysgol uwchradd yn cael gwared ar fwystfil o'r ystafell Gymraeg – bwystfil blewog a hoffai ganu opera nerth esgyrn ei ben. Roedd bod yno wedi gwneud i Hilda feddwl am ei hysgol ei hun. Tybed oedd Ysgol Tywyn ar agor erbyn hyn? Beth fyddai pobol yn meddwl am ei habsenoldeb hi, a Tom a Hywel? Fydden nhw'n gwybod ble roedd y tri?

Gosododd Hywel ei gyllell a'i fforc ar ochr ei blât. Doedd o ddim wedi gorffen hanner ei wy ar dost ac, a dweud y gwir, doedd o prin wedi bwyta dim yn ystod y dyddiau diwethaf. Edrychai'n welw a thrist, a fedrai Hilda ddim deall y peth o gwbl. Wedi'r cyfan, roedden nhw'n llwyddiannus ac wedi medru cael gwared ar greaduriaid dirifedi, diolch yn bennaf i Hywel. Poenai Hilda amdano. Tybed ai hiraethu am ei dad oedd o? Roedd hi wedi codi'r noson cynt ynghanol y nos i nôl cwpaned o ddŵr, ac wedi sylwi bod Hywel yn effro. Tybed a fu o'n gorwedd yn effro'n aml yn ystod yr wythnos?

'Wyt ti'n iawn, Hywel?' gofynnodd am y canfed tro. Edrychodd hwnnw i fyny, fel petai o'n synnu clywed ei enw, a rhoddodd wên fach ffals a nodio'i ben. Roedd o'n un sâl am ddweud celwyddau, meddyliodd Hilda, ac addawodd y byddai'n cael gair ag o rywbryd eto, mewn rhywle tawelach. Roedd rhaid iddi gael gwybod beth oedd yn ei boeni.

Doedd Tom erioed wedi teimlo mor hapus.

Eisteddodd yn ôl yn ei gadair, yn teimlo'n braf ar ôl llond

boliaid o fwyd. Roedd Wmffra'n ddyn caredig, wedi cynnig y croeso cynhesaf i'r tri, ac i Dot hefyd, pan nad oedd hi'n ciniawa gydag un o'r degau o ffrindiau newydd a wnaethai yn y dref. Ceisiai Hilda wneud iddo deimlo'n ffŵl, gan ei gyhuddo o ddangos ei hun, ond doedd hynny ddim yn poeni fawr arno. Wedi'r cyfan, nid arni hi roedd y tair geneth dlos ar y bwrdd yn edrych, yn naci? Eiddigeddus oedd hi.

'Esgusodwch fi,' meddai llais yn ei ymyl. Trodd Tom i weld geneth tua'r un oed ag o'n gwenu arno. Roedd hi'n anhygoel o dlws, ei gwallt yn donnau golau, a'i llygaid glas yn pefrio. 'Mae'n ddrwg 'da fi dorri ar eich traws chi, ond mi hoffwn i wybod ble y medra i brynu crys-T.'

'Crys-T?' holodd Tom mewn penbleth. 'Tydw i ddim yn gweithio mewn siop...'

Chwarddodd yr eneth. 'Chi'n gwybod be sy 'da fi! Crys-T, neu boster, neu gylch allweddi a'ch llun chi arno fe. Oes gwefan 'da chi neu rywbeth?'

Edrychodd Tom arni'n gegagored. Un o'r genethod tlysau iddo ei gweld erioed, ac roedd hi am gael poster ohono fo ar wal ei llofft! Roedd y peth yn anhygoel. 'Ym... na... dim eto...'

Ochneidiodd Hilda'n uchel, cyn edrych i fyny ar yr eneth. 'Haleliwia. Mae Tom yn torri gwynt yn ei gwsg, wsti. Wyt ti'n siŵr dy fod ti am wisgo crys-T efo'i wyneb o amdanat?'

Edrychodd yr eneth ar Hilda'n rhyfedd, cyn cerdded i ffwrdd. Teimlodd Tom y dicter yn cronni yn ei fol.

'Pam gwnest ti hynna'r g'loman?' hisiodd ar Hilda dros y bwrdd.

'Mae o'n wir,' gwenodd Hilda'n fwyn arno. 'Mi glywais i ti neithiwr. A dy ogleuo di. Afiach.'

Roedd Tom ar fin ymateb, pan rwygodd sŵn dychrynllyd

drwy'r caffi. Sgrech o'r gegin gefn, lle byddai gwraig Wmffra'n coginio. Safodd Tom ar ei draed, gan ddisgwyl gweld ysbryd. Rhewodd pawb yn y caffi, ac edrych tuag at ddrws y gegin.

Ond nid ysbryd a ddaeth drwy'r drws.

Dynion go-iawn oedden nhw, dynion o gig a gwaed, wedi eu gwisgo mewn du, a balaclafas duon yn cuddio'u hwynebau a phob un yn dal bat criced yn ei ddwylo. Cafodd Tom gymaint o syndod wrth beidio â gweld rhith ysbryd neu ffurf od bwystfil fel y rhewodd am eiliad.

Roedd y dynion yn filain, a chyda'u batiau criced, fe aeth y chwech ati'n llawn egni a phŵer i chwalu'r caffi bach clyd. Torrwyd y til yn rhacs; chwalwyd y stand gacenni'n ddarnau mân, a dinistriwyd silff y diodydd gan greu llyn amryliw o bop ar deils y llawr. Ymosododd y dynion ar y byrddau, cyn rhwygo'r lluniau oddi ar y waliau, a throi'r potiau planhigion ben i waered.

Welodd Tom ddim byd mor erchyll yn ei fywyd.

'Beth ydach chi'n wneud!' gwaeddodd yn gandryll wrth iddo ddod o hyd i'w lais. Doedd ganddo ddim math o ofn: roedd o'n llawer rhy flin i hynny. Ac, er mawr syndod, stopiodd y dynion yn stond, ac edrych ar Tom. Roedd y tawelwch yn llethol.

'Chi!' bloeddiodd un o'r dynion, gan gymryd cam tuag atynt. Mewn eiliad, roedd Tom wedi codi cadair, ac fe'i daliodd i fyny gerfydd ei chefn, rhag ofn y byddai'n rhaid iddo warchod ei hun rhag trais. 'Chi!'

'Be 'dach chi isho?' gwaeddodd Tom. 'Be sy'n bod efo chi, yn chwalu'r lle fel hyn? Wnaeth y bobol yma ddim drwg i neb!'

'Rhybudd ydi o!' gwaeddodd un o'r dynion arall. 'Os na fyddwch chi'n stopio'r hyn 'dach chi'n wneud, chi'ch tri fydd nesa!'

'Arhoswch funud!' meddai Hilda'n flin, gan godi ar ei thraed. ''Dan ni ddim 'di gwneud dim o'i le. Trio helpu ydan ni...'

'Wel dydach chi ddim yn ein helpu ni, felly rhowch y gorau iddi!' gwaeddodd un o'r dynion. 'Ewch adref! Rydach chi'n ymyrryd â phethau nad oes a wneloch chi ddim â nhw!'

'Wrth gwrs eu bod nhw'n ymwneud â ni!' bloeddiodd Hilda. 'Mae o'n ymwneud efo pob un ohonon ni... A pham nad ydach chi am i ni helpu, beth bynnag?'

'Dyna ddigon o siarad,' gwaeddodd y dyn agosaf yn fygythiol. 'Rydach chi wedi cael eich rhybuddio!'

Gyda hynny, trodd y chwech a'u heglu hi am y drws, gan fygwth pawb â'u batiau criced. Cyn i'r un olaf adael drwy'r drws, trodd yn ôl, a dweud mewn llais ychydig yn llai bygythiol na'r lleill, 'Pe bai unrhyw syniad 'da chi o'r drwg 'dach chi'n wneud, mi fyddech chi'n rhoi'r gorau iddi'n syth.' A gyda hynny, roedden nhw wedi mynd.

Teimlai Hywel yn sâl.

Roedd gweld Wmffra, yr hen ŵr a fu mor garedig a hael wrtho ef a'i ffrindiau, yn sefyll ynghanol y caffi y bu'n gweithio ynddo ar hyd ei fywyd, a hwnnw'n deilchion o'i gwmpas, yn ormod i Hywel. Roedd o'n teimlo fel petai am fod yn sâl, roedd o eisiau crio. Ond, yn fwy na dim, roedd o eisiau mynd adref, eisiau mynd i'w wely bach ei hun, ac eisiau anghofio bod yr hunllef hyn wedi digwydd.

Dechreuodd pawb glirio'r llanast. Ymddangosodd dau fop, tri brws llawr, a llond gwlad o gadachau o rywle. Dechreuodd Hywel godi'r gwydr a gawsai ei dorri oddi ar y llawr: dyma'r gwydr y buodd o'n yfed ei bop allan ohono rai munudau ynghynt. Torrodd ei law ar lafn y gwydr, a brysiodd Wmffra ato gyda chadach.

chgen i... Lapia dy law'n dynn er mwyn stopio'r

.odd Hywel i fyny ar wyneb crychiog yr hen ŵr, ac ar .stás bonheddig oedd yn cyrlio uwchben ei geg. Gwenodd .r hen ŵr arno.

'Sut medrwch chi wenu, a'r dynion 'na newydd chwalu'ch caffi chi?' gofynnodd Hywel, a'i lais yn dawel, prin yn uwch na sibrwd.

'Daw eto haul ar fryn,' meddai Wmffra'n dawel. 'Paid ti â phoeni am y peth.'

'Ond y byrddau, y lluniau...'

'Pethe ydyn nhw, Hywel, dim ond pethe. Mi fedra i brynu mwy. Dim ond pethe byw sy'n gallu cael eu gwir golli, a does neb wedi ca'l dolur, nag o's?' Edrychodd i lawr ar law Hywel. 'Heblaw amdanat ti nawr!'

'Mae'n wir ddrwg gen i.' Ysgydwodd Hywel ei ben yn drist.

'Nawr, nawr, dw i ddim am glywed gair arall fel 'na. Dim dy fai di o'dd e.'

'Ond tasan ni ddim yma...'

'Fi oedd moyn chi 'ma! A phan ga i fyrdde newydd, dwi am i chi ddod yn ôl! Ti'n gweld, mae'n bwysig gwneud y peth iawn bob tro, er bod hynny weithie, efalle, yn gwneud rhywun yn amhoblogaidd. Ti'n gweld, mewn blynyddoedd i ddod, mi ga i ddweud mod i wedi cefnogi Hywel, Hilda a Tom, y gwaredwyr bwystfilod byd-enwog!'

Gwenodd Hywel. 'Dyna welliant. Nawr, cer di a dy ffrindie 'nôl i'r gampafan. Bydd Dot yn siŵr o glywed be sydd wedi digwydd, ac mi fydd hi'n poeni amdanoch chi.'

Ond arhosodd Hywel, Tom a Hilda tan bod y dropyn olaf

o bop wedi ei fopio, y darn olaf o wydr wedi ei frwsio, a'r llun olaf yn ôl ar y wal. Roedd Tom a Hilda'n edrych fel petai'r ddau wedi cael sioc eu bywydau. Ar ôl ffarwelio'n brudd â Wmffra, cerddodd y tri'n ôl i'r gampafan a'u pennau yn eu plu.

'Fedra i ddim dallt y peth o gwbwl,' meddai Hilda mewn penbleth. 'Pam byddai unrhyw un eisiau'r bwystfilod a'r bwganod i aros yn y byd 'ma? Maen nhw wedi creu anhrefn llwyr!'

'Efallai'u bod nhw mewn rhyw grŵp gwahanol yn trio cael gwared ar y bwystfilod,' cynigiodd Tom. 'A'u bod nhw'n meddwl ein bod ni'n rhwystr iddyn nhw.'

'Ond pam chwalu'r caffi ta? Os mai dyna'r gwir, pam na fydden nhw wedi dweud wrthon ni?'

Cerddodd y tri mewn tawelwch. Roedd brawddeg olaf y dyn yn chwyrlïo drwy ben Tom.

'Mi ddywedodd un pe byddai gynnon ni unrhyw syniad o'r drwg 'dan ni'n ei wneud, mi fydden ni'n rhoi'r gorau iddi'n syth. Beth oedd hynny'n ei feddwl?'

'Dwn i ddim. Tydan ni ddim yn gwneud drwg, ydan ni – helpu ydan ni.'

'Oes gen ti syniadau, Hywel?'

Ochneidiodd Hywel, ac ysgwyd ei ben. 'Be os ydan ni'n gwneud drwg, er ein bod ni'n meddwl ein bod ni'n gwneud daioni? Be os ydan ni'n brifo'r ysbrydion yma?'

Wfftiodd Tom yn syth. 'Amddiffyn ydan ni, siŵr...'

'Meddylia am Mrs Edwards!' meddai Hilda. 'Mor ofnus oedd hi cyn i ni gael gwared ar yr ysbryd yn ei thŷ hi, ac mor hapus oedd hi wedyn. Doedd 'na ddim dewis, nac oedd Hywel? Mi wnaethon ni'r peth iawn!'

Parhaodd Hywel i gerdded, ond ni ddywedodd ’run gair. Roedd Hilda’n dweud y gwir, wrth gwrs, ond ei bod hi’n amlwg wedi anghofio’r crio torcalonnus a lenwodd lolfa Mrs Edwards pan gawson nhw wared ar yr ysbryd. Roedd y sŵn hwnnw’n dal i ddiasbedain drwy feddwl Hywel, ac yn ei gadw’n effro yn y nos. Gwyddai’n awr y byddai geiriau’r dyn yn y balaclafa’n gwneud yr un fath. Roedd Hywel yn methu’n lan â chael gwared ar y teimlad ei fod o’n gwneud rhywbeth mawr o’i le.

‘Hywel?’ gofynnodd Hilda’n dawel. ‘Dwyt ti ddim yn meddwl gwrando ar y dynion yna, wyt ti? Dwyt ti ddim yn meddwl rhoi’r gorau iddi?’

Cerddodd Hywel ymlaen i gyfeiriad y gampafan, heb ateb ei chwestiwn.

Pennod 13

AR ÔL TROI a throsi drwy'r nos, roedd hi ar fin gwawrio pan syrthiodd Hilda i drwmgwsg. Doedd hi ddim yn syndod, felly, pan gafodd ei deffro am hanner awr wedi deg gan oglau cig moch yn llenwi'r gampafan. Gorweddodd yn ei gwely am ychydig, yn meddwl am ddigwyddiadau'r diwrnod cynt. Roedd y dynion wedi codi mwy o ofn arni nag unrhyw ysbryd, ac roedd hi wedi methu ymlacio'n iawn ers y digwyddiad. Roedd hi'n methu'n lan â deall pam y byddai unrhyw un am eu hatal rhag cael gwared ar yr ysbrydion a'r bwystfilod.

Wrth wrando ar y lleisiau'n siarad o gwmpas y bwrdd, clywodd Hilda lais cyfarwydd, a wnaeth iddi godi o'i gwely'n syth.

'Bore da, Miss Siôn,' gwenodd Teilo Siencyn. 'Falch o weld eich bod chi wedi codi o'r diwedd.'

'Ha ha,' atebodd hithau'n goeglyd, gan dynnu ei bysedd trwy'i gwallt. Cymerodd baned o goffi, ac eistedd wrth y bwrdd wrth ymyl Hywel a Tom. Roedd y ddau'n edrych yn flinedig iawn, fel petai pwysau'r byd ar eu hysgwyddau. Roedd Teilo Siencyn, hefyd, yn edrych fel petai wedi ymlâdd. Roedd ei wallt yn fwy blêr nag arfer, ac roedd ganddo staen coffi mawr i lawr ei grys gwyn. Daliai i wisgo'r un tei â'r wythnos diwetha, ac roedd yr un staen wy yn stribed arni.

'Mi glywais i am yr hyn ddigwyddodd yng Nghaffi Lôn Tudur,' esboniodd y Prif Weinidog. 'Mi ddois i lan yn syth.'

Nodiodd Hilda. Roedd yr olwg arno fel petai wedi bod ar ei draed drwy'r nos. 'Rydan ni wedi ein synnu.'

'Wedi synnu!' ebychodd Dot wrth droi'r cig moch yn y badell ffrio. 'Ro'n i bron â chael hartan! Ro'n i'n disgwyl peryglon efo'r ysbrydion, ond dim efo dynion go iawn. Sonioch chi ddim am hynny!' ychwanegodd yn bigog wrth Teilo Siencyn.

'Ges i gymaint o sioc â chi,' cyfaddefodd hwnnw. 'Rydw i wedi clywed mor boblogaidd ydych chi i gyd yn y dre 'ma, ac mor llwyddiannus ydych chi. Fedra i ddim deall pam y byddai unrhyw un am eich rhwystro chi.'

'Dim jôc oedd o, os mai dyna 'dach chi'n 'i feddwl,' meddai Hilda'n bendant. 'Roedden nhw o ddifri. Mi gawson ni rybudd, ac os 'dan ni'n dal wrthi, mi fyddan ni mewn peryg go iawn.'

'Beth 'ych chi'n feddwl? Dydych chi ddim yn meddwl rhoi'r gorau iddi nawr?'

'Wrth gwrs eu bod nhw!' meddai Dot, gan daro llond plât anferth o frechdanau cig moch ar y bwrdd. 'Mae'n beryg bywyd yma iddyn nhw, y pethau bach!'

Cymerodd Teilo Siencyn frechdan gig moch, a rhoddodd drwch o sôs coch rhwng y cig a'r bara. Cnodd y cyfan yn feddylgar, gan anwybyddu'r sôs coch a lithrodd o'r frechdan i lawr i'w drowsus. Tybed a oedd y Prif Weinidog erioed wedi bwyta unrhyw beth heb iddo fynd yn staen blêr ar ei ddillad, meddyliodd Hilda.

Ymgollodd y Prif Weinidog yn ei frecwast am ychydig, gan fwyta pedair brechdan a dwy baned o de melys. Roedd fel petai o wedi anghofio'n llwyr am ei drafferthion, ac edrychodd pawb arall ar ei gilydd. Oedd, roedd Teilo Siencyn yn garedig iawn, ond bobol annwyl, roedd o'n ddyn rhyfedd.

'Ydach chi'n bwyta fel 'ma o hyd?' gofynnodd Dot yn amheus. 'Mi gewch chi gamdreuliad wrth sglaffio fel 'na, wyddoch chi…'

'Mam!' ebychodd Hilda mewn cywilydd.

'Brechdanau hyfryd,' meddai'r Prif Weinidog, gan sychu ei geg â hances boced. 'Diolch.'

'Tydw i ddim yn siŵr ydw i am ddal ati,' meddai Hywel yn sydyn, gan roi ei frechdan yn ôl ar ei blât. Edrychodd i fyw llygaid Teilo Siencyn. 'Tydw i ddim yn sicr ein bod ni'n gwneud y peth iawn bellach.'

'Wedi dychryn wyt ti ar ôl be ddigwyddodd yn y caffi,' cysurodd y Prif Weinidog ef. 'Paid â gadael iddyn nhw gael y gorau arnat ti.'

'Nage, nid hynny,' ysgydwodd Hywel ei ben. 'Er, mi wnaeth eu geiriau nhw daro'r hoelen ar ei phen i mi. 'Na, rydw i wedi bod yn meddwl hyn ers y dechrau. Ers bod yn nhŷ Mrs Edwards, i fod yn fanwl gywir.' Trodd Hywel at Tom a Hilda. 'Ydach chi'n cofio'r wylo dychrynllyd ar ôl i ni gael gwared ar yr ysbryd yna?'

'Roedd o'n ofnadwy,' cyfaddefodd Hilda, gan gofio'r sŵn cwynfanus. 'Ai dyna pam rwyt ti wedi bod yn effro yn oriau mân y bore?'

Nodiodd Hywel. 'Rydw i'n methu'n lân â stopio meddwl am y peth.'

'Ond roedd yn rhaid cael gwared ar yr ysbryd yna!' mynnodd Tom. 'A phob ysbryd, bwystfil ac ellyll arall 'dan ni wedi ei sortio. Roedd gan bobol ofn go iawn, a 'dan ni wedi eu helpu nhw!'

Roedd Hilda ar fin cytuno, ond gwnaeth rhywbeth iddi oedi. Beth os oedd Hywel yn iawn? Er nad oedd hi'n hoff o'r ysbrydion na'r bwystfilod, oedd hi'n deg i gael gwared arnyn nhw?

'Tydw innau ddim yn siŵr, chwaith,' meddai'n betrus, ac ochneidiodd Teilo Siencyn mewn difrif.

'Tydach chi *ddim* o ddifrif!' bloeddiodd Tom yn biwis. 'Be sy'n bod hefo chi? Ydach chi ddim yn gweld cymaint o dda 'dan ni'n ei wneud yma?' Roedd o'n gandryll wrth ei ffrindiau. Gyda'i gilydd, roedd y tri wedi dod â gwir lawenydd i bobol Llanbedr Pont Steffan, a dyma'r ddau arall yn dweud bod rhaid ailfeddwl am wneud y byd yn lle gwell!

'Ond be os...' dechreuodd Hywel.

'Be os? Be os awn ni o'ma, yn ôl adref, a gadael pethau fel maen nhw? Be os rhown ni'r gorau i drio helpu pobol? Be os na wnawn ni gynnig help llaw pan fydd gan bobol ofn mynd i mewn i'w cartrefi eu hunain? Fyddwch chi'n hapus wedyn?'

'Dweud ydan ni...' cychwynnodd Hilda.

'Tydi o ddim fel tasan ni'n eu lladd nhw, nac ydi!'

Bu tawelwch am ychydig eiliadau, cyn i Hywel ofyn, 'Be wyt ti'n ei feddwl, Tom?'

'Mae'n amlwg, tydi! Dim ond eu hanfon nhw 'nôl i ble bynnag y daethon nhw ydan ni, 'te.'

'Sut gwyddost ti hynny?' gofynnodd Hywel.

'Achos eu bod nhw'n diflannu, siŵr!' esboniodd Tom, fel petai o'n siarad efo plentyn bach. 'Tasan nhw'n marw, mi fysan nhw'n cwympo ar y llawr yn gelain, 'yn basen nhw? Ond maen nhw i gyd yn diflannu, yn ôl i'w byd eu hunain.'

'Wyt ti wir yn credu hynny?' gofynnodd Hywel.

'Wrth gwrs! Fyddwn i ddim am ladd unrhyw beth, dim ond eu gyrru nhw adre. Mae'n siŵr eu bod nhw'n torri eu boliau isho mynd adref eu hunain!'

Bu distawrwydd am ychydig funudau.

'Mae hynna'n gwneud rhyw fath o synnwyr i mi, mae'n rhaid i mi gyfaddef,' meddai Hilda.

'Finne 'fyd,' cytunodd Teilo Siencyn yn frwd.

'Gwrandewch,' meddai Dot, gan eistedd ar gefn cadair Hywel

a rhoi ei braich am ei ysgwyddau. 'Nid bwlis ydan ni fan hyn. Os ydi Hywel am fynd adref, mi gaiff o fynd adre. Ei ddewis o ydi o, a toes 'run ohonon ni'n gallu gwneud y dewis yna drosto.'

Gwyliodd Tom wyneb trist Hywel, a theimlodd fymryn o biti drosto. Roedd o wedi mynd i edrych yn flinedig, ac edrychai ei wyneb yn llawn tristwch. 'Beth am yr hyn ddwedodd y dyn hwnnw yn y caffi, y byddan ni'n difaru 'taen ni'n gwybod am y drwg 'dan ni'n ei wneud?'

'Mae'n siŵr eu bod nhw'n gwybod am dy natur annwyl di,' meddai'r Prif Weinidog, 'ac yn gwybod y byddet ti'n poeni. Mi fydden nhw'n amlwg am ddweud yr union beth a fydde yn dy boeni di fwya, ac mi ddwedwn i eu bod nhw wedi llwyddo.'

Nodiodd Hywel yn araf, a theimlodd Tom y rhyddhad yn llenwi ei feddwl. Efallai mai bod yn hunanol oedd o, meddyliodd yn dawel, ond roedd o wir yn mwynhau ei amser yma yn Llanbed. Am y tro cyntaf erioed, teimlai ei fod yn gwneud rhywbeth gwerth ei wneud, a bod ganddo dalent i helpu pobol. Roedd y merched ifanc a wenai arno yn help, wrth gwrs, ond roedd o'n fwy na hynny.

'Mae'n rhaid i mi ddweud y gwir, tydw i ddim yn hollol sicr am hyn,' meddai Hywel. 'Ond mi wna i gario 'mlaen. Fel mae Tom yn dweud, mae'n bosib nad ydan ni'n brifo'r bwganod na'r bwystfilod o gwbl, ond yn eu helpu nhw i fynd yn ôl i'r lle y daethon nhw ohono. Does 'na ddim amheuaeth bod pobol yn ddiolchgar iawn ein bod yn cael eu gwared nhw.'

Ochneidiodd y Prif Weinidog mewn rhyddhad. 'Diolch byth am hynny. Rydw i wir yn meddwl eich bod chi'n gwneud y penderfyniad iawn, wyddoch chi.'

'Esgusodwch fi,' meddai Dot yn biwis, 'ond rydach chi'n anghofio un peth. Mae terfysgwyr wedi'n rhybuddio ni eu bod nhw ar ôl y plant 'ma. Maen nhw mewn perygl a tydw i ddim yn siŵr a ydi o'n saff iddyn nhw, a dweud y gwir.'

'Wrth gwrs eich bod chi'n poeni,' meddai'r Prif Weinidog. 'Wela i ddim bai arnoch chi. Dyna pam rydw i wedi penodi tîm o weithwyr i chwilio am y criw yma, ac i wneud yn siŵr nad ydyn nhw'n amharu arnoch chi. Mi wnes i ystyried cael heddlu cudd i gadw golwg arnoch chi drwy'r amser, ond mae'r rheiny'n brysur iawn ar hyn o bryd.'

'Os digwyddith unrhyw beth i un o'r plant 'ma...'

'Ceisiwch beidio poeni, Dot. Mae gen i gymaint o bobol yn gweithio gyda chi.'

Gyda hynny, daeth cnoc fach ar y drws, ac aeth Dot ati i'w ateb. Dyn ifanc oedd yno, a golwg braidd yn bryderus ar ei wyneb.

'Ddrwg gen i i darfu,' meddai ar ôl gweld Prif Weinidog Cymru yn mwynhau paned fach yn y gampafan. 'Ond mae 'na rywbeth sinistr yn yr afon. Fydde ots 'da chi i ddod i weld beth yw e?'

'Wel,' cododd y Prif Weinidog ar ei draed. 'Mae gwaith yn eich galw chi, mae'n amlwg. Cariwch ymlaen gyda'r gwaith da a chymerwch ofal.'

Yn rhyfedd iawn, roedd Hywel yn teimlo ganwaith gwell ar ôl trafod ei bryderon gyda'i ffrindiau. Er nad oedd unrhyw beth wedi cael ei ddatrys go iawn, doedd o ddim yn teimlo bellach ei fod o'n wirion yn poeni am bethau dibwys. Ac mi roedd hi'n sicr yn wir fod pobol Llanbed yn gwerthfawrogi'r hyn roedd y tri yn ei wneud.

'Ydach chi'n meddwl bod Teilo Siencyn yn wallgof?' gofynnodd Hilda'n freuddwydiol wrth i'r tri gerdded i lawr stryd fawr Llanbed. Bob hyn a hyn, byddai pobol yn pasio ac yn eu cyfarch, a gwnâi hynny i Hywel deimlo'n gartrefol braf yn y dref a oedd yn hollol ddieithr iddo wythnos ynghynt.

'Gwallgof?' holodd Tom. 'Pam rwyt ti'n dweud hynny?'

'Tydi'r dyn ddim yn medru bwyta 'run cegiad heb gael ychydig dros ei ddillad,' atebodd Hilda. 'Ac mae o'n edrych, ambell waith, fel petai o wedi anghofio'n gyfan gwbwl ble mae o a pham ei fod o yno.'

'Mae o'n reit chwit-chwat,' cytunodd Hywel. 'Ond dwi'n hoff iawn ohono fo. Mae o'n siarad yn ddoeth iawn weithiau.'

Wrth basio Caffi Lôn Tudur, sylwodd y tri fod prysurdeb mawr oddi mewn. Sylwodd Wmffra ar y tri yn pasio, a rhedodd allan i'w cyfarch.

'Mae e'n anhygoel! Gredwch chi byth mo'r peth!'

'Be sy wedi digwydd rŵan?' gofynnodd Hilda, yn hanner chwerthin am fod yr hen ŵr yn edrych mor llawen.

'Dewch i mewn! Dewch i mewn!'

'Wel, a dweud y gwir, rydan ni ar ein ffordd i...'

Ond doedd Wmffra ddim yn gwrando ar Hywel: roedd o eisoes wedi diflannu yn ôl i mewn i'r caffi. Gwenodd Hywel, Hilda a Tom ar ei gilydd, cyn dilyn.

'Edrychwch! Mae'r peth yn wyrth!' Safai Jane, gwraig Wmffra, ynghanol casgliad newydd sbon danlli o gelfi hardd. Deg bwrdd bach sgwâr o bren tywyll, a dail wedi eu cerfio i mewn i'r coesau: cadeiriau newydd o'r un patrwm; silffoedd sgleiniog lliwgar, a phaentiadau drud yr olwg o stryd Llanbed yn yr hen ddyddiau yn edrych yn grand iawn ar y wal.

'Waw!' ebychodd Hilda. 'Mae o'n anhygoel!'

'Ydi,' cytunodd Tom. 'Alla i ddim coelio eich bod chi wedi cael y lle yn ôl ar ei draed mor gyflym!'

'O ble daeth yr holl bethau yma? Mae'n rhaid eich bod chi wedi talu'n ddrud amdanyn nhw!'

'Dim ceiniog, fy machgen i!' atebodd Wmffra'n llawen. 'Dim un geiniog, cofiwch!'

'Be?' gofynnodd Hilda mewn penbleth. 'Ond sut...'

'Mi ddaeth y cyfan mewn clamp o lorri fawr bore 'ma,' meddai Jane, gyda gwên fawr ar ei hwyneb. 'Roedden ni'n siŵr mai camgymeriad oedd y cyfan, ond wedyn daeth llythyr gydag e... Edrychwch!' Estynnodd ddarn o bapur a dechreuodd Hywel ddarllen yn uchel:

Annwyl Mr a Mrs Steffan,

Roeddwn yn drist iawn i glywed am y digwyddiadau prynhawn ddoe. Rydym ni'n gwneud ein gorau glas i ddod o hyd i'r rhai a faluriodd eich caffi. Dyma i chi ychydig gelfi fel iawn am y difrod.

Yn gywir iawn,

Teilo Amadeus Siencyn, Prif Weinidog Cymru.

Edrychodd Hywel mewn syndod. Am anrheg anhygoel!

'Dydyn ni ddim wedi cael y ffasiwn steil yma 'rioed!' meddai Wmffra gan chwerthin yn llawen.

'Anhygoel,' cytunodd Hilda'n gegrwth. 'Mae popeth mor hyfryd!'

'Esgusodwch fi, nawr,' meddai Jane gyda gwên. 'Rydyn ni am agor y caffi i ginio. O, be fydd pobol yn ei ddweud, tybed?' Brysiodd i'r gegin.

'Wnewch chi aros am ginio?' gofynnodd Wmffra yn siriol. 'Mae Jane wrthi'n gwneud clamp o gaserol cyw iâr, a mynydd o datws stwnsh… Bydde croeso i chi orffwyso ar un o'r cadeiriau hyfryd 'ma os hoffech chi…'

'Dim diolch,' atebodd Hywel, wedi gwirioni'n llwyr fod y Prif Weinidog wedi gwneud peth mor garedig. 'Mae ysbryd i lawr wrth yr afon sydd angen ein sylw ni.'

'Wel, pob lwc i chi!' meddai Wmffra. 'A chofiwch alw am baned ar y ffordd yn ôl!'

Pennod 14

ROEDD HYWEL, HILDA a Tom yn dal i sôn am rodd hael Teilo Siencyn i Gaffi Lôn Tudur wrth gyrraedd afon Teifi. Doedd hi ddim yn siwrnai bell o gwbl, llai na phum munud o ganol y dref, ond yn ddigon i wneud i lan yr afon deimlo'n ynysig. Roedd yr afon yn rhedeg y tu ôl i faes parcio archfarchnad, a chan fod honno'n dal ar gau, roedd hi'n unig iawn yn y rhan honno o'r dref.

Hilda oedd y gyntaf i glywed y gweiddi. Clustfeiniodd am eiliad, wrth groesi'r maes parcio gwag, cyn dechrau rhedeg yn gyflym i gyfeiriad y sŵn. Roedd rhywun yn y dŵr!

'Be sy'n bod?' gofynnodd Tom wrth iddo ef a Hywel redeg ar ei hôl.

'Llais!' gwaeddodd hithau'n ôl. Roedd yn sŵn mor drist, mor anhygoel o dorcalonnus, ac wedi i Hilda gyrraedd glannau'r afon, suddodd ar ei gliniau wrth weld yr olygfa drist yn y dŵr.

Roedd yr eneth yn ifanc, tua'r un oed â hi, ond yn dlysach o lawer. Arnofiai ei gwallt du hir ar wyneb y dŵr, ac roedd ei llygaid duon yn llydan agored mewn ofn. Roedd ei gwefusau'n fawr ac yn goch, a gwaeddai mewn llais bach, 'Help! Plis, helpwch fi!'

'Ond alla i ddim nofio!' gwaeddodd Hilda arni, gan ddifaru gyda'i holl enaid na wnaeth hi dderbyn cynnig ei mam o gael gwersi nofio pan oedd hi'n eneth fach. Ysai i neidio i'r dŵr i achub y ferch druan.

Tynnodd Tom ei siaced yn gyflym a dechrau tynnu ei sgidiau. Roedd ar fin neidio i mewn, pan ddywedodd Hywel,

'Arhosa funud!'

Trodd Hilda a Tom i edrych arno, anghrediniaeth lwyr yn eu hwynebau.

'Nid rŵan ydi'r amser, Hywel!' bloeddiodd Hilda dros sgrechiadau'r ferch druan. 'Fedri di ddim gweld ei bod hi'n boddi?'

'Mae rhywbeth o'i le,' atebodd Hywel, wrth syllu i mewn i'r dŵr gan ysgwyd ei ben, 'rhywbeth sy ddim yn taro deuddeg...'

'Paid â bod yn wirion!' gwaeddodd Hilda, a dagrau o rwystredigaeth yn llamu i'w llygaid. Sut y medrai Hywel fod mor galon-galed?

'Mi ddwedodd y dyn fod 'na rywbeth sinistr yn yr afon. Wel, lle mae o? Yr unig beth sydd yn yr afon ydi'r ferch yna!'

'Falla bod yr ysbryd, neu'r bwystfil, neu beth bynnag ydi o, wedi ei thynnu hi i lawr i'r dyfnderoedd!' meddai Hilda. 'Plis Hywel, does dim eiliad i'w cholli ... Mae angen help arni hi, nawr...'

'Sbïwch, sbïwch ar ei llygaid hi!' Pwyntiodd Hywel yn fuddugoliaethus.

'Beth amdanyn nhw?' gofynnodd Tom, wedi cynhyrfu'n lân.

'Maen nhw'n ddu heb gannwyll yn eu canol nhw! Bwystfil ydi hi, wir i chi.'

'Bwystfil...?' gofynnodd Hilda mewn panig llwyr. Doedd hi ddim yn gwybod beth i'w feddwl. Roedd Hywel wedi bod yn gywir bob tro hyd yn hyn, ond roedd hyn yn wahanol rhywsut... Doedd y ferch yn y dŵr yn sicr ddim yn edrych fel bwystfil, ac roedd hi'n gweiddi mor daer...

'Hywel, na!' bloeddiodd Tom, gan edrych o'r ferch at Hywel

ac yna'n ôl at y ferch. 'Rwyt ti wedi gwneud camgymeriad, mae'n rhaid! Sbia arni hi, mae hi'n torri ei chalon!'

'Laiana ydi hi,' meddai Hywel yn gadarn, gan swnio'n bendant iawn. 'Bwystfil sy'n cymryd ffurf merch ifanc, brydferth i ddenu pobol i'r dŵr. Ac yna, unwaith maen nhw'n ymuno â hi, mae hi'n eu boddi nhw. Mae'n rhaid i chi wrando arna i. Mi rydw i'n sicr. Nid merch go iawn sydd yna.'

'Ond... ond... be os mai gwneud camgymeriad wyt ti?' gofynnodd Tom. 'Fedra i ddim sefyll yn y fan hyn yn ei gwylio hi'n boddi...'

'Gwranda arna i!' gwaeddodd Hywel. 'Tydi hi ddim yn boddi! Twyll ydi'r cyfan!'

Edrychodd Hilda i mewn i'r dŵr ar y ferch, gyda dagrau'n llifo i lawr ei gruddiau. Doedd hi ddim yn gwybod beth i'w ddweud. Gwyddai nad oedd ganddi hi obaith o achub unrhyw un, ysbryd neu beidio, a hithau'n methu nofio, ond roedd pethau'n wahanol iawn i Tom. Roedd o'n nofiwr cryf. Byddai o a'i ffrindiau'n aml yn plymio ym mhwll nofio Tywyn ac roedd o'n amlwg mewn cyfyng-gyngor.

'Mae'n rhaid i ti ymddiried yndda i, Tom,' meddai Hywel yn gadarn. 'Dwi'n hollol sicr o hyn. Tydi hi ddim yn berson go iawn, ac os ei di i mewn ati hi, mi gei di dy foddi.'

Caeodd Tom ei lygaid, ac ysgydwodd ei ben am ychydig, fel petai'n trio meddwl beth i'w wneud. Yr unig sŵn oedd sŵn y dŵr yn tasgu wrth i'r ferch chwifio'i breichiau, a'i llais gwan yn galw, 'Plis, plis helpwch fi!'

Agorodd Tom ei lygaid drachefn, ac edrychodd draw at Hywel. 'Dwi yn ymddiried ynot ti,' meddai'n isel. 'A' i ddim i mewn yno ati.'

Roedd aros ar lan yr afon yn gwylio'r ferch yn y dŵr yn

brofiad erchyll, eto roedd Hilda hefyd yn ymddiried yn Hywel, er ei bod hi'n dal yn anodd anwybyddu'r sgrechiadau taer a ddeuai o'r dŵr. Ar ôl ychydig funudau, tawodd y sŵn, ac wrth edrych draw i'r dŵr, gwelodd Hilda fod yr eneth wedi suddo o dan yr wyneb.

'Mae'n ddrwg gen i,' meddai Tom, wrth droi at ei ffrindiau, gyda golwg o anobaith llwyr ar ei wyneb. 'Ond fedra i ddim gadael iddi foddi.' Gyda hynny, trodd ar ei sawdl a phlymiodd yn osgeiddig i mewn i ddyfroedd afon Teifi.

Trawodd y dŵr gorff Tom fel cyllell: roedd yn oer, oer ar ei gnawd cynnes. Roedd y dŵr yn llawn planhigion gwyrdd, a'r rheiny'n ymestyn o gwmpas ei freichiau a'i goesau. Fe gymerodd ychydig eiliadau iddo ddadglymu ei hun o'r gwyrddni, ond gwyddai fod yn rhaid iddo. Roedd cri'r ferch yn diasbedain drwy ei ben. Fyddai o byth wedi gadael iddi foddi, waeth be a ddywedai Hywel. Be os oedd o'n anghywir, ac mai geneth go iawn oedd yno?

Wrth iddo agosáu at y ferch yn y dŵr, ochneidiodd Tom. Roedd o'n siŵr nad bwystfil oedd hi: gallai weld ei choesau'n cicio o dan y dŵr, a'i breichiau tenau'n ymestyn amdano. Cydiodd ynddi, a'i chodi'n ôl i'r wyneb. Roedd hi'n denau, denau, a'i chnawd yn wyn fel sialc. Welsai Tom erioed unrhyw un mor brydferth yn ei fywyd.

'Dyna ti,' meddai o'n fyr ei wynt. 'Mi fyddi di'n iawn rŵan.'

Gwenodd yr eneth arno, ond rhywsut, nid y wên garedig, annwyl roedd o wedi ei ddisgwyl ganddi oedd ar ei hwyneb. Roedd rhywbeth buddugoliaethus am y ffordd yr edrychai arno. Ac yna, wrth iddo edrych arni, rhewodd perfedd Tom wrth iddi drawsnewid, o flaen ei lygaid.

Roedd Hywel yn iawn. Nid merch go-iawn mo hon.

Trodd ei gwallt o fod yn ddu sidanaidd, tlws, i fod yn garpiau llysnafeddog, gwyrdd ac aeth ei chroen yn llwyd tywyll, afiach. Trodd ei llygaid tywyll, tlws yn wyn a'i dannedd bach syth yn bigau miniog, melyn.

Roedd hi'n erchyll.

Bloeddiodd Tom mewn ofn, a gollyngodd ei afael ar y bwystfil, ond daliodd hi'n dynn yn ei arddyrnau, a gwenu arno'n filain. Clywodd Tom sgrech Hilda o lan yr afon, a llais Hywel yn ceisio gweiddi rhywbeth, ond roedd o'n llawer rhy ofnus i allu clywed 'run gair. Ceisiodd gicio yn erbyn y bwystfil – peth fach denau oedd hi, wedi'r cyfan – ond roedd hi'n gryfach nag o, a medrodd gadw gafael arno'n hawdd.

'Plis,' erfyniodd Tom, gan glywed yr ofn yn ei lais ei hun. 'Plis, peidiwch â 'mrifo i...'

Chwarddodd y bwystfil yn groch, ac edrychai fel petai hi'n wirioneddol mwynhau ei glywed yn erfyn. Yn sydyn, cododd ei llaw a chymryd llond dwrn o wallt Tom. Dyfalodd yntau'n syth beth oedd i ddod.

Gwthiodd y bwystfil ben Tom o dan y dŵr, ac yntau'n gwingo o dan y dŵr. Roedd Hywel wedi ei rybuddio, ac Hywel oedd yn iawn... Bobol annwyl, roedd Hywel wastad yn gywir! A dyna fo wedyn yn ei anwybyddu'n llwyr, a chanfod ei hun yn y twll yma. Dyma fyddai'i ddiwedd o, yn sicr...

Yn sydyn, wrth i'r bwystfil dynnu ei wallt, llwyddodd Tom i gymryd llond ysgyfaint o awyr iach unwaith eto. Roedd o'n deimlad mor hyfryd ar ôl bod o dan y dŵr cyhyd, ond gwyddai fod rhywbeth od yn digwydd. Pam nad oedd hi wedi cadw ei ben o dan y dŵr? Ond, yn sydyn, gwthiodd y bwystfil ei ben i lawr o dan y dŵr unwaith eto a'i ddal yno.

Mae hi'n chwarae gêm efo fi, sylweddololodd Tom. Yn union

fel mae cath yn chwarae gyda llygoden cyn ei lladd hi.

Gwelodd y planhigion yn chwifio'n dlws yn y dŵr o'i gwmpas, a meddyliodd gymaint y byddai o'n colli ei ffrindiau newydd. Roedd hyd yn oed Hilda'n ffrind iddo, erbyn hyn...

Yna, yn sydyn, drwy wyrddni'r planhigion yn yr afon, gwelodd Tom fflach o wyn yn symud drwy'r dŵr. Agorodd ei lygaid yn llydan i drio cael gwell golwg ar beth oedd yno – pysgodyn rhyfedd, efallai, neu fag plastig wedi ei daflu i'r dyfroedd. Ond na. Gyda thon o obaith, adnabu Tom y ddau siâp oedd yn agosáu.

Sanau gwyn oedden nhw. Sanau gwyn, a'r rheiny ar draed Hywel.

Roedd hi'n amlwg bod y bwystfil wedi eu gweld hefyd, achos fe wthiodd ben Tom yn ddyfnach i mewn i'r dŵr, a phlannu ei chrafangau miniog yn ei ben. Ceisiodd Tom weiddi ond, wrth gwrs, gan ei fod o dan y dŵr, chafodd o ddim byd ond llond cegaid o ddŵr.

Yn araf bach, dechreuodd y byd dywyllu o gwmpas Tom, a theimlodd ei ben yn troi. Roedd yn ymwybodol bod rhywbeth yn digwydd ar wyneb y dŵr uwch ei ben – yn amlwg roedd Hywel a'r bwystfil yn brwydro, ond eto daliai'r bwystfil ben Tom o dan y dŵr.

Rydw i'n mynd i foddi, meddyliodd. Roedd o wedi clywed o'r blaen, wrth wylio ffilmiau a rhaglenni teledu ac ati, bod bywyd rhywun yn fflachio o flaen ei lygaid ar foment fel hon. Feddyliodd o erioed ei fod o'n wir, ond roedd fel petai ffilm o'i hoff bethau a phobol yn chwarae yn ei ben yn ystod yr eiliadau cyn iddo fynd yn anymwybodol. Gwelodd Tywyn, a glan y môr yn braf yn yr haf ac yn ffyrnig yn y gaeaf. Yr hufen iâ mêl wedyn oedd ar werth yno drwy'r flwyddyn, ac yn ddigon melys i gyrlio bodiau ei draed. Cinio dydd Sul ei fam, yn morio mewn grefi. Ei ffrindiau o Dywyn yn ddireidus, ond yn ffyddlon i'w gilydd. Ei bedwar brawd, a lenwai ei fywyd yn llawn bwrlwm a hwyl. Ei ffrindiau newydd, Hywel a Hilda. Pwy fyddai'n meddwl y gallai tri mor wahanol fedru dod mor agos? Ac, yn olaf, ei fam a'i dad, oedd yn ei warchod a'i garu. Hiraethai amdanyn nhw yn fwy nag unrhyw un arall.

Ac yna, aeth byd Tom yn ddu, a llaciodd ei gorff yn erbyn llif afon Teifi.

Roedd Hywel yn casáu dŵr.

Na, doedd hynny ddim yn hollol wir: roedd o wedi mwynhau ei wersi nofio ym mhwll nofio Tywyn ac wedi cael ei fathodynnau i gyd, gan gynnwys y rhai a ddysgodd iddo sut i achub bywyd rhywun mewn perygl yn y dŵr. Roedd o hyd yn oed yn mwynhau teimlad y dŵr o gwmpas ei gorff, ei allu i wibio drwy'r pwll, a chael ymarfer corff braf. Dod allan o'r pwll oedd y broblem. Ar ôl pwyso dim yn y dyfroedd, teimlai fel petai'n pwyso hanner tunnell pan ddringai allan o'r dŵr, ac roedd y trymder yna fel petai'n dal ei afael yn ei hwyliau ac yn gwneud iddo deimlo'n anhapus am weddill y dydd. Roedd Hywel yn osgoi'r pwll nofio erbyn hyn.

Piti nad oedd bathodyn ar sut i drechu bwystfil milain oedd yn trio boddi un o'i ffrindiau, meddyliodd Hywel, achos mi fedrai'r profiad o'i ennill fod o gymorth iddo rŵan. Ar ôl neidio i ganol y dŵr, oedd yn ddigon oer i wneud iddo deimlo fel petai miloedd o gyllyll bach yn trywanu ei gorff, nofiodd at y Leiana, a syllai arno gyda gwên fach ddieflig ar ei hwyneb hyll. Roedd yn ymddangos fel petai hi wedi gwirioni ar gael rhywun arall yn ogystal â Tom i'w ddinistrio.

Wrth gwrs, doedd ganddi hi ddim syniad am Hywel. Wyddai hi ddim am y llyfr *Bwystfilod a Bwganod*, ac yn sicr doedd hi ddim yn gwybod am y frawddeg o'r llyfr a ddaeth i feddwl Hywel wrth iddo sefyll ar lan yr afon, yn gwylio'r Leiana yn cydio mewn cudynnau o wallt Tom.

Creadur y dŵr yw'r Leiana. Y ffordd o gael gwared arni yw ei chyffwrdd â chnawd sych.

Dyna pam y nofiai Hywel gydag un fraich uwch ei ben: gwyddai mor wirion yr edrychai, ond roedd hi'n hollbwysig nad oedd o'n gwlychu'r llaw honno. Dyna'r llaw y byddai o'n ei defnyddio i gyffwrdd yn Leiana. Dyna sut byddai o'n ei threchu.

Wrth iddo agosáu, gwelodd Hywel mor afiach oedd y Leiana mewn gwirionedd; roedd hi fel drychiolaeth. Y dannedd! Byddai'r rheiny'n gallu gwneud niwed go iawn, sylweddolodd Hywel yn nerfus. A'r llygaid, yn wyn heb gannwyll na dim. Roedd hi'n wirioneddol afiach.

Pan gyrhaeddodd Hywel o fewn ychydig lathenni i Leiana, roedd honno fel petai'n sylweddoli yn sydyn pam bod Hywel yn dal ei fraich uwch ei ben, a dechreuodd sgrechian yn groch. Roedd ei sgrech yn uchel, a theimlai fel petai'n cyrraedd mêr ei esgyrn, fel sŵn ewinedd ar fwrdd du. Dechreuodd y Leiana chwifio'i llaw rhydd yn y dŵr, gán drio creu sblashys mawr i wlychu llaw sych Hywel.

Trodd Hywel ar ei gefn a dechrau nofio wysg ei gefn tuag ati, gan ddefnyddio ei gorff fel tarian i gadw'i law yn sych. Roedd hyn yn brofiad anhygoel o ddychrynllyd, ac yntau'n gwybod ei fod o'n nofio i gyfeiriad y bwystfil, ond na fedrai gadw llygad arno. Llyncodd ei ofn a cheisio bod yn ddewr. Wedi'r cyfan, petai o'n methu nawr, byddai'r Leiana'n sicr o foddi Tom ac yntau.

Mae hyn yn hollol dwp, meddyliodd Hywel. Mae cadw fy llaw dde yn sych yn fater o fyw neu farw. Beth ar wyneb y ddaear sydd wedi digwydd i'r byd?

Roedd o'n agos nawr: gallai deimlo Leiana y tu ôl iddo. Cyfrodd i dri yn araf yn ei ben – un, dau, tri – a throdd yn sydyn i'w hwynebu, gan roi ei law ar ei hwyneb. Doedd ganddo ddim syniad a oedd o wedi llwyddo: a oedd hi wedi gallu ei wlychu yn yr eiliad fer rhwng iddo droi a rhoi'r llaw arni?

Roedd o wedi disgwyl y byddai'r Leiana'n diflannu'n syth, ond nid dyna wnaeth hi. Wrth deimlo cyffyrddiad Hywel, stopiodd symud ar unwaith, a gollyngodd ei gafael yng nghorff Tom. Trodd ei hwyneb o fod yn llwyd i fod yn wyn a thlws: tyfodd dwy gannwyll fawr dywyll yn ei llygaid, gan ei gwneud hi'n brydferth: trodd ei dannedd miniog yn rhai sgwâr, taclus, a throdd ei gwallt yn donnau sidanaidd tlws unwaith eto. Edrychodd ar Hywel gyda'r tristwch mwyaf torcalonnus, cyn diflannu'n ddim yn y dŵr.

Heb roi amser iddo'i hun feddwl, plymiodd Hywel i mewn i'r dŵr a chydio yng nghorff trwm Tom. Roedd o'n anodd ei dynnu fo yn ôl i'r wyneb ac at y lan, yn enwedig gyda'r holl dyfiant gwyrdd oedd yn clymu o gwmpas ei goesau, ond llwyddodd Hywel, a chael help gan Hilda ar lan yr afon i'w dynnu at y tir sych. Wrth dynnu ei hun allan o'r dŵr, teimlai'r hen drymder oedd yn poeni gymaint arno fel rheol.

Gorweddai Tom yn anymwybodol ar y lan. Doedd o ddim yn anadlu o gwbl, ac roedd ei wyneb yn wyn, ei wefusau'n ddi-liw. Roedd mymryn o waed yn llifo i lawr ei wyneb wedi i Leiana blannu ei hewinedd ynddo.

'Be wnawn ni?' gofynnodd Hywel yn fyr o anadl. 'Ffonio am ambiwlans?'

'Dim amser,' atebodd Hilda, a sylwodd Hywel fod ei hwyneb hithau'n wlyb hefyd gan ddagrau. Mae'n rhaid bod gwylio'r holl beth o lan yr afon wedi bod yn ddigon anodd iddi. 'Dwi'n gallu rhoi cymorth cyntaf.' Gyda hynny, gosododd Hilda gorff diymadferth Tom yn y safle cywir, a rhoddodd ei bys dros ei drwyn i gau ei ffroenau. Roedd hi'n edrych yn hynod broffesiynol, meddyliodd Hywel, wedi synnu braidd ei bod hi'n medru gweithio ar ffasiwn gyflymder a hithau'n emosiynol. Roedd hi ar fin rhoi ei cheg dros geg Tom i roi cusan bywyd iddo, pan ddigwyddodd gwyrth.

Pesychodd Tom, gan boeri llond ceg o ddŵr dros bob man, a thynnodd anadl ddofn. Agorodd ei lygaid, a gorwedd am ychydig eiliadau wrth gael ei wynt ato. Yna, edrychodd ar Hilda, a daeth gwên fawr i'w wyneb.

'Roeddet ti ar fin fy nghusanu i, yn doeddet?' gofynnodd yn gryg. 'Ych a fi!'

Pennod 15

'DWI'N TEIMLO GYMAINT yn well rŵan,' meddai Tom, cyn torri gwynt. 'Does 'na ddim byd gwell na sglodion i helpu rhywun i ddod dros sioc.'

Rholiodd Hilda'i llygaid yn ddiamynedd. Roedd Tom wrth ei fodd yn gwneud iddi deimlo'n anghyfforddus, ac roedd hi wedi penderfynu mai ei anwybyddu o fyddai orau. Ond doedd hynny ddim yn hawdd, ddim ag yntau'n mynnu bwyta fel mochyn, a thorri gwynt bob gafael.

Roedd hi'n rhyfeddol, meddyliodd Hilda, mai dim ond ychydig oriau oedd ers iddi lusgo Tom o'r dŵr, mor llipa a diymadferth â doli glwt. Roedd hi wedi bod mor siŵr na fyddai'n gallu gwneud unrhyw beth i'w helpu gan fod Leiana wedi dal ei ben o dan y dŵr am amser mor hir! Ond, ar ôl cymryd ychydig funudau i ddod ato'i hun, roedd o wedi dychwelyd i fod mor fywiog ag erioed. Ar ôl mynd yn ôl i'r gampafan i Hywel a Tom gael ymolchi a newid i ddillad glân, roedd y tri wedi dod i Gaffi Lôn Tudur am sgram, ac roedd Tom wedi bwyta'r plataid mwyaf anferthol a welsai Hilda erioed o fwyd seimllyd: sglodion, selsig, cig moch ac wy, gyda ffa pob yn boddi'r cwbl. Wyddai hi ddim sut y gallai Tom symud ar ôl y ffasiwn foliaid.

Diolch byth ei fod o'n iawn, meddyliodd Hilda, gan wybod na fyddai hi byth yn gallu dweud hynny wrth Tom ei hun. Roedd o'n cael modd i fyw yn tynnu ei choes ei bod hi ar fin rhoi cusan bywyd iddo, a byddai dweud unrhyw beth caredig yn siŵr o wneud pethau'n waeth. Ond mi *roedd* hi'n falch. Roedd gwylio Tom a Hywel yn y dŵr, yn brwydro yn erbyn yr hen ast o fwystfil yna, wedi dychryn Hilda yn ofnadwy, a chyn gynted ag roedd y cyfan drosodd, addawodd y byddai'n cael gwersi nofio yn y pwll yn Nhywyn cyn gynted ag y byddai hyn i gyd drosodd. Roedd hi wedi teimlo nad oedd hi'n dda i ddim ar lan yr afon ac roedd hi wedi casáu'r teimlad.

'Mae 'na un peth dwi'n dal i boeni amdano fo…' meddai Tom, ar ôl llowcio hanner ei bop.

'Be?' gofynnodd Hywel, gan sychu ei geg â hances bapur ar ôl gorffen brechdan diwna.

'Wel, pan fydda i'n cysgu yn fy ngwely heno, be wna i os bydd Hilda yn trio'n snogio fi eto?' Dechreuodd chwerthin yn uchel, fel petai o wedi dweud y jôc ddoniolaf erioed.

'O, cau dy geg,' cyfarthodd Hilda'n biwis.

'Paid â smalio,' atebodd Tom a gwên ryfedd ar ei wyneb. ''Dan ni i gyd yn gwybod rŵan dy fod ti'n fy ffansïo i.'

'Rwyt ti mor blentynnaidd.'

Gan synhwyro bod ffrae ar y gorwel, ceisiodd Hywel newid y pwnc. 'Reit ta, beth nesa?'

'Dwn i ddim,' atebodd Tom yn sionc. 'Mae'n siŵr bod rhyw fwystfil neu fwgan angen ei sortio eto.'

'Ydach chi'n gwybod am rywun arall sydd angen ein help ni, Wmffra?' gofynnodd Hilda wrth yr hen ŵr, a oedd yn glanhau bwrdd cyfagos. Stopiodd yntau am funud, ac edrych i'r gwacter fel petai o'n meddwl yn ddwys iawn.

'Wel, roedd gan Glenys Tŷ Canol hen sŵn yn y gegin, ond llygoden fawr oedd honno. Ac roedd gan Idris Teifi View ysbryd yn edrych arno drwy ffenest y gegin, ond fe sortioch chi hwnnw ddoe.' Ysgydwodd ei ben. 'Na. Wyddoch chi, rydw i'n ame eich bod chi'ch tri wedi cael gwared ar bob ysbryd a bwystfil yn Llanbed, a diolch am hynny.'

Edrychodd Hilda draw at Tom a Hywel mewn syndod. Doedd

bosib bod hynny'n wir? Ac os oedd o, beth oedd i fod i ddigwydd rŵan?

'Mae Wmffra'n iawn, wyddoch chi,' meddai Hywel. 'Doedd neb y tu allan i ddrws y gampafan bore 'ma'n gofyn am help. Mae pawb yn ymddangos yn ddigon bodlon erbyn hyn.'

'Ond be fydd yn digwydd rŵan?' gofynnodd Tom, a golwg ar goll braidd ar ei wyneb. 'Tydw i ddim isho gadael Llanbed.'

'Na finnau chwaith,' meddai Hilda'n brudd. Roedd hi'n adnabod gymaint yma, ac roedd pawb mor garedig. Er mai ychydig dros wythnos y buon nhw yno, roedd hela'r ysbrydion a'r bwystfilod wedi rhoi cyfle iddi weld pob cornel o'r dre, a chwrdd â phobol na fyddai hi byth wedi cwrdd â nhw fel arall.

'Gwrandewch arna i,' meddai Wmffra'n siriol gan ddod draw at eu bwrdd. 'Rydych chi wedi gwneud gwyrthiau yma: wedi cynnig gobaith pan oedd popeth yn edrych yn ddu iawn. Ac mi fydd pawb yn drist o'ch gweld chi'n gadael. Ond mi fedrwch chi gynnig yr un gobaith i dref arall! Mi gewch chi wneud mwy o ffrindiau, dod i adnabod mwy o bobol, gwneud yr un fath eto, yn rhywle arall!'

Nodiodd Hilda. Gwyddai fod Wmffra'n dweud y gwir, ond roedd meddwl am adael y dref fach gyfeillgar yn ddigon i wneud i ddagrau gosi ei llygaid.

'A chofiwch chi, unwaith bydd y busnes ysbrydion 'ma'n dod i ben, mi gewch chi groeso brenhinol yma bob tro y dowch chi i'n gweld. Fydd pobol ddim yn anghofio'ch gwaith da chi.'

'Tybed a ddaw o byth i ben?' gofynnodd Hywel yn drist. 'Weithiau dwi'n amau y gallai pethau aros fel hyn am byth.'

'Wel, tydw i ddim yn arbenigwr,' meddai Wmffra, gan fwytho ei fwstás â blaenau'i fysedd. 'Ond rydw i wir yn credu y bydd pethau'n gwella. A phan wnân nhw, mi fydda i'n disgwyl eich gweld chi yma, gyda'ch teuluoedd. Peidiwch â bod yn ddieithr, da chi.'

Wrth gerdded ar hyd y stryd yn ôl am y gampafan, ystyriodd Tom o ddifrif a fyddai ei rieni'n fodlon symud y teulu oll i Lanbedr Pont Steffan. Mi fydden nhw'n medru prynu un o'r tai mawr y tu hwnt i'r cae chwarae, ac mi fyddai Tom yn cael ei lofft ei hun. Byddai o'n medru cael cinio yng Nghaffi Lôn Tudur bob dydd.

Nid bod Tom yn anhapus yn Nhywyn chwaith, ond mi fyddai'n haws cael llechen lân yma yn Llanbed. Wedi'r cyfan, roedd trigolion Tywyn yn ei adnabod o fel hogyn oedd yn tueddu i greu trafferth a chodi twrw gyda chriw mawr o'i ffrindiau tra bod pobol Llanbed yn meddwl ei fod o'n arwr.

Doedd Tom ddim am fod yn un o'r criw hynny mwyach, wrth sylweddoli mor hyfryd oedd gallu bod o gymorth i bobol. Doedd o byth am golli'r wefr yna eto. Pryd bynnag byddai o'n blino, neu'n digio, neu'n hiraethu am ei wely bach ei hun, troi ei feddwl yn ôl i wyneb llawen Mrs Edwards fyddai o ar ôl iddi ganfod nad oedd ysbryd yn ei chartref bellach.

Bu yr holl fusnes yna efo'r Leiana yn anodd, serch hynny. Credai yn ei galon iddo fod ar fin boddi, a gwyddai mor agos y bu at aberthu ei hun dros yr hen fwystfil yna. Roedd o wedi chwerthin am y peth yng ngŵydd Hywel a Hilda ond, mewn gwirionedd, roedd yr ofn wedi ei lethu.

'Diolch, Hywel,' meddai Tom yn dawel, gan wybod bod yn rhaid iddo ddweud wrtho. 'Mi wnest ti achub fy mywyd i rhag y Leiana. Fyddwn i ddim yma rŵan heblaw amdanat ti.'

'Dim problem,' gwenodd Hywel.

'Tasat ti ond wedi gwrando ar Hywel yn y lle cyntaf,' oedd ymateb Hilda. 'Mi ddwedodd o'n glir mai bwystfil oedd yn y dŵr, ond wnest ti wrando? Naddo! Un cip o wallt hir a llygaid tlws, ac roeddet ti'n fodlon rhoi dy fywyd mewn perygl achos bod rhywun del yn galw arnat ti!'

'Ro'n i'n meddwl ei bod hi'n hogan go iawn,' mwmialodd Tom. Y gwir oedd ei fod o'n teimlo braidd yn ffŵl am neidio i'r dŵr ar ôl cael ei rybuddio gan Hywel. Cafodd y teimlad bod yn *rhaid* iddo gynnig help ond, wrth gwrs, roedd Hywel wedi dangos, unwaith eto, mai fo oedd yn iawn.

'Wel, doedd hi ddim mewn trafferth nac oedd!' meddai Hilda'n biwis. 'Bwystfil oedd hi, ac mi wnaeth hi drio dy ladd di a Hywel, felly falle ei bod hi'n syniad i ti ddechrau ymddiried mwy yn Hywel a gwrando ar yr hyn bydd o'n ei ddweud wrthat ti o hyn ymlaen.'

Er bod Tom yn casáu cyfaddef hynny roedd Hilda'n dweud y gwir. Edrychodd ar Hywel. 'Mae'n ddrwg gen i, mêt. Mi wnes i beth gwirion, a'n rhoi ni i gyd mewn peryg. Mi wna i wrando arnat ti'r tro nesa, dwi'n addo.'

Ceisiodd Tom anwybyddu'r olwg o syndod ar wynebau Hywel a Hilda wrth iddo gyfaddef ei fod o wedi gwneud rhywbeth o'i le.

Wrth agosáu at y gampafan, camodd Dot i lawr o'r cerbyd, a gwenu ar y tri. 'Gawsoch chi lond eich boliau yn y caffi? Sbïwch, mae 'na lythyr wedi dod i chi. Mae o'n edrych yn reit bwysig.'

Eisteddodd Hywel, Tom, Hilda a Dot o gwmpas y bwrdd bach yn y gampafan cyn agor y llythyr. Roedd enwau Hywel, Hilda a Tom wedi eu teipio'n daclus ar yr amlen lliw hufen, a chymerodd Hywel ofal i'w agor yn ofalus a thwt gan ddefnyddio cyllell finiog o'r gegin fach. Gosododd y llythyr ar y bwrdd i bawb gael gweld beth oedd wedi ei ysgrifennu arno: roedd ei gynnwys wedi ei deipio mewn print hen ffasiwn.

Annwyl Hywel, Hilda a Tom,

Llongyfarchiadau. Mae'n ymddangos eich bod chi wedi medru cael gwared ar yr holl ysbrydion a bwystfilod yn Llanbedr Pont Steffan, a hynny mewn rhyw wythnos. Fe'ch cymeradwyaf: roeddwn i wedi disgwyl y byddech chi yno wrth eich gwaith am fis a mwy.

Rydym yn dal i weithio ar y terfysgwyr a ymosododd ar Gaffi Lôn Tudur ond, hyd yn hyn, does dim cliwiau. Fodd bynnag, rydan ni'n gweithio'n galed mewn ymdrech i'ch cadw chi'n saff, ac yn gwerthfawrogi'n fawr yr holl waith rydych chi'n ei wneud dros eich gwlad.

Fel yr ydych chi wedi dyfalu, mae'n siŵr, mae'n bryd gadael Llanbedr Pont Steffan a symud ymlaen. Y lleoliad nesaf fydd Wrecsam, dinas hardd yng ngogledd-ddwyrain Cymru. Er nad yw'r rhan fwyaf o'r gogledd-ddwyrain yn dioddef cymaint â lleoliadau eraill o ganlyniad i weithredoedd y bwystfilod a'r ysbrydion, mae yna bla ohonynt yn Wrecsam ei hun.

Gan ddymuno pob hwyl i chi,

Eich Cyfaill,

Teilo Siencyn MPhil, AC, BA, PW

'PW?' gofynnodd Tom, gan fethu peidio â chwerthin. 'Pwy yn y byd sy'n rhoi PW yn llythrennau ar ôl ei enw?'

'Prif Weinidog, siŵr iawn,' meddai Hilda'n ddiamynedd. 'Rwyt ti mor blentynnaidd, Tom, mae'r peth yn anhygoel.'

'Ro'n i wir yn dechrau mwynhau fy hun yn Llanbed,' meddai Dot yn drist. 'Mae'r bobol mor garedig, yn tydyn? Ond mae siopau anhygoel yn Wrecsam, wyddoch chi. Mae 'na un siop sgidiau sy'n gwerthu…'

'Mam!' dwrdiodd Hilda, gan redeg ei bysedd trwy ei gwallt coch cyrliog. 'Tydan ni ddim yn mynd yno i siopa!'

'Nac ydan siŵr,' meddai Dot. 'Jest deud oeddwn i… W! ro'n i jest iawn ag anghofio!' Symudodd draw at y gegin, cyn tynnu amlen arall allan o'r drôr. 'Mi ges i hyd i hwn wedi ei stwffio o dan ddrws y gampafan gynna.' Pasiodd yr amlen draw at Hywel. 'Rhywbeth i ti.'

Byddai llythyr gan ei dad wedi cael croeso mawr gan Hywel, ond gwyddai'n syth ar ôl gweld yr ysgrifen flêr ar yr amlen mai rhywbeth llawer mwy sinistr fyddai o fewn yr amlen yma. Roedd rhywun wedi ysgrifennu ei enw fel petai'n blentyn pedair blwydd oed. Yr un math o ysgrifen y byddai disgyblion Ysgol Tywyn yn ei ddefnyddio i ysgrifennu cardiau Santes Dwynwen neu San Ffolant, er mwyn cuddio'u llawysgrifen. Un frown, a rhad oedd yr amlen a'r ysgrifen yn goch gwaedlyd. Crynai dwylo Hywel wrth iddo'i hagor.

Roedd cynnwys yr amlen yn ddigon i wneud i Hywel golli ei anadl am rai eiliadau. Teimlai fel petai rhywun wedi rhoi pwniad go heger iddo yn ei stumog.

Llun. Llun go fychan, ac un na welsai Hywel cyn heddiw. Dangosai ddynes ifanc, luniaidd, yn eistedd mewn cae o flodau menyn. Chwarddai'r ddynes ar bwy bynnag oedd yn tynnu'r llun, fel pe na bai ganddi unrhyw bryder yn y byd.

'Pwy ydi hi?' gofynnodd Hilda'n syn.

'Mam,' atebodd Hywel, ei lais yn gryndod i gyd. Wyneb ei

fam oedd y peth ola roedd o wedi disgwyl ei weld yma.

'Mae 'sgrifen ar gefn y llun,' meddai Tom. Trodd Hywel y ffotograff drosodd, a darllen y geiriau, oedd wedi eu hysgrifennu yn yr un llawysgrifen, flêr a phlentynnaidd.

Er ei mwyn hi, rho'r gorau iddi.

Dyma ei ofnau i gyd wedi eu gwireddu, mewn brawddeg. Doedd o ddim wedi gadael iddo ef ei hun feddwl am hyn o'r blaen, ond doedd dim posib ei ddiystyru yn awr.

'Trio dy ddychryn di maen nhw,' meddai Hilda'n bendant wrtho. 'Maen nhw'n dweud rhywbeth i drio dy gael di i stopio.'

'Maen nhw'n bobol greulon, yn amlwg.' Ysgydwodd Dot ei phen yn drist. 'Pwy ar wyneb y ddaear fyddai'n cymryd mantais o hogyn ifanc sydd wedi colli ei fam i…?'

'Beth os ydi o'n wir?' gofynnodd Hywel mewn anobaith. 'Beth os ydi Mam yn ysbryd, a minnau'n trio cael gwared arnyn nhw?'

Bu tawelwch am ychydig, wrth i bawb ystyried y cwestiwn.

'Dynas glên oedd dy fam,' dechreuodd Dot. 'Tydw i ddim yn meddwl…'

'Ond pam bod pwy bynnag sydd wedi sgwennu'r llythyr yma'n trio 'nghael i i roi'r gorau iddi, ta?' gofynnodd Hywel yn daer. 'Tydw i ddim yn dallt!'

'Fedra i ddim ateb hynny, 'nghyw i,' meddai Dot yn fwyn. 'Ond mi fedra i ddweud yn onest mod i'n credu, yn fy nghalon, mai trio dy ddychryn di mae'r llythyr yna.'

Bu tawelwch am ychydig. Roedd cymaint o bethau'n rhedeg drwy feddwl Hywel, fel na allai o ganolbwyntio ar un peth yn unig: yn wir, roedd o'n amau ei fod o'n dechrau drysu. Roedd ganddo gymaint o amheuon yn awr am yr hyn roedd o'n ei wneud: dagrau'r ysbryd yn nhŷ Mrs Edwards; wyneb y Leiana cyn iddi ddiflannu; geiriau'r terfysgwr yn y caffi, a rŵan, y llythyr a'r llun hwn. Doedd o ddim yn gwybod beth i'w feddwl rhagor.

'Hywel?' meddai Tom yn dawel. Edrychodd Hywel i fyny ar ei ffrind. 'Wyddost ti'r ysbrydion a'r bwystfilod 'dan ni wedi cael gwared arnyn nhw? Y rhai oedd yn poenydio pobol, yn achosi trafferthion, yn ddieflig weithiau... Wyt ti wir yn meddwl y byddai dy fam yn un o'r rheiny?'

Edrychodd Hywel ar Tom, gan drio meddwl beth i'w ddweud.

'Achos, er mod i ddim wedi ei nabod hi, roedd dy fam yn ddynes garedig ac annwyl. Dwi'n amau'n fawr a fyddai hi'n troi'n ysbryd fel y rhai 'dan ni wedi eu gweld.'

Ystyriodd Hywel y geiriau'n ofalus. Roedd pob un ysbryd a welsai'r tri hyd yn hyn wedi bod yn ddychrynllyd, neu'n ddieflig. A doedd mam Hywel ddim fel 'na o gwbl; yn hytrach dynas fwyn oedd hi, a gwên ar ei hwyneb o hyd. Mi fyddai hi'n casáu codi ofn ar unrhyw un.

Roedd Tom yn hollol iawn, sylweddolodd Hywel, ac fe deimlai bwysau'r byd yn codi oddi ar ei ysgwyddau. Doedd ei fam ddim yn ysbryd, siŵr iawn!

'Rwyt ti wedi taro'r hoelen ar ei phen yn fan'na,' meddai Hywel, gan wenu'n lletach nag roedd o wedi ei wneud ers tro byd. 'Tydi'r ysbrydion yma'n ddim byd tebyg i Mam. Ac mae'r ffaith bod rhywun wedi anfon hwn i drio'n cael ni i stopio yn dweud y cyfan.' Cododd lun ei fam rhwng ei fawd a'i fys. 'Fyddai neb sydd â chalon dda yn gwneud y ffasiwn beth. Mae'n rhaid i ni barhau efo'r hyn 'dan ni'n ei wneud.'

Gosododd Hywel y llun ar silff fechan yn y gampafan, fel

bod delwedd ei fam yn edrych i lawr arnyn nhw. 'Mi wnaethon nhw anfon y llun er mwyn trio gwneud i mi deimlo'n euog, ond wyddoch chi beth? Bob tro dwi'n edrych ar wyneb Mam, dwi'n teimlo'n fwyfwy sicr ein bod ni ar y trywydd iawn!'

Roedd y rhyddhad a deimlai Hywel yn anhygoel. Roedd o'n methu ag esbonio'r peth, yn union, ond roedd gweld y llun wedi gwneud iddo deimlo'n hollol, hollol sicr ei fod o, a Tom a Hilda, yn gwneud y peth iawn. Teimlai iddo dreulio llawer o'i amser yn Llanbed yn poeni, yn pendroni'r hyn a'r llall ac yn llawn ansicrwydd. Ond nid felly y byddai yn Wrecsam, addawodd iddo'i hun. Mi fyddai o'n mynd ati i helpu pobol y ddinas, ac mi fyddai'n mwynhau gwneud hynny hefyd.

'Wel?' gofynnodd, gan droi at bawb. 'I be 'dach chi'n eistedd yn fan'na yn syllu arna i? Welsoch chi mo llythyr y Prif Weinidog? Mae ar Wrecsam ein hangen ni, felly dewch mlaen!'

Pennod 16

'BOBOL ANNWYL!' EBYCHODD Dot yn uchel, wrth ddod â'r gampafan i stop. 'Ro'n i bron iawn â syrthio i gysgu yn fan'na!'

Un gwael oedd Dot am ddarllen map, a hyd yn oed gyda theclyn bach yn y gampafan yn dweud wrthi yn union ble i fynd, roedd hi wedi mynd ar goll yn llwyr ar ei ffordd i Wrecsam. Roedd Hilda wedi hen arfer, wrth gwrs, ond roedd Hywel a Tom wedi eu synnu'n llwyr bod rhywun yn gallu cymryd cyhyd i wneud siwrnai na ddylai fod wedi cymryd ond ychydig oriau. Byddai'r gampafan wedi medru cyrraedd yr Alban yn yr amser y cymerodd Dot i lywio'r cerbyd i ogledd-ddwyrain Cymru.

Roedd y noson cynt wedi bod yn anodd. Aeth Hilda, Hywel, Tom a Dot am dro o amgylch Llanbed i ffarwelio â'r trigolion, ac roedd rhywbeth a ddylai fod wedi cymryd awr wedi llyncu tair cyn iddyn nhw sylweddoli. Roedd pawb wedi mynnu gwneud paned iddyn nhw, pobol wedi gwneud sgons a chacenni i fynd efo nhw. Roedd pob cwpwrdd yng nghegin fach y gampafan yn orlawn o gacenni, bara brith a chacenni cri. A dweud y gwir, roedd Hilda wedi cael digon ar y bwyd trwm y noson cynt, ac ysai am gawl ysgafn neu salad blasus. Ond chwarae teg iddo, roedd Tom byth a hefyd yn bwyta rhywbeth neu'i gilydd, ac felly fyddai'r cacenni ddim yn para'n rhy hir. Roedd o wedi bwyta torth frith a hanner dwsin o gacenni bach ers iddyn nhw adael Llanbed.

Yr hyn a synnodd Hilda fwyaf wrth ffarwelio yn Llanbed y noson cynt oedd ymateb y bobol ifanc iddyn nhw. Roedd hi wedi bod yn arwyddo'u llyfrau llofnodion droeon, ac roedd degau o bobol wedi cael tynnu eu lluniau gyda hi. Roedd y peth yn anhygoel! Fel petaen nhw'n gantorion pop neu'n actorion! Gofynnodd tri bachgen iddi am ei rhif ffôn (ac wedi cael llond ceg ganddi am fod mor bowld), ac roedd hyd yn oed Hywel bach eiddil wedi cael merched yn gwirioni drosto. Tom gafodd y sylw mwyaf, wrth gwrs, ac roedd o wrth ei fodd. Chlywodd Hilda mohono fo'n torri gwynt unwaith yng ngŵydd y merched, er iddo wneud droeon ar ôl dychwelyd i'r gampafan – y mochyn budr!

Doedd y pedwar ddim yn barod i adael Llanbed, felly, tan ar ôl deg y nos, ond penderfynodd Dot ddechrau gyrru p'run bynnag – doedd hi ddim yn flinedig, meddai hi, ac roedd hi'n hapus i yrru tra bod y tri arall yn cysgu yn eu gwlâu yng nghefn y gampafan. 'Dim ond rhyw dair awr o siwrnai ydi o,' meddai'n hyderus. 'Mi ga i gysgu wedyn.'

Roedd hi'n olau erbyn i'r gampafan stopio ar y stryd o siopau yn Wrecsam, a Hilda, Tom a Hywel wedi cael noson dda o gwsg. 'Rydach chi wedi cymryd bron iawn i naw awr i wneud siwrnai sydd i fod i gymryd tair!' ebychodd Tom mewn syndod wrth weld y cloc.

'Yli, 'ngwas i,' atebodd Dot yn biwis. 'Dwi wedi'ch cael chi yma'n saff, yn do? Wnes i mo'ch deffro chi pan welais i bob mathau o ryw greaduriaid rhyfedd ar y lôn, naddo? Mi adewais i i chi gysgu. Mi gewch chi wneud eich brecwast eich hunan, y bore 'ma: dwi'n mynd am y gwely.'

'Grêt!' Aeth Tom yn syth am y gegin fach yn y gampafan, ac agorodd un o'r cypyrddau. 'Oes ar rywun ffansi sleisen o gacen siocled?'

'I frecwast?' holodd Hywel yn amheus.

'Wsti be, Tom?' meddai Hilda. 'Os byddi di'n cario mlaen i fwyta fel hyn, mi fyddi di mor dew nes y bydda i a Hywel yn dy gamgymryd di am un o'r bwystfilod, ac yn cael gwared arnat titha! Dwed wrtho fo, Mam!'

'Na wna i, wir,' meddai Dot o'i gwely. 'Dwi'n rhy flinedig i ddweud y drefn.'

'Doedd y genod yn Llanbed neithiwr ddim yn meddwl mod i'n dew,' meddai Tom gyda gwên. 'Mi wnaeth un ohonyn nhw 'ngalw i'n olygus, ac mi ddwedodd un arall mod i'n ei hatgoffa hi o'r boi 'na ar y teledu...'

'Pwy? Denzil o *Pobol y Cwm*?' gofynnodd Hilda, a chwarddodd Hywel. Gwgodd Tom, ond gwelodd Hilda ei fod yntau'n trio cuddio gwên.

Roedd y trawsnewidiad yn Hywel ers prynhawn ddoe yn anhygoel. Ddoe, roedd o mor brudd, mor llwyd, ond rŵan roedd yn llawn bywyd. Newidiodd hyn yr awyrgylch yn y gampafan a phawb yn chwerthin a thynnu coes a diflannodd y teimladau negyddol a fu'n mygu'r lle wythnos ynghynt.

'Wel,' meddai Hywel, 'beth am fynd am dro bach o gwmpas y dre 'ta? Tydi hi ond yn saith o'r gloch. Mae'n siŵr na fydd 'na fawr o neb o gwmpas yr adeg yma o'r dydd.'

'Syniad gwych,' meddai Tom, a'i geg yn llawn o gacen siocled. 'Ydach chi'n meddwl y bydd y siopau ar agor? Dwi'n ffansïo rhywbeth bach i'w fwyta...'

Edrychodd Hilda arno mewn anghrediniaeth, cyn sylwi ar y wên slei oedd ar ei wyneb: dim ond tynnu coes oedd o, diolch byth!

Roedd Tom mewn hwyliau da wrth iddo agor drws y gampafan i fynd o gwmpas Wrecsam. Doedd o ddim wedi bod yno o'r blaen, ond roedd o'n hoff iawn o'r syniad ei fod o mewn dinas: gwnâi iddo deimlo'n hŷn, rhywsut, ei fod o'n dod i le mor boblog i fod yn arwr.

Arwr.

Cafodd y gair ei ailadrodd lawer dro'r noson cynt, ac roedd Tom wedi teimlo gwefr bob un tro. Y fo, Tom Williams, hogyn di-ddim o Dywyn, yn achub y byd! Roedd o wrth ei fodd.

Fodd bynnag, cafodd Tom syndod wrth agor drws y gampafan. Roedd o wedi disgwyl i'r strydoedd fod yn wag, ac y byddai Hilda, Hywel ac yntau'n cael llonydd i wneud fel y mynnent am ychydig oriau cyn mynd i chwilio am fwystfilod, ond na.

Roedd llinell hir o bobol wedi ffurfio ciw taclus yn arwain o ddrws y gampafan, yn ymestyn ymhell yn ôl i lawr y stryd ac yn cyrlio o amgylch y gornel. Pobol o bob lliw a llun, yr hen a'r ifanc, i gyd yn aros amdanyn nhw. Wrth weld bod drws y gampafan wedi agor, aeth ton o gyffro drwy'r bobol.

'Croeso i Wrecsam!' gwaeddodd un gŵr canol oed o ben y stryd. 'Diolch byth eich bod chi wedi cyrraedd! Mae hi'n ofnadwy yma!'

Camodd Tom i lawr o'r gampafan yn gegrwth, a Hilda a Hywel yn dynn ar ei sodlau.

'Sut ydych chi'n gwybod amdanom ni?' gofynnodd Hilda mewn syndod.

'Mae *pawb* yn gwybod amdanoch chi,' meddai merch fach, oedd yn dal yn dynn mewn doli glwt binc.

'Rydan ni wedi gweld eich hanes chi ar y teledu,' esboniodd hen wraig mewn het wlân lwyd. 'Roedden ni'n gobeithio mai i Wrecsam byddech chi'n dod nesaf, ond mae pawb ym mhobman yn dweud hynny amdanoch chi.'

'Y teledu?' holodd Hywel mewn penbleth. 'Ond tydan ni ddim wedi gweld unrhyw gamerâu...'

'Wel, tydyn nhw ddim am styrbio eich gwaith chi, wrth reswm,' meddai dynes ifanc mewn siaced ledr. 'Ond rydan ni'n cael gwybod eich hanes chi i gyd. Mae'r newyddiadurwyr yma wedi bod yn holi pawb yn Nhywyn amdanoch chi... Mi welais i dy frodyr di, Tom, ar y newyddion neithiwr yn dweud cymaint oedden nhw'n hiraethu amdanat ti...'

'Hiraethu amdana i!' ebychodd Tom, gan fethu coelio'i glustiau. 'Peidiwch â malu...'

'Ydach chi'n meddwl y gallwch chi fy helpu i?' gofynnodd y dyn cyntaf yn y rhes. 'Mae pethau rhyfedd iawn yn digwydd yn fy ngardd i...'

Wrth ddilyn y dyn drwy'r ddinas, ystyriodd Tom eiriau'r bobol. Oedd hi'n bosib bod 'na wirionedd ynddyn nhw? Oedd o, a Hywel a Hilda yn enwog a bod pobol yn gwybod llawer iawn amdanyn nhw. Roedd o'n deimlad rhyfedd iawn, yn enwedig wrth feddwl bod newyddiadurwyr yn gofyn i drigolion Tywyn amdano. Mae'n siŵr bod llawer wedi dweud pethau negyddol amdano, a pham na ddylen nhw? Bu'n treulio'r rhan helaethaf o'i amser yn gwneud drygau, gan wneud ei hun yn amhoblogaidd iawn. Roedd hyn yn ei boeni. Doedd o ddim yn hoffi meddwl am yr holl ffrindiau newydd oedd ganddo yn Llanbedr Pont Steffan yn clywed am yr hyn roedd o'n arfer ei wneud, cyn iddyn nhw ddod i'w nabod o.

'Paid â phoeni am y peth,' meddai Hilda, a throdd Tom i edrych arni. Roedd yn amlwg ei bod hi wedi bod yn ei wylio, a'i fod yn poeni llawer wrth yr olwg ar ei wyneb. 'Fydd pobol ddim yn meddwl amdanat ti fel roeddet ti o'r blaen, wsti.'

Wyddai Tom ddim beth i'w ddweud. Yn un peth, doedd

Hilda erioed o'r blaen wedi dweud unrhyw beth mor garedig wrtho. Hefyd, roedd hi wedi cyfaddef, mewn ffordd, ei fod o wedi newid er gwell yn ystod yr wythnos ddiwethaf. Roedd rhan o Tom eisiau dweud wrthi am feindio ei busnes, a rhan arall am ddiolch iddi am fod mor glên, felly dweud dim oedd orau, a chaeodd ei geg.

Roedd Wrecsam yn ddinas dlos, hyd yn oed wrth ystyried y siopau oedd ynghau, a llwydni'r awyr. Cerddodd y tri, gan ddilyn y dyn i'w gartref, heibio i hen adeiladau bonheddig, heibio i'r gadeirlan fawreddog, ac i lawr i stryd fach hen ffasiwn. Roedd hi'n wahanol iawn i Lanbed, yn llawer mwy, ac yn teimlo fymryn yn fwy estron rywsut. Gwyddai Tom y byddai o'n dod i adnabod llawer o'r strydoedd hyn ac y byddai o'n ymweld â llawer o'r tai i drio cael gwared ar yr ysbrydion neu'r bwystfilod.

'Ffordd hyn,' meddai'r dyn, gan droi i lawr stryd o dai go newydd, a daethon nhw i ddrws rhif pymtheg. 'Yn yr ardd gefn mae'r broblem.'

Poenai'r gŵr yn amlwg am yr hyn oedd yn gwneud difrod i'w ardd. Safai yn y drws mawr gwydr yng nghefn ei dŷ, yn syllu ar yr olygfa flêr y tu allan.

'Dwi wedi treulio hydoedd yn tendio'r ardd. Hydoedd,' meddai mewn anobaith, gan ysgwyd ei ben. Dyn canol oed oedd o, ac roedd o'n atgoffa Hywel o'i dad braidd – taclus iawn, ond heb fod yn drwsiadus. Dyn llwyd yr olwg yn gwisgo pâr o jîns glas, a'r rheiny rywsut yn llwyddo i edrych yn smart iawn, wedi eu smwddio'n berffaith gyda chrychiad perffaith unionsyth yn rhedeg i lawr y coesau.

'Mae o'n edrych fel corwynt,' meddai Tom, wedi ei swyno gan yr olygfa yn yr ardd. 'Welais i ffilm fel 'ma unwaith…'

Roedd Tom yn llygad ei le. Roedd corwynt, un bychan ond pwerus, yn hyrddio'i hun o amgylch yr ardd, gan grwydro o gornel i gornel a gwneud llanast llwyr o'r ardd gefn.

'Ydach chi'n siŵr mai ysbryd, neu fwystfil ydi o?' gofynnodd Hilda. 'Mae o'n hollol wahanol i'r holl bethau 'dan ni wedi eu gweld o'r blaen. Mae popeth arall wedi bod yn amlwg yn rhywbeth byw… Rhywbeth gydag wyneb a breichiau a choesau. Mae hwn yn edrych fel… Fel *peth*.'

'Ydi hynny'n golygu na fyddwch chi'n medru helpu?' gofynnodd y dyn yn ddigalon. 'Tasech chi ond wedi gweld yr ardd cyn i hyn ddigwydd! Roedd gen i lond y lle o flodau, coeden fala yn y gornel bella, a dwy res yr un o datws a moron. Sbïwch arno fo rŵan! Mae'r cyfan wedi diflannu!'

'Peidiwch â phoeni,' gwenodd Hywel yn hyderus. 'Rydw i'n reit siŵr y byddwn ni'n medru cynnig help. Chwyrlihyrddwynt ydi hwn, ac mae o'n ofnadwy am ymosod ar erddi sy'n cael eu cadw'n daclus. Rŵan i gael gwared ohono fo… Oes gynnoch chi hylif lladd chwyn, peipen ddŵr a charreg go drwm y cawn ni eu defnyddio, os gwelwch yn dda?'

Hanner awr yn ddiweddarach, ac roedd Hywel, Tom a Hilda'n eistedd o flaen y teledu yn nhŷ'r gŵr, yn yfed pop ac yn bwyta bisgedi. 'Anhygoel,' meddai'r gŵr, gan syllu drwy'r ffenest i edrych ar ei ardd gefn, oedd yn edrych mewn cymaint o lanast. 'Mi wnaethoch chi gymryd ugain munud i gael gwared ar rywbeth oedd wedi achosi poendod meddwl mawr i mi ers bron i bythefnos. Fedra i ddim coelio'r peth!'

Gwenodd Hywel wrth sipian ei bop. Roedd hyn yn record newydd gan fod ugain munud yn amser byr iawn i gael gwared ar fwystfil, a theimlai, am y tro cyntaf, fod y dasg wedi bod yn un eithaf hawdd. Yn fwy na hynny, doedd o ddim wedi gorfod meddwl dim cyn cofio'r hyn a ysgrifennwyd yn y llyfr *Bwystfilod a Bwganod* am y chwyrlihyrddwynt – roedd o wedi medru cofio'r cyfan heb drafferth yn y byd. 'Mi fydd yn cymryd amser i chi gael unrhyw siâp ar yr ardd unwaith eto.'

'Wyddoch chi, dwi'n meddwl y gwna i newid o ryw fymryn,' meddai'r dyn yn freuddwydiol. 'Cael pwll bach, efallai, gyda physgod a brogaod, a mainc fach yn y gornel acw... W! Sbïwch!' Estynnodd am declyn y teledu, i godi'r sain yn uwch. 'Rydach chi ar y bocs!'

'Rydyn ni wedi dod i ddeall bod tîm swyddogol i ddifa'r bwystfilod a'r bwganod bellach wedi cyrraedd dinas Wrecsam,' meddai'r ddynes ar y sgrin. 'Ar ôl gwaredu Llanbedr Pont Steffan o'i holl ysbrydion a bwystfilod, maen nhw wedi symud i'r gogledd. Fe awn ni draw, yn awr, at Briallen Medi, ein gohebydd sydd yn Nhywyn, i glywed yr ymateb.'

'Bobol annwyl,' meddai Hywel mewn syndod. Roedd pobol yn gwybod amdanyn nhw, go iawn, felly! Roedd y peth yn anhygoel!

'Wel, fel y gallwch chi ddychmygu, mae trigolion Tywyn yn falch iawn o'r tri sy'n mynd ati i achub Cymru, ac maen nhw wrth eu bodd yn clywed am eu llwyddiant.' Trodd y gohebydd benfelen at hen ŵr oedd yn sefyll yn ei hymyl. 'Beth ydych chi'n ei feddwl o Hilda, Hywel a Tom?'

'Ro'n i wastad yn gwybod bod 'na rywbeth arbennig am y tri yna,' meddai'r dyn. 'Ro'n i'n dweud wrth fy ngwraig rhyw fis yn ôl, "Elsi, bydd y tri yn gwneud pethau anhygoel", ac ro'n i'n iawn...'

'Wel, yr hen gelwyddgi!' bloeddiodd Tom yn gynddeiriog. 'Mi redodd o ar fy ôl i efo ffon yn yr awyr 'chydig wythnosau

’nôl, yn gweiddi mod i ar fy ffordd i’r carchar ar fy mhen!’

‘Pam? Be wnest ti iddo fo?’ gofynnodd Hilda’n amheus.

‘Dim byd! Jest rhoi’r corachod bach plastig oedd yn ei ardd o yn yr ardd drws nesa. Mi fuodd ’na andros o ffrae, ac roedd o’r peth doniola welais i rioed…’

Trodd Briallen Medi at ddynes ganol oed, gydag wyneb fel petai’n clywed oglau drwg arni. ‘Beth amdanoch chi, Madam?’

‘Www! Mysus Roberts Ty’n Odyn!’ ebychodd Hilda. ‘Draig o ddynes os gwelais i un rioed!’

‘Be leciwn i ddeud,’ meddai’r ddynes, gan gipio’r meicroffon oddi ar y gohebydd, ‘yw bod hen ddigon o ysbrydion yn Nhywyn ’ma i’r plant fod yn delio hefo nhw. Ond ydyn nhw’n eu sortio nhw yn eu tref eu hunain? Nac ydyn! Dim ond un bwystfil bach o’r sinema maen nhw wedi ei ddifa yma. Wel, ydan, rydan ni’n medru mynd i weld ffilm yn y sinema, felly, ond tydan ni ddim yn medru cysgu’n saff yn ein tai ein hunain!’ Ysgydwodd ei phen yn ddig. ‘Os ’dach chi’n gofyn i mi, mae o’n brawf pellach o ba mor hunanol ydi pobol ifanc dyddia ’ma…’

Chwarddodd Hilda. ‘Hen het iddi! Mi gafodd ei geni’n ganol oed, ac mae hi’n medru gweld yr ochr dywyll i bob dim.’

Roedd Hilda yn llygad ei lle, wrth gwrs, meddyliodd Hywel. Ond roedd gweld Tywyn ar y teledu wedi gwneud iddo feddwl. Roedd hi’n teimlo fel petai blynyddoedd ers iddo weld y lle. Roedd ganddo fymryn o hiraeth am ei gartref, ei gynefin, ac am ei dad.

Pennod 17

'DWI 'DI DEUD wrthych chi unwaith yn do, dewch yn ôl bora fory!' gwaeddodd Dot yn ddiamynedd. 'Mae'r plant 'ma'n gorfod cael hoe fach, wyddoch chi! Fyddech chi'n gallu gwneud diwrnod caled o waith heb noson o gwsg?'

'Mae dy fam di'n grêt,' meddai Hywel, gan dynnu ei sgidiau ac eistedd yn ôl ar y soffa.

'Cegog, ti'n feddwl,' meddai Tom. ''Dan ni'n gwybod rŵan o ble mae Hilda'n ei gael o.'

'Hei! Mi glywais i hynna!' meddai Dot o'r gegin fach. 'Fysat ti'n licio i mi adael pawb i mewn 'ma, a chitha'n trio cael eich swper?'

'Ro'n i'n ei olygu fo yn y ffordd hyfryta posib,' meddal Tom gyda gwên. 'Dwn i ddim be fyddan ni'n 'i wneud hebddoch chi.'

Roedd Hilda'n cytuno. Er bod ei mam yn medru bod yn boen weithiau, ac oedd, roedd ganddi geg fel melin wynt. Ond byddai hi'n gwneud yn siŵr bod y tri ohonyn nhw'n cael digon o fwyd, diod a chwsg, a phan fyddai pobol yn cnocio drws y gampafan ar ôl wyth o'r gloch y nos, byddai hi'n eu hanfon nhw adref â'u clustiau'n llosgi.

Gwnaeth ffrindiau, hefyd, yn union fel yn Llanbed. Er mai dim ond wythnos oedd wedi mynd heibio ers i'r gampafan gyrraedd Wrecsam, roedd ganddi gyfeillion mynwesol yma'n barod – pobol fyddai'n piciad draw am baned a sgwrs. Gwelai Hilda ochr hollol newydd i'w mam yn awr, ac, er na fyddai'n dweud hynny wrthi, roedd ganddi fwy o barch tuag ati nag erioed o'r blaen. Roedd ganddi'r gallu i ganfod ffrindiau ym mhle bynnag yr âi, a doedd dim ots ganddi beth oedd unrhyw un yn ei feddwl ohoni. Sylwodd Hilda arni'n sychu deigryn o'i llygaid neithiwr ar ôl bod ar y ffôn gyda Gwilym, brawd Hilda, er bod hwnnw wrth ei fodd yn cael y tŷ iddo ef ei hun. Dychmygai Hilda fod ef a'i ffrindiau yn cael modd i fyw yn cael chwarae gêmau cyfrifiadurol ar y teledu mawr yn y lolfa tan berfeddion. Roedd gan Dot, yn amlwg, hiraeth am ei mab.

Tybed pryd y cawn ni fynd adref? meddyliodd Hilda, a synnodd iddi feddwl y ffasiwn beth. Wedi'r cyfan, roedd hi'n mwynhau bod yma. Roedd y tri ohonyn nhw wedi cydweithio i gael gwared ar ddegau o ysbrydion a bwystfilod yn Wrecsam, ac roedd y trigolion yn eu gwerthfawrogi'n fawr. Dechreuson nhw drwy glirio canol y dref o'i hysbrydion, gan adael i'r siopau ailagor. Roedd Dot wedi parcio ynghanol y dref ar linellau melyn, ond doedd gan neb y galon i ddweud wrthi am symud gan fod pawb yn rhy werthfawrogol. Byddai'r becws dros y lôn, oedd yn gwneud pastai a chacenni ffres bob bore, yn croesawu'r ymwelwyr ac yn chwerthin ar archwaeth anhygoel Tom am fwyd. Blasodd y rhan fwyaf o bethau roedden nhw'n eu cynnig yno.

Synnwyd Hilda gan natur garedig pobol. Daeth cnoc arall ar ddrws y gampafan, gan achosi i Dot regi'n uchel. 'Mae hi'n *hanner awr wedi naw*, neno'r tad!' meddai dan ei gwynt. 'Ydyn nhw'n meddwl mai robotiaid ydach chi sydd ddim angen cwsg?' Agorodd y drws yn ffyrnig, yn barod i ddweud y drefn.

Fodd bynnag, wnaeth hi ddim gweiddi pan welodd hi'r truan oedd wedi dod i chwilio am gymorth. 'Tyrd i mewn, pwt,' meddai'n annwyl. 'Stedda i lawr wrth y bwrdd 'ma.'

Roedd olion dagrau'n stribedi ar ruddiau'r ferch ifanc, ac edrychai fel petai wedi blino'n lân. Peth bach tenau oedd hi, sylwodd Hilda wrth symud i fyny i wneud lle iddi wrth y bwrdd, oddeutu deunaw oed ac yn dlws fel doli fach. Ond roedd golwg druenus arni, yn ei dillad llwydaidd a'i sgidiau rhedeg pinc golau, a'i llais, pan siaradodd hi, fawr uwch na sibrwd.

'Mae'n ddrwg gen i 'mod i'n eich styrbio chi,' meddai, gan edrych i lawr ar ei dwylo. 'Mi wn i ei bod hi'n hwyr, ond wir i chi, wn i ddim beth i'w wneud.'

'Paid â phoeni,' cysurodd Hilda. 'Mae'n amlwg dy fod ti wir angen ein help ni. Gymeri di baned fach?'

Ysgydwodd yr eneth ei phen. 'Dim diolch.'

'Ysbryd sydd gen ti? Bwystfil?' holodd Hywel yn dawel, fel petai siarad yn uchel yn mynd i achosi poendod pellach i'r eneth.

'Nid fi,' meddai, gan edrych i fyny am y tro cyntaf, i fyw llygaid Hywel. 'Nain. Wir i chi, rydw i mewn picil. Mi fyddai hi'n mynd o'i cho 'tai hi'n gwybod 'mod i yma.'

'Tydw i ddim yn dallt,' meddai Tom mewn penbleth.

'Gadewch i mi esbonio. Siw ydw i, gyda llaw... Mi wn i eich enwau chi, mi welais i chi ar y teledu.' Gwenodd yn swil. 'Beth bynnag, mae fy nain yn byw yng nghanol Wrecsam, ac mi fydda i'n piciad draw ambell waith ar ôl i mi orffen gweithio, i wneud yn siŵr ei bod hi'n iawn. Wel, pan ymddangosodd yr holl ysbrydion a'r bwystfilod ychydig wythnosau 'nôl, y peth cyntaf wnes i oedd ei ffonio hi i wneud yn siŵr ei bod hi'n iawn. Roedd y ddwy ohonon ni'n lwcus – doedd dim byd anarferol wedi ymddangos yn ein cartrefi ni. Neu felly ro'n i'n meddwl.'

'Roedd rhywbeth yn ei thŷ hi wedi'r cyfan?' dyfalodd Hilda.

'Wel, pan alwais i i'w gweld hi ychydig ddyddiau wedyn, mi sylwais i ei bod hi'n siarad â hi ei hun pan âi i'w hystafell wely. Felly, ar ôl ei holi, mi ddwedodd hi mai dim siarad â hi'i hun oedd hi, wedi'r cyfan, ond efo Vera, hen ffrind iddi. Roedd hi'n dweud bod Vera yn ei drych hi yn y llofft, a bod y ddwy yn cael modd i fyw yn trafod yr hen ddyddiau.'

'Tydw i ddim yn dallt,' meddai Hilda. 'Pwy ydi'r Vera 'ma? A lle mae hi go-iawn?'

'Dyna'r broblem,' atebodd Siw. 'Mi fuodd Vera farw bymtheng mlynedd yn ôl.'

Feddyliodd Tom ddim pa mor bwysig oedd yr hyn a ddwedodd Siw tan iddo weld wyneb Hywel yn gwelwi.

'Siw... Wyt ti'n dweud bod dy nain yn gweld ysbryd rhywun a fu farw flynyddoedd maith yn ôl?' gofynnodd yn dawel.

'Dim hi'n unig sydd yn ei gweld hi! Mi welais i hi fy hun, droeon. Y peth ydi, mae'r ddwy i'w gweld yn reit hapus efo'r sefyllfa. Mae Nain yn sicr yn cael cysur wrth weld ei hen ffrind.'

'Pam rwyt ti'n torri dy galon fel hyn 'ta?' gofynnodd Hilda.

'Achos mod i mewn cyfyng-gyngor!' atebodd Siw. 'Mae pawb arall yn cael gwared ar yr ysbrydion a'r bwystfilod heb feddwl ddwywaith, ond mae hynny am eu bod nhw'n cael eu poenydio. Ond tydi Nain ddim yn poeni am y peth o gwbwl; mae hi wrth ei bodd.'

'Wyt ti'n ocê, Hywel?' gofynnodd Tom yn dawel.

Nodiodd Hywel, ond doedd o ddim yn edrych yn iawn o bell ffordd. Ac roedd Tom yn gwybod pam.

Dyma'r tro cyntaf iddyn nhw ddod ar draws ysbryd nad oedd yn faleisus, ddim yn poenydio unrhyw un. A dyma'r tro cyntaf iddyn nhw glywed am ysbryd oedd yn ymdebygu i rywun oedd wedi marw. Oedd hi'n bosib felly bod mam Hywel yn ysbryd yn rhywle?

'Os ydi dy nain yn hapus, pam na wnei di adael iddi?'

gofynnodd, heb unrhyw falais o gwbl.

'Wyt ti'n meddwl mai dyna'r peth iawn i'w wneud?' holodd Siw, gan syllu i gannwyll ei lygaid. 'Gadael iddyn nhw fod?'

Am ryw reswm, aeth ias i lawr asgwrn cefn Tom. Roedd hyn mor wahanol i'r achosion a welson nhw cyn hyn.

'Dwn i ddim,' atebodd Hywel. 'Tydw i ddim wedi dod ar draws achos fel hyn o'r blaen.'

'Hywel,' dechreuodd Hilda mewn llais rhesymol, 'mae'n rhaid bod esboniad am hyn i gyd. Tydi o ddim yn bosib bod...' Chwiliodd am y geiriau iawn. 'Rydan ni wedi cytuno ar hyn o'r blaen! A 'dan ni wedi ymdrin â degau o ysbrydion yn Llanbed... Wyt ti ddim yn meddwl y byddan ni wedi dod ar draws achos arall cyn hyn, 'tai ysbrydion go-iawn yn bodoli?'

'Falle *bod* 'na ysbrydion eraill yn Llanbed,' meddai Hywel yn dawel. 'Ac nad oedd pobol wedi dweud wrthon ni amdanyn nhw am nad oeddan nhw am gael eu gwared nhw.'

Bu tawelwch am ychydig, a sylweddolodd Tom na allai o ddweud unrhyw beth i gysuro Hywel. Roedd yr hyn roedd o'n ei ddweud yn gwneud synnwyr perffaith.

'Mae'n ddrwg gen i os ydi'r hyn dwi'n ei ddweud wedi achosi rhyw boendod i chi,' meddai Siw. 'Doeddwn i ddim am wneud hynny. Doeddwn i ond am gael clywed eich barn chi ar y peth.'

'Nid dy fai di ydi o,' cysurodd Tom. 'Ond mae o'n sicr yn cymhlethu pethau.'

'Well i mi fynd.' Cododd Siw ar ei thraed, yn amlwg yn teimlo'n euog. 'Dwi'n sori os...'

'Paid â mynd,' erfyniodd Hilda. 'Plis. Falle y byddai'n werth i ni weld yr ysbryd yma?'

'Esgusodwch fi am funud,' meddai Hywel, a chodi i fynd i dŷ

bach y gampafan. Cyn iddo gau'r drws ar ei ôl, gwelodd Tom ei lygaid yn gorffwys, am eiliad, ar un o silffoedd y gampafan.

Ar lun ei fam.

'Dwi'n teimlo'n ofnadwy am hyn i gyd,' meddai Siw. 'Do'n i ddim am darfu arnoch chi...'

'Be 'dan ni'n mynd i'w wneud?' gofynnodd Tom.

'Does dim llawer y gall unrhyw un ei wneud rŵan,' meddai Dot. 'Mae beth sy'n digwydd nesa yn dibynnu'n hollol ar Hywel.'

Milian.

Daeth y gair i feddwl Hywel mewn amrantiad, a bu'n rhaid iddo feddwl am eiliad beth roedd o'n ei olygu. Edrychodd ar ei adlewyrchiad ei hun yn nrych yr ystafell ymolchi, yn welw, fel petai arno angen pryd iawn o fwyd a noson a hanner o gwsg. Roedd Dot yn annwyl iawn, ond doedd hi'n fawr o gogyddes, ac roedd y pastai a gâi o'r becws dros y lôn yn pwyso'n drwm ar ei stumog. Hiraethai am yr holl saladau lliwgar a wnâi ei dad iddo – dim pethau di-flas, ond platiau mawr yn orlawn o fango, afocado a thomatos tewion.

Beth yn y byd oedd *milian*? O ble daeth y gair i'w feddwl? Ac yntau gyda chymaint i'w ystyried ar ôl yr hyn roedd Siw wedi ei ddatgelu...

Milian. Ysbryd sy'n cymryd ffurf un sydd wedi marw. Tric ydyw hyn – Nid oes cysylltiad â'r person ymadawedig: ysbryd creulon, felly, yw'r Milian. Gellir ei waredu drwy adrodd enw llawn yr ymadawedig yn ei ŵydd.

Gwenodd Hywel ar ei adlewyrchiad ei hun yn y drych. Wrth gwrs! Sut nad oedd o wedi cofio ynghynt?

'Nid ysbryd go iawn ydi o,' meddai'n hyderus, wrth lamu'n ôl at ei ffrindiau wrth fwrdd y gampafan. 'Hynny ydi, nid ysbryd Vera. Milian ydi o, ysbryd sy'n cymryd ffurf rhai sydd wedi marw er mwyn twyllo pobol fyw. Mi fedra i gael ei wared o i chi.'

Gwelodd Hywel y rhyddhad ar wynebau ei ffrindiau, ac ar wyneb Siw hefyd. Roedd popeth yn iawn, wedi'r cyfan. Pam yn y byd roedd o wedi poeni? Roedd o'n gwybod yn ei galon nad oedd gan yr ysbrydion na'r bwystfilod unrhyw beth i'w wneud â phobol go iawn, byw neu farw.

'Fedrwch chi ddod draw, 'ta?' gofynnodd Siw yn obeithiol. 'I dŷ Nain, dwi'n meddwl?'

'Iesgob annwyl! Wyt ti wedi gweld faint o'r gloch ydi hi?' gofynnodd Dot. 'Dwi'n meddwl efallai y byddai fory yn syniad gwell…'

'Toes dim ots gen i,' meddai Hywel, yn teimlo'n llawn egni. 'Rydw i'n hollol effro. I ddweud y gwir, mi hoffwn i weld yr ysbryd yma: mae o'n swnio mor wahanol i'r rhai 'dan ni wedi eu gweld o'r blaen. Be 'dach chi'n feddwl?' gofynnodd i Tom a Hilda.

'Syniad da,' meddai Tom.

'Grêt,' atebodd Hilda. 'Ac mae hi'n swnio i mi fel petai cael gwared ar yr ysbryd yma'n mynd i fod yn dasg gymharol hawdd hefyd. O, paid ag edrych arna i fel 'na, Mam,' meddai wrth i Dot wgu. 'Mi fyddan ni'n ôl cyn bo hir!'

'Dwn i ddim wir,' atebodd hithau. 'Gwneud eich gwaith ydach chi, felly tydw i'm yn teimlo y galla i ddweud wrthych beth i'w wneud a beth i beidio â gwneud. Ond mi fyddwn i wrth fy modd 'taech chi'n gwrando arna i weithia, ac yn cael noson gall o gwsg…'

'Peidiwch ag arthio, Mam,' meddai Hilda, gan dynnu ei

sgidiau rhedeg yn ôl am ei thraed. 'Nid plant bach ydan ni.'

'A phaid ti â bod yn bowld, 'ngeneth i,' atebodd Dot gan bwyntio bys. 'Does dim ots gen i beth maen nhw'n dy alw di ar y newyddion – arwres neu beidio, chei di *ddim* ateb dy fam yn ôl.'

'O, dewch wir,' meddai Hilda wrth y bechgyn, gan ei heglu hi at y drws. 'Fedra i ddim diodda pan fydd hi fel hyn...'

'Paid ti â siarad efo fi fel 'na!'

Roedd Dot wedi gwylltio, gallai Hywel weld hynny, ond roedd Hilda wedi gadael, a Tom a Siw yn dynn ar ei sodlau. Doedd Hywel ddim yn siŵr beth i'w ddweud.

'Ymm... Fyddwn ni ddim yn hwyr, wir i chi.'

'Hwyr neu beidio, mi fydd yn rhaid i mi gael gair efo'r hogan yna.' Ysgydwodd Dot ei phen yn ddig. 'Os oes 'na un peth sy'n mynd ar fy wic i go iawn, digywilydd-dra ydi hwnnw, a wna i ddim ei ddiodda fo!'

Ar hynny, trodd Hywel i adael, gan gynnig 'Hwyl!' sionc i drio ysgafnhau'r awyrgylch.

'Ydi tŷ dy nain ymhell?' gofynnodd Hywel wedi iddo ddal i fyny gyda'i ffrindiau. Ysgydwodd Siw ei phen.

'Tua deng munud. Dilynwch fi.'

Roedd Wrecsam yn edrych yn dra gwahanol yn y nos, yn enwedig â goleuadau'r stryd yn rhoi gwawr oren i bobman. Roedd hi'n noson oer, a difarodd Hywel na fyddai o wedi gwisgo ei got dros ei siwmper. Er, efallai nad yr oerfel oedd yn achosi'r crynu, meddyliodd yn dawel. Efallai mai cyffro oedd yn gyfrifol – wedi'r cyfan, roedd o ar fin gweld ysbryd oedd yn wahanol i unrhyw un a welsai o'r blaen.

Pennod 18

ROEDD HILDA'N DAL i ferwi mewn dicter pan gyrhaeddodd dŷ nain Siw. Roedd ei mam yn medru bod mor annymunol weithiau! Ac o flaen ei ffrindiau i gyd! Oedd rhaid iddi fod mor drybeilig o hen ffasiwn?

Roedd Hilda wedi dod i'r casgliad bod y cyfnod o fod yn 'berson ifanc', chwedl ei mam, yn amser annheg iawn. Ar un llaw, roedd disgwyl i Hilda lanhau ei llofft a rhoi ei dillad yn y fasged olchi, hel ei phres poced i brynu ffôn newydd, a medru gwneud swper iddi hi ei hun pan fyddai ei mam yn gweithio'n hwyr. Ar y llaw arall, roedd hi, ym marn ei mam, yn rhy ifanc i fod allan o'r tŷ wedi hanner awr wedi deg y nos, yn rhy ifanc i aros i fyny i wylio ffilmiau arswyd, ac yn rhy 'anaeddfed' (roedd Hilda'n *casáu*'r gair yna) i aros yn y tŷ dros nos ar ei phen ei hun os oedd ei mam a Gwilym yn digwydd bod i ffwrdd.

Roedd y ffrae fawr ddiwethaf wedi digwydd dim ond mis ynghynt, er y teimlai fel pe bai'n flynyddoedd i Hilda nawr. Roedd hi'n dal i feddwl bod y peth yn ofnadwy o annheg, ac roedd hi'n bwriadu codi'r peth eto pan fyddai ei mam mewn tymer fwy ffafriol.

Ar ei mam roedd y bai. Roedd Hilda wedi bod yn cynilo'i phres poced ers wythnosau i brynu teclyn sythu gwallt, fel roedd gan y rhan fwyaf o ferched yn ei dosbarth. Roedd Hilda'n casáu ei mop cringoch o gyrls am eu bod nhw mor anffasiynol. Fe wyddai pawb mai gwallt syth oedd yn y ffasiwn nawr. Roedd hi wedi dewis un roedd hi am ei gael o'r catalog – nid y math rhataf, ond un ychydig yn ddrytach, yn y gobaith y byddai'n para. Digwydd sôn wnaeth hi wrth ei mam y bore Sadwrn hwnnw beth roedd hi'n bwriadu ei brynu yn Aberystwyth yn y p'nawn.

'Teclyn sythu gwallt?' meddai'n hamddenol dros ei choffi. 'Na, tydw i ddim yn meddwl, Hilda. Mae gen ti wallt hyfryd. Dwyt ti ddim eisiau'i gam-drin o efo'r hen beth hyll 'na.'

'Ond rydw i wedi cynilo er mwyn ei brynu fo,' meddai Hilda drwy ei dannedd. 'Felly 'mhres i ydi o.'

'Na ddwedais i, Hilda. Rŵan anghofia'r peth.'

Wrth gwrs, doedd dim posib gwneud hynny, a bu'n rhaid i'r cymdogion ddiodde awr a mwy o Hilda a Dot yn gweiddi ar ei gilydd. Dot gafodd ei ffordd yn y diwedd, ond roedd Hilda'n dal i weld y peth yn ofnadwy o annheg.

'Dyma ni,' meddai Siw, a stopiodd y tu allan i fyngalo bach gwyn, y math o dŷ a adeiladwyd â phobol mewn oed mewn golwg. Doedd Hilda prin wedi sylwi ar y siwrnai yma, cymaint roedd hi wedi digio wrth ei mam. Ond rŵan eu bod nhw wedi cyrraedd, gwyddai fod yn rhaid iddi anghofio'r ffrae tan wedyn. Roedd hi yma i gael gwared ar yr ysbryd, a byddai'n rhaid anghofio am bopeth arall.

Cnociodd Siw'r drws, a bu saib go hir cyn i olau'r cyntedd gael ei gynnau, a daeth siâp rhywun yr ochr arall i wydr y drws.

'Helô, Nain!' meddai Siw gan ffugio bod yn llawen. 'Sut mae? Sbïwch! Rydw i wedi dod â fy ffrindiau newydd yma i'ch gweld chi! Dyma Hilda, a Tom, a Hywel.'

Craffodd yr hen wraig arnyn nhw. Roedd hi'n fychan ac yn fusgrell, ei gwallt yn wyn fel cwmwl am ei chorun, a chrychau dyfnion fel map ar ei hwyneb. 'Mi wn i'n iawn pwy ydyn nhw,' meddai'n sigledig. 'Mi welais i nhw ar y teledu.'

'Rŵan, peidiwch â digio, Nain,' ysgogodd Siw. 'Trio helpu

maen nhw. Maen nhw isho gweld Vera, wyddoch chi.'

'Isho cael gwared arni, ti'n feddwl,' cywirodd yr hen wraig. Trodd at Hilda, Hywel a Tom. 'Tydw i ddim am fod yn anniolchgar, ond tydw i mo'ch angen chi. Rydw i'n ddigon hapus efo pethau fel maen nhw.'

'Wrth gwrs, os mai dyna ydach chi eisiau,' gwenodd Hywel arni. 'Ond fyddai ots gennych chi 'tawn i'n dod i mewn i'w gweld hi? Tydw i rioed wedi gweld ysbryd fel hyn, 'dach chi'n gweld, ac mi hoffwn i gael cip ar un sydd ddim yn trio achosi niwed i mi! Os nad ydi hi'n gyfleus, wrth gwrs...'

'Am hogyn cwrtais!' gwenodd yr hen wraig. 'Mi welais i dy hanes di ar y newyddion chwech – mae hi'n stori mor drist am dy fam... Wrth gwrs, wrth gwrs, dewch i mewn. Dwi'n siŵr y bydd Vera wrth ei bodd yn eich gweld chi i gyd. Mae hi wrth ei bodd gyda phobol ifanc...'

Roedd y tŷ yn debyg iawn i lawer o dai'r henoed roedd Hilda wedi ymweld â nhw o'r blaen: papur wal blodeuog, carped â phatrwm lliwgar dros y lle ym mhobman, llawer o gerfluniau bach o blant ac anifeiliaid del. Mae'n rhaid ei bod hi'n cymryd hydoedd i dynnu llwch oddi ar y cyfan, meddyliodd Hilda, ac eto, roedd y tŷ yn lân iawn.

'Lecio'r cerfluniau ydach chi, 'ngharaid i?' gofynnodd yr hen wraig wrth weld Hilda'n edrych ar y silff ben tân.

'Mae gennych chi gasgliad go fawr yma,' atebodd Hilda, gan osgoi dweud y celwydd ei bod hi'n hoff o'r cerfluniau, ond doedd hi ddim am fod yn ddigywilydd chwaith.

'O! Rydw i wedi cymryd blynyddoedd maith i hel y rhain,' meddai'r hen wraig wrth symud draw at y silff ben tân. 'Dyma chi'r un hynaf.' Cododd gerflun bach o garw â llygaid brown, anferth yn ei dwylo crychlyd. 'Anrheg oedd o, gan fy niweddar ŵr, Jim. Mi brynodd o i mi ar ein mis mêl yn Ninbych-y-pysgod…'

Aeth yr hen wraig ati i roi disgrifiad manwl o hanner ei chasgliad i Hilda, ac roedd yn rhaid iddi hithau nodio a gwneud y synau priodol, fel petai ganddi ddiddordeb mawr yn y cerfluniau bach di-nod. O'r diwedd, rhoddodd yr hen wraig gerflun bach o dŵr Eiffel i lawr (anrheg gan ei chyfnither, a aeth i Baris am wythnos ym 1987) a dweud, 'Well i mi ddangos drych Vera i chi, 'ta.'

'Mi fydda hynny'n grêt,' atebodd Hilda gyda gwên. Byddai un stori arall am gerflun di-lun yn ddigon i wneud iddi gysgu.

'Dilynwch fi,' meddai'r hen wraig, ac, am ryw reswm, teimlodd Hilda ias yn rhuthro i lawr ei hasgwrn cefn.

Byddai Tom wedi medru cysgu yn y fan a'r lle. Roedd cartre'r hen wraig yn gynnes, y rheiddiaduron yn ferwedig a'r tân nwy yng nghornel yr ystafell fyw hefyd wedi ei gynnau. Ysai Tom am deimlo'r awyr iach ar ei gnawd, gan obeithio y byddai'r ystafell wely yn llai chwilboeth.

Roedd yr ystafell wely yn debyg iawn i'r ystafell fyw o ran steil: patrymau ym mhob man a degau o gerfluniau bach ym mhob twll a chornel. Yng nghornel yr ystafell roedd bwrdd ymbincio hen ffasiwn, gyda droriau bach bob ochr iddo a drych mawr hirgrwn yn adlewyrchu'r ystafell. Roedd cadair wedi ei gosod o flaen y bwrdd ymbincio, ac roedd hanner paned mewn soser yn dal yno.

'Oeddech chi'n siarad â Vera pan ddaethon ni at y drws?' holodd Tom.

'Oeddwn,' gwenodd yr hen wraig yn siriol, a sylwodd Tom

mor hapus roedd hi'n edrych. Fyddai hi ddim yn hawdd dweud wrthi mai Milian oedd yn ymddangos yn ei drych, ac nid ysbryd ei hen ffrind. 'Roedd y ddwy ohonon ni'n trafod y tripiau ysgol y bydden ni'n eu cael erstalwm. Ew, roedd o'n gymaint o hwyl, wyddoch chi! Yn cael mynd ar yr olwyn fawr a bwyta candi fflòs a throchi ein traed yn y môr...'

'Ydi Vera yno rŵan?' gofynnodd Hilda. Roedd hi'n amlwg yn ofni bod yr hen wraig ar fin dechrau dweud hanes maith arall, yn union fel y gwnaeth hi gyda'r cerfluniau...

'Mae hi'n dod pryd bynnag dwi am iddi ddod!' gwenodd yr hen wraig yn siriol, ei llygaid yn sgleinio'n fodlon. 'Pam nad eisteddwch chi ar y gwely, ac mi wna i ei galw hi?'

Ufuddhaodd Tom, ac eistedd rhwng Hywel a Hilda, gyda Siw ar y pen. Roedd o'n teimlo braidd yn od, yn eistedd fel hyn, fel petai o'n aros i wylio ffilm neu sioe. A dweud y gwir, doedd o ddim yn nerfus iawn – roedd disgrifiad Siw o'r ysbryd wedi gwneud iddo ymddangos fel un diniwed ac annwyl.

'Vera?' galwodd yr hen wraig ar ôl setlo yn y gadair. 'Vera, rydw i 'nôl! Wyt ti yna?'

Yn syth bìn, daeth niwl tywyll dros y drych, ac ymddangosodd pen hen ddynes o'r düwch. Roedd hi'n edrych fel miloedd o hen ferched eraill, meddyliodd Tom: gwallt byr, cyrliog, sbectol fach grwn a cholur pinc ar ei gwefusau. Doedd 'na ddim arwydd o fod yn ysbryd arni o gwbl.

'Wel!' meddai Vera'n siriol. 'Edrychwch ar hyn! Mae gen ti gwmni heno 'ma!'

'Oes wir,' cytunodd yr hen wraig, cyn cyflwyno'r tri i'r ysbryd. Doedd Tom erioed wedi bod mewn sefyllfa debyg o'r blaen, a doedd ganddo ddim syniad sut i ymateb i gael ysbryd mewn drych yn dymuno noswaith dda iddo. Cynnig gwên fach wnaeth o yn y diwedd, heb ddweud gair.

'Rhain ydi'r tri rown i'n sôn amdanyn nhw gynnau,' esboniodd yr hen wraig. 'Wsti, Vera, y rhai sy'n cael gwared ar yr ysbrydion a'r bwystfilod.'

'O, diar,' meddai Vera'n ddigalon. 'Wyt ti wedi cael digon arna i, felly?'

'Dim o gwbwl!' Brysiodd yr hen wraig i gysuro ei chyfeilles. 'Eisio dy weld ti oeddan nhw. Maen nhw'n dweud bod gweddill yr ysbrydion yn rhai cas, wsti, ac felly maen nhw'n ysu am gael gweld un caredig!'

'Dyna ni, 'ta.' Daeth y wên yn ôl i wyneb yr ysbryd.

Mae hi'n wych, cyfaddefodd Tom wrtho'i hun yn dawel. Mae'n rhaid bod y Milian yn ysbryd go gyfrwys i fedru dynwared mor gelfydd. Fyddai neb yn medru dweud mai hen ysbryd milain oedd hi go iawn.

'Vera?' Pwysodd Hywel ymlaen. 'Fyddai ots gynnoch chi tawn i'n gofyn ambell gwestiwn i chi?'

'Dim o gwbwl!' atebodd Vera'n siriol. 'Ew, hogyn cwrtais wyt ti...'

'Be ddigwyddodd i chi? Sut aethoch chi'n sownd yn nrych eich ffrind?'

'Wel, dwn i ddim, a dweud y gwir yn onest. 'Dach chi'n gweld, y peth ola dwi'n ei gofio ydi mynd i'r gwely un noson, ac wedyn, pan ddeffrois i, dyma lle ro'n i! Ro'n i'n methu dallt pam mod i yn nhŷ Gertie, na pham bod arni gymaint o fy ofn i, a ninnau'n ffrindiau mynwesol erstalwm. Wel, mi ges i glamp o sioc pan ddwedodd hi mod i wedi marw bymtheng mlynedd ynghynt! Dim rhyfedd ei bod hi'n edrych fymryn yn hŷn!' Chwarddodd Gertie'n chwareus wrth glywed hyn.

'Mae'r peth yn od iawn, tydi?' gofynnodd Hilda.

'Yn sicr, dyw o ddim yn fwy od na rhai o'r pethau eraill sydd wedi bod yn digwydd yn y byd, os ydi Gertie'n dweud y gwir,' meddai Vera'n ddifrifol. 'Bwystfilod! Yn Wrecsam! Be nesa?'

'Tybed pam eich bod chi yn nrych Gertie yn hytrach nag yn nrych un o'ch ffrindiau eraill?' pendronodd Tom yn uchel.

'Mi fûm innau'n meddwl ynglŷn â hynny yn ystod y dyddiau cynta, ond does 'na fawr o bwynt holi cwestiynau na ellir eu hateb, nac oes? Roedd Gertie a minnau'n ffrindiau mynwesol, ac rydan ni'n dal i fod. Rydw i'n cael modd i fyw – neu farw! – yma gyda hi.'

'Rydach chithau'n hapus i gael Vera yma, yn tydach Nain?' gofynnodd Siw.

'Wrth fy modd!' atebodd hithau. 'Mae Siw yn dda, chwarae teg iddi, yn dod draw byth a hefyd, ac yn gwneud neges i mi, ond tydi o ddim yr un fath â byw efo rhywun. Wyddoch chi, weithiau, mi fydd Vera a minnau'n aros i fyny tan berfeddion yn siarad, hi yn y drych a minnau yn fy ngwely. Tydan ni byth yn fyr o bethau i'w dweud! Mae o'n union fel bod yn enethod ifanc eto, ar drip campio, yn siarad tan mae'r haul yn codi.' Edrychodd Gertie draw at y tri dieithryn â dagrau yn ei llygaid. 'Wyddoch chi ddim peth mor braf ydi cael rhywun i siarad â nhw.'

Llyncodd Tom ei boer yn ansicr. Roedd hyn yn mynd i fod yn anoddach nag roedd o wedi ei ystyried, gan fod presenoldeb Vera wedi trawsnewid bywyd Gertie, ac wedi dileu ei hunigrwydd. Teimlad ofnadwy fyddai gorfod dweud wrthi mai celwydd noeth oedd presenoldeb ei ffrind yn ei chartref.

Ond doedd ganddyn nhw ddim dewis, yn nac oedd? Doedd hi ddim yn deg gadael iddi gredu rhywbeth nad oedd ddim yn real, er mor hapus roedd hynny yn ei gwneud.

'Gertie?' Cododd Hywel ar ei draed, yn amlwg wedi clywed digon. 'Fyddai ots gynnoch chi ddod i gael sgwrs fach hefo mi yn yr ystafell fyw, os gwelwch yn dda?'

'Beth yn y byd ydach chi'n feddwl, wrth ddweud nad Vera ydi hi?' gofynnodd Gertie mewn penbleth. 'Rydw i wedi nabod Vera ar hyd f'oes, mi wn i'n iawn mai hi sydd yno!'

Ochneidiodd Hywel. Heb os nac oni bai, dyma oedd y peth anoddaf iddo wneud erioed. Roedd Gertie'n fodlon iawn ei byd rŵan bod ei 'ffrind' wedi dod yn ôl, ac roedd meddwl bod ei weithredoedd ef yn mynd i ddod â'i hen unigrwydd yn ôl i'w bywyd yn pwyso'n drwm ar feddwl Hywel. Ond teimlai nad oedd ganddo ddewis. Y milian oedd yn chwarae triciau arni – Y milian, felly, oedd yn greulon, ac nid Hywel.

'Mi fyddwn i wrth fy modd yn dweud wrthoch chi bod Hywel wedi cael ei ffeithiau'n anghywir, ac mai Vera sydd yno go-iawn yn eich drych chi,' meddai Tom yn dwymgalon. 'Ond mae Hywel wedi gwneud hyn ddegau o weithiau cyn heno, a phob tro fo sy'n iawn. Wnaeth o ddim camgymeriad unwaith.'

Er ei fod o wedi gweld hynny'n digwydd droeon bellach, synnai Hywel wrth weld Tom yn siarad gyda'r ffasiwn anwyldeb wrth hen bobol. Ar hyd y blynyddoedd yn yr ysgol, roedd o wedi ystyried Tom fel rhywun fyddai'n casáu cael ei alw'n annwyl, ac roedd y newid diweddar ynddo, er yn beth gwych, yn anodd dygymod ag o.

'Wel, mae'n ddrwg gen i, machgen i,' meddai Gertie, gan droi at Hywel. 'Ond mae 'na dro cynta i bopeth. Rwyt ti wedi gwneud camgymeriad efo hon. Vera ydi hi. Rydw i wedi ei nabod hi ar hyd f'oes...'

'Dyna'n union mae'r milian eisiau i chi feddwl,' esboniodd Hywel yn daer. 'Wyddoch chi, mi welais i bob mathau o ysbrydion yn ystod y bythefnos ddiwetha 'ma – rhai'n dawel, rhai'n sgrechian, rhai'n brathu ac eraill yn mynd yn syth am y gwegil. Ond welais i ddim byd mor greulon â hwn. Wir yr i chi, mi rydw i'n sicr nad Vera sy'n siarad efo chi drwy'r drych. Ydi, mae hi'n edrych ac yn swnio'r un fath, ond...'

'Mae o'n fwy na hynny!' mynnodd Gertie. 'Mae ei chwerthiniad hi'r un peth yn union, y ffordd mae hi'n gwenu, hyd yn oed pan nad oes achos i wenu...' Ysgydwodd Gertie ei phen. 'Does 'na neb tebyg iddi!'

'Mae'n ddrwg gen i,' meddai Hywel yn dawel. 'Fedra i ond dychmygu mor anodd ydi hyn i chi.'

Bu tawelwch am rai munudau yn yr ystafell fyw, gyda dim ond tipian y cloc ar y silff ben tân i dorri ar y distawrwydd. Dechreuodd Hywel ystyried beth fyddai'n ei wneud pe bai Gertie yn gwrthod gadael iddo gael gwared ar y milian. Roedd o'n gwybod yn ei galon mai dyna fyddai'r peth iawn i'w wneud, ond fedrai o byth orfodi unrhyw un i wneud rhywbeth nad oedden nhw'n sicr y dylai gael ei gyflawni.

'Mae un ffordd syml iawn o ateb y broblem, wrth gwrs,' meddai Hilda'n bendant. Edrychodd pawb arni'n ddisgwylgar. 'Wel, roedd Hywel yn dweud mai'r ffordd o gael gwared ar y milian ydi dweud enw llawn y person maen nhw'n ei ddynwared. Ydach chi'n gwybod enw llawn Vera?'

'Wrth gwrs!' nodiodd Gertie. 'Roeddwn i yn yr un ysgol gyda hi am flynyddoedd... Vera Helen Jenkins.'

'Dyna ni, 'ta!' ebychodd Hilda. 'Os mai milian sydd yno, bydd dweud yr enw yn cael gwared arno fo, ac mi fyddwch chi'n gwybod nad ydych chi'n cael eich twyllo rhagor... Ond os mai Vera sydd yno go iawn, fydd clywed ei henw llawn ddim yn gwneud unrhyw wahaniaeth iddi, na fydd? Ac mi awn ni'n ôl i'r gampafan a gadael llonydd i chi'ch dwy hel atgofion.'

Wrth gwrs, meddyliodd Hywel. Pam na feddyliodd o am hynny?

'Ydi hynny'n swnio'n deg, Nain?' gofynnodd Siw yn betrus.

'Wrth gwrs!' gwenodd Gertie, a'r rhyddhad yn amlwg ar ei hwyneb. 'Mi gewch chi weld wedyn mai hen lol ydi'r peth mil... mili... beth bynnag oedd o. O, mi fydd Vera'n chwerthin pan ddweda i am hyn!'

Wrth gwrs, roedd Hywel yn falch bod Gertie wedi cytuno. Fyddai dim angen iddo orfod gweithio'n galed i drio'i darbwyllo hi mai milian oedd yno go iawn. Ond roedd sicrwydd Gertie mai Vera oedd yno braidd yn drist, hefyd, a doedd Hywel ddim yn edrych ymlaen at yr eiliad pan fyddai'r niwl, a'r wyneb, yn clirio o'r drych gan adael dim ond adlewyrchiad o fywyd unig Gertie. Mi fyddai'n torri ei chalon, druan fach iddi. Gobeithiai Hywel o waelod ei galon na fyddai'n gorfod ymdrin â'r milian byth eto.

Dilynodd pawb Gertie'n ôl i'r ystafell wely, gan sefyll y tu ôl i'w chadair wrth iddi eistedd. Ymhen ychydig eiliadau, meddyliodd Hywel, byddai'r hen ysbryd creulon wedi diflannu.

'Ydach chi wedi bod yn siarad amdana i?' gofynnodd Vera'n ddireidus wrth weld bod ganddi gwmni eto.

'Do, a dweud y gwir,' meddai Gertie gyda gwên. 'Wedi bod yn siarad am enwau ydan ni.'

'W, dyna i chi bwnc difyr,' atebodd Vera'n frwd.

'Wyt ti'n cofio yn yr ysgol erstalwm?' gofynnodd Gertie. 'A'r athrawon yn mynnu rhoi ein enwau llawn i ni?'

'Ydw tad!' meddai Vera. 'Roeddet ti'n ei gasáu o, yn doeddat… Gertrude Mary Evans!'

'A chdithau hefyd,' atebodd Gertrude. 'Vera Helen Jenkins.'

Arhosodd Hywel i rywbeth ddigwydd – y darlun yn y drych yn trawsnewid, neu'r ysbryd yn diflannu'n sydyn.

Digwyddodd dim byd.

'Vera Helen Jenkins,' ailadroddodd Hywel yn uchel. Edrychodd yr ysbryd draw ato.

'Ia, dyna chi. Hen enw hyll, yn fy marn i – tydw i rioed wedi ei licio fo. Ond roedd o'n enw poblogaidd pan oedden ni'n ifanc, wyddoch chi. Roedd fy mam yn meddwl ei fod o'n grand iawn.' Chwarddodd yn ysgafn.

'Beth oedd ei henw hi ar ôl priodi?' gofynnodd Hywel, mewn panig. Mae'n rhaid ei fod o wedi gwneud rhywbeth o'i le, heb gofio'r geiriau yn y llyfr yn iawn neu…

'Jones,' atebodd Gertie. 'Ond wneith o ddim gwahaniaeth. Vera ydi hi, rydw i'n dweud wrthych chi…'

'Vera Helen Jones!' gwaeddodd Hywel. Edrychodd yr ysbryd arno mewn penbleth, cyn troi at Gertie.

'Oes 'na rywbeth braidd yn od am y bachgen 'ma, ti'n meddwl?'

Teimlai Hywel ei anadl yn cyflymu a'i galon yn llamu yn ei frest. Fedrai o ddim coelio'r peth, ond dyma fo, y prawf o flaen ei lygaid ym myngalo bach yr hen wraig.

Nid milian mohoni, ond ysbryd go iawn. A doedd ganddo ddim syniad beth i'w wneud am y peth.

Pennod 19

'HYWEL!' RHEDODD HILDA drwy'r tywyllwch ar ôl ei ffrind. 'Arhosa amdana i!'

Anwybyddodd Hywel ei gweiddi, wrth gerdded ymlaen yn bwrpasol i gyfeiriad y gampafan. Clywodd Hilda Tom yn rhedeg y tu ôl iddi.

'Gad iddo fo am funud,' meddai Tom yn rhesymol. 'Mae angen amser arno i feddwl.'

'Paid â dweud wrtha i be i'w wneud!' cyfarthodd Hilda, cyn difaru'n syth. 'Mae'n ddrwg gen i. Do'n i ddim yn disgwyl i hynna ddigwydd rŵan.'

'Doedd neb yn disgwyl i hynna ddigwydd,' meddai Tom. 'Heblaw Gertie wrth gwrs. Mi ddaliodd hi ati i sgwrsio efo Vera fel tasa 'na ddim wedi digwydd.'

Cerddodd y ddau gyda'i gilydd, rhyw ganllath y tu ôl i Hywel, gan syllu ar y ffigwr trist ar goll yn ei feddyliau ei hun.

'Dwi'n poeni amdano fo,' cyfaddefodd Hilda. 'Mae pethau gymaint anoddach iddo fo nag ydyn nhw i ni.'

'Ydyn,' cytunodd Tom yn brudd. 'Hilda, wyt ti'n meddwl mai ysbryd go-iawn Vera oedd y ddynes yn y drych?'

Meddyliodd Hilda am y peth. Doedd hi ddim yn siŵr o gwbl o'r ateb, ond roedd hi'n sicr fod bywyd unig Gertie wedi ei drawsnewid gan ymddangosiad yr ysbryd yn y drych a hynny er gwell.

'Dwn i ddim,' atebodd yn onest. Roedd gymaint o bethau i'w hystyried. Wyddai Hilda ddim bod ganddi ddigon o le yn ei meddwl i'r holl gwestiynau oedd yn codi.

'Sbia,' meddai Tom, gan bwyntio. Roedd Hywel wedi stopio cerdded, ac roedd o'n aros amdanyn nhw ar gornel stryd. Doedd y gampafan ddim ymhell, ond roedd Hilda'n falch eu bod nhw am gael sgwrs cyn cyrraedd yn ôl. Byddai ei mam yn siŵr o leisio barn go gryf petai hi'n cael clywed yr hanes. Mam, cofiodd Hilda'n sydyn. Hen ffrae wirion oedd honna gawson nhw cyn i Hilda adael heno. Byddai'n ymddiheuro'n syth pan âi yn ei hôl.

'Wyt ti'n iawn?' gofynnodd Tom i Hywel wrth iddo agosáu. Roedd wyneb Hywel yn welw, a doedd dim arlliw o hapusrwydd i'w weld.

'Wyt ti'n sâl, Hywel?' holodd Hilda. Ysgydwodd Hywel ei ben.

'Gwrandewch. Mae rhywbeth mae'n rhaid i mi ddweud wrthych chi.'

Teimlodd Hilda ei bol yn troi. Roedd wyneb Hywel mor anhygoel o drist.

'Paid â gwneud unrhyw benderfyniadau byrbwyll, wnei di? Rho amser i ti dy hun...'

'Dyna'r peth, Hilda! Rydw i wedi rhoi amser i mi fy hun! 'Dan ni wedi bod yn hela'r ysbrydion 'ma am bythefnos a mwy, ac mi rydw i wedi treulio hanner yr amser yn teimlo'n ansicr iawn am yr hyn 'dan ni'n ei wneud. Methu cysgu, prin yn medru bwyta, fy meddwl i'n troi o hyd...' Tynnodd Hywel ei sbectol, a rhwbiodd ei lygaid yn flinedig.

'Ro'n i'n meddwl dy fod ti'n teimlo'n well ers dod i Wrecsam...' dechreuodd Hilda.

'Mi roeddwn i! Ond dyma hyn wedi digwydd rŵan, a dwn i ddim beth i'w goelio.'

'Mi fydd esboniad syml i bopeth, gei di weld...' meddai Tom yn rhesymol.

'Falle y bydd 'na, ond mi fydd pethau newydd yn dod bob wythnos i wneud i mi amau. Tydi o ddim yn deg arna i, nac arnoch chithau.' Gosododd Hywel ei sbectol yn ôl ar ei drwyn, ac edrychodd i fyny ar ei ffrindiau. 'Mae'n wir ddrwg gen i, ond tydw i ddim yn meddwl y galla i barhau i wneud hyn rhagor.'

Bu tawelwch am amser hir rhwng y tri. Wyddai Hilda ddim beth i'w ddweud. Ysai i atgoffa Hywel o ba mor hapus roedd pobol ar ôl cael gwared ar yr ysbrydion, ond cawsai popeth ei ddweud eisoes. Doedd hi ddim am ei orfodi i gario mlaen.

'Felly... dyna fo?' holodd Tom mewn anghrediniaeth. 'Yn ôl i Dywyn, yn ôl i fel roedd pethau o'r blaen?' Atebodd neb mohono.

Ond roedd Hilda'n gwybod na allai pethau *fyth* fod fel roedden nhw cynt. Cafodd y profiad o gamu i mewn i sefyllfaoedd hynod beryglus, a goroesi. Wynebodd ei hofnau, a brwydro ymlaen. Roedden nhw wedi gwneud gwahaniaeth i ansawdd bywyd pobol. Ac, yn bwysicach na hyn oll, roedd hi wedi gwneud dau ffrind newydd.

Wrth i'r tri sefyll ar gornel stryd dywyll yn Wrecsam, yn ystyried y ffaith eu bod nhw wedi dod i ben eu taith, rhwygodd sŵn uchel drwy dawelwch y nos.

Sŵn ffrwydro.

'Be yn y byd...?' meddai Hywel, gan droi i gyfeiriad y sŵn. Roedd mymryn o oleuni oren yn goleuo'r tywyllwch o'r stryd nesaf.

'Y gampafan!' plediodd Tom.

'Mam!' sgrechiodd Hilda, ac ofn gwirioneddol yn llenwi pob modfedd ohoni.

'Lle mae Mam?' sgrechiodd Hilda, gan redeg at y cerbyd, oedd yn wenfflam ar ochr y stryd. 'Plis! Mam!'

'Tyrd yn ôl, Hilda!' gwaeddodd Tom arni. Chymerodd hi ddim sylw ohono o gwbl, ond parhau i symud yn agosach ac yn agosach at y tân, ei phoendod meddwl yn gwneud ei cherddediad yn simsan braidd. Rhedodd Tom ati, a'i thynnu hi 'nôl.

'Gad lonydd i fi! Mae'n rhaid i mi chwilio am Mam!' Brwydrodd Hilda, ond roedd Tom yn rhy gryf.

'Gwranda arna i. Gwranda arna i, Hilda!' Edrychodd Hilda i fyny a syllu i fyw ei lygaid. Roedd ei hwyneb hi'n wlyb diferol o ddagrau, a'i thrwyn yn goch. Goleuwyd ei chyrls cringoch gan y tân y tu ôl iddi, ac fe edrychai'n druenus dros ben. 'Hilda, mae'n bosib y bydd y gampafan yna'n ffrwydro unrhyw eiliad. Mae hi'n llawn petrol, ac mae'r popty'n rhedeg ar nwy. Mae o'n beryg bywyd. Mae'n rhaid i ti symud yn ôl.'

'Ond Mam…!' ebychodd Hilda.

'Plis, Hilda.' Nodiodd Hilda'n araf, a gadawodd i Tom ei harwain hi at y man lle roedd Hywel yn sefyll, ei wyneb yn oren yn adlewyrchiad y tân.

'Hils!' daeth llais egwan o ben arall y stryd, a chododd Tom ei ben. Doedd Hilda ddim wedi clywed y llais; roedd hi'n rhy brysur yn igian crio. Tynnodd Tom ar ei llawes, a phwyntio at berchennog y llais.

Er na chyfaddefodd wrth unrhyw un wedyn, disgynnodd ambell ddeigryn o lygaid Tom wrth iddo weld Hilda a'i mam yn rhedeg ar hyd y stryd at ei gilydd gan gydio'n dynn y naill yn y llall a'r ddwy yn eu dagrau. Roedd Tom ei hun wedi teimlo'r ffasiwn arswyd pan welodd o'r gampafan yn fflamau i gyd gan ei fod o'n siŵr y byddai Dot i mewn ynddi, yn aros yn eiddgar am y tri ohonynt ac yn flin eu bod nhw mor hwyr. Gwyddai'n iawn fod y dychryn a deimlai o yn ddim o'i gymharu â'r dychryn a fyddai wedi meddiannu Hilda. Druan ohoni.

'O'n i'n meddwl eich bod chi wedi marw!' llefodd Hilda, mor emosiynol nes ei bod hi'n ei chael hi'n anodd cymryd ei gwynt. Doedd Dot fawr gwell.

'Roedd gen innau ofn eich bod chi wedi dod yn ôl. Wedi piciad i weld Linda oeddwn i – wsti, Linda sy'n gweithio yn y siop ddillad – ac ro'n i ar y ffordd yn ôl pan glywais i'r glec fwya rioed.' Daliodd Dot ei merch yn dynn at ei bron. 'Hilda fach, ro'n i'n meddwl ei bod hi ar ben arnat ti.'

Safodd y pedwar yno am ychydig, yn gwylio'r gampafan yn llosgi fel petai'n goelcerth ar noson tân gwyllt. Roedd rhywbeth hardd iawn am y tân, meddyliodd Tom, cyn cofio'r holl bethau gwerthfawr oedd oddi mewn: ei ddillad, y dodrefn, y llun o fam Hywel yn uchel ar y silff. Mae'n rhaid bod y gampafan yn werth miloedd, ond bellach roedd yn wenfflam. Doedd Tom ddim am feddwl be fyddai wedi digwydd petai rhywun wedi bod ynddi pan ffrwydrodd.

'Gadael y popty ymlaen wnaethoch chi?' gofynnodd Hilda i'w mam, gan sychu ei dagrau â'i llawes. Roedd Tom yn meddwl mai bod yn wawdlyd oedd hi, ond na, roedd hi o ddifrif. Wnaeth Dot ddim gweld yn chwith wrth i'w merch ei holi chwaith, chwarae teg iddi.

'Tydw i ddim wedi cyffwrdd yn y popty ers dyddiau.'

'Ydach chi'n meddwl falla... falla...' dechreuodd Hywel. Edrychodd pawb arno'n ddisgwylgar. 'Y dynion 'na wnaeth falurio'r caffi yn Llanbed...'

'Be?' gofynnodd Hilda'n syn. 'Wyt ti'n meddwl bod rhywun wedi gwneud hyn yn fwriadol?'

'Mae'n bosib.'

Roedd hyn yn ddigon i dawelu pawb. Wrth gwrs, roedd o'n gwneud synnwyr perffaith. Rhybudd oedd chwalu Caffi Lôn Tudur yn Llanbed ond roedd hyn ganwaith gwaeth. Mi fydden nhw wedi gallu lladd y pedwar ohonyn nhw.

Roedd y gynddaredd ym mherfedd Tom yn boethach na'r tân.

'Sbïwch!' galwodd Hilda, gan bwyntio at un o ddrysau tywyll y siopau, oedd wedi cau ers oriau.

'Be? Wela i ddim byd...' atebodd ei mam, gan graffu i'r tywyllwch.

Gyda hynny, llamodd ffurf tal mewn dillad tywyll o'r drws, a hwd du yn dynn dros ei wyneb.

Fo oedd yn gyfrifol am y tân. Roedd Tom yn sicr o'r peth. Y cachgi bach ag o! Gwnâi ei orau i ddengyd.

'Ar ei ôl o!' gwaeddodd Tom, gan redeg yn gyflymach nag y gwnaeth o erioed o'r blaen.

Rhedodd Hywel, Hilda a Tom nerth eu traed ar ôl y dyn mewn du, i lawr strydoedd tywyll Wrecsam. Rhedodd Hywel nes bod ei ysgyfaint yn brifo, a gallai deimlo ei galon yn pwmpio o dan ei fron. Teimlai mor flinedig, ond nid angen cwsg yn unig oedd ar Hywel. Roedd o wedi blino ar boeni, ar feddwl, ar amau ei hun. Roedd gweld y dyn yn rhedeg i ffwrdd wedi deffro rhywbeth yn Hywel, ac ysai am gael dod o hyd i'r bobol oedd yn ceisio ei rwystro rhag cael gwared ar yr ysbrydion a'r bwystfilod. Roedd ganddo deimlad efallai y byddai ganddyn nhw atebion i rai o'i gwestiynau.

'Lle aeth o?' gofynnodd Hilda'n fyr ei gwynt wrth i'r tri ddod i stryd o dai bach hen-ffasiwn. Roedd y dyn wedi diflannu.

'Daria!' rhegodd Tom mewn tymer. Roedd 'na wallgofrwydd yn ei lygaid na welsai Hywel erioed o'r blaen.

Daeth sŵn o gyfeiriad un o'r tai – sŵn drws yn cael ei gau'n glep. Rhuthrodd Tom yn syth at y drws, gyda Hywel a Hilda'n dynn ar ei sodlau. Roedd ar Hywel ofn.

Onid oedd hi'n beth od ei fod o wedi wynebu ysbrydion a bwystfilod o bob lliw a llun, ac wedi teimlo'n hollol hyderus yng ngŵydd y rheiny, ond rŵan ei bod hi'n amser iddo wynebu person go iawn, roedd ei fol yn troi fel petai tymestl fawr oddi mewn iddo. Gwyddai y byddai bwgan neu ysbryd yn bihafio'n union fel roedd y llyfr *Bwystfilod a Bwganod* yn ei ddweud, ond doedd dim posib darogan beth fyddai person go-iawn yn ei wneud. Cofiodd Hywel y diwrnod cyntaf hwnnw yn ei gartref bach clyd yn Nhywyn, a'r lleidr a dorrodd i mewn i'r tŷ i ddwyn y llyfr. Roedd o wedi methu gwneud unrhyw beth i'w atal. Tom oedd yr un a aeth ar ei ôl, yn union fel roedd o'n ei wneud rŵan.

Trodd Tom y bwlyn, a gwthiodd y drws. Er mawr syndod i Hywel, agorodd y drws yn syth, a rhuthrodd Tom i mewn i'r tŷ bychan, heb aros i gael cip ar beth oedd oddi mewn.

Coridor bach tamp, gydag arogl llwch a hen bapur wal yn plicio'n gorneli blêr. Roedd pentyrrau o bapur a sbwriel dros bob man, a sŵn dripian dŵr yn dod o rywle yng nghefn y tŷ. Roedd drws ar y chwith iddynt, drws a fu unwaith yn wyn ond a oedd erbyn hyn yn felynfrown, gyda gwe pry cop yn creu meinwe drosto.

'Dewch i mewn,' meddai llais dyn yr ochr arall i'r drws. Suddodd calon Hywel.

'Trap ydi o,' sibrydodd yn wyllt, ei galon yn drymio. 'Roedden nhw'n gwybod ein bod ni am ddilyn y dyn yna. Dewch, gwell i ni fynd.'

‘Na,’ meddai Tom yn bendant, ‘mae’n rhaid i ni gael gwybod pam eu bod nhw’n gwrthwynebu’r gwaith ’dan ni’n ei wneud. Dewch.’

Roedd hi’n ystafell fach, rhyw fymryn yn daclusach na’r coridor y tu allan. Ond roedd yr olygfa oddi mewn yn fwy dychrynllyd nag unrhyw fwystfil neu ysbryd a welsai Hywel erioed. Dechreuodd grynu heb reolaeth.

Yno roedd rhyw ugain person, pob un mewn du ac yn gwisgo balaclafas tywyll i guddio’u hwynebau. Dyma’n union roedd y terfysgwyr yng Nghaffi Lôn Tudur wedi eu gwisgo hefyd, cofiodd Hywel, gan feddwl am yr holl ddinistr ac ofn a greodd y rheiny. Roedd y bobol yma yn ei gasáu o’n wirioneddol.

‘Ydach chi’n meddwl eich bod chi’n glyfar?’ gwaeddodd Tom ar y bobol mewn cynddaredd. ‘Yn codi ofn ar bobol sydd gymaint yn iau na chi? Tasech chi ond yn gwybod y poendod meddwl ’dach chi wedi ei achosi…’

‘Ni?’ chwarddodd un o’r dynion yn ysgafn. ‘Beth amdanoch chi’ch tri?’

‘Tydan ni ddim wedi gwneud drwg i neb!’ mynnodd Hilda.

‘Naddo? Beth am yr ysbrydion a’r bwystfilod druain? Mi fyddai’r rheiny’n dweud yn wahanol, dwi’n amau.’

‘Beth wyddoch chi am hynny?’ gofynnodd Tom yn biwis.

‘Hogyn digywilydd!’ meddai un arall o’r ffigyrau mewn du, dynes y tro hwn. ‘Paid ti â meiddio siarad fel ’na hefo ni…’

Chwarddodd Tom heb ddangos rhithyn o hiwmor, a sylweddolodd Hywel mewn edmygedd nad oedd arno ofn. Doedd dim mymryn o ots ganddo am y bobol greulon hyn. ‘Mi siarada i fel licia i efo rhywun sydd newydd losgi’r gampafan ro’n i’n aros ynddi, ac wedi peryglu ’mywyd i a fy ffrindiau!’

'Peidiwch â gorymateb!' meddai un arall. 'Rydach chi'n dal yma, yn tydach, gwaetha'r modd.'

'Plis,' erfyniodd Hywel, mewn llais bach eiddil. 'Esboniwch i ni! Pam rydach chi'n gwrthwynebu ein bod ni'n cael gwared ar y bwystfilod a'r bwganod? Trio helpu ydan ni...'

'Hywel...' dechreuodd Hilda.

'Aros funud,' atebodd yntau, yn ysu am gael clywed ymateb y bobol mewn du.

'Hywel, gwranda...' meddai eto.

'Dim rŵan!' Trodd at Hilda, a sylwi bod ei llygaid hi wedi eu hoelio ar y llawr, ar draed un o'r bobol mewn du.

'Hi,' pwyntiodd Hilda mewn penbleth nerfus. Roedd y person y pwyntiai Hilda ati'n denau a bychan, ac yn gwisgo siwmper dywyll oedd llawer yn rhy fawr iddi. Methai Hywel yn lân â deall beth roedd Hilda'n drio'i ddweud amdani.

'Hywel,' hanner sibrydodd Hilda. 'Mi wn i pwy ydi honna.'

'Peidiwch â chellwair!' gwaeddodd un o'r dynion mewn du.

'Rydw i'n nabod y sgidiau,' meddai Hilda, ac edrychodd Hywel a gweld pâr o sgidiau rhedeg pinc, a'r rheiny wedi gweld dyddiau gwell ac yn edrych yn fudr braidd.

'Pwy?' gofynnodd Tom mewn syndod.

'Siw sydd yna!'

Bu eiliad o dawelwch, cyn i Siw benderfynu tynnu ei balaclafa, a wynebu'r tri. Edrychodd Hywel arni mewn syndod.

'Os nad o'n i'n deall o'r blaen,' meddai Tom wrth ysgwyd ei ben, 'toes gen i ddim arlliw o syniad rŵan.'

'Waeth i chi i gyd dynnu eich mygydau, hefyd,' meddai Siw wrth y gweddill. 'Tydyn nhw ddim yn eich nabod chi, p'run bynnag.'

Roedd Hywel wedi disgwyl mai dynion mawr, sgwâr fyddai'n cuddio y tu ôl i'r balaclafas, dynion gyda'u gwallt wedi ei eillio a thatŵs mawr dros eu breichiau. Tipyn o syndod, felly, oedd gweld bod pob un ohonynt yn edrych yn hollol gyffredin.

Un dyn yn ei bumdegau, gyda llygaid blinedig a barf wen; dynes ganol oed, a'i gwallt llwyd taclus yn gweddu'n union i ffrâm ei sbectol; hen ddyn crychiog â'i wallt yn wyn. Roedd ambell un oedd yn iau, fel Siw, ond y rhan fwyaf dros eu canol oed.

Doedd y rhain ddim yn edrych yn filain, meddyliodd Hywel mewn syndod. Roedden nhw'n edrych yn hollol normal.

'Chi?' holodd Hilda wrth weld wyneb yng nghefn yr ystafell. Craffodd Hywel i weld pwy oedd yno.

'*Vera?*'

Tybed ai ysbrydion oedden nhw? Ond na, roedden nhw'n edrych yn bobol go iawn o gig a gwaed...

Doedd bosib bod Vera yn ddynes iawn? Nid yn ysbryd, nid yn filian, ond yn fyw ac yn iach?

'Ydach chi am esbonio?' gofynnodd Hilda.

'Roedd yn rhaid i ni wneud rhywbeth! Roeddech chi wedi cael rhybudd ar ôl rhybudd, ac wedi anwybyddu pob un.' Doedd Siw ddim yn edrych yn hapus iawn iddi gael y gorau arnyn nhw – a dweud y gwir, roedd hi'n edrych yn ddigon digalon. 'Roedd o mor hawdd i'ch twyllo chi! Gwneud twll yn wal byngalo Nain, a gosod gwydr arbennig yn y bwrdd ymbincio – symud y bwrdd at y twll, a dyna fo!'

'Be?' gofynnodd Tom. 'Twll oedd o? Roedd Vera'n siarad efo ni o'r stafell yr ochr draw?'

'Ond beth am y mwg a lenwodd y drych cyn iddi ddod?' gofynnodd Hywel mewn penbleth.

'Peiriant mwg oedd hwnna. Maen nhw'n hawdd i'w prynu ar y we – mae pobol yn eu defnyddio nhw ar Nos Galan Gaeaf ac mewn clybiau nos.'

Roedd yr holl beth mor syml, sylweddolodd Hywel, ac mor anhygoel o glyfar. Mi fyddai o wedi gallu dyfalu mai dyna oedd o'i le, petai o ond wedi meddwl yn iawn. Roedd o wedi bod yn brysur yn meddwl am gynnwys y llyfr *Bwystfilod a Bwganod*, yn rhy brysur i weld yr hyn oedd yn hollol amlwg.

'Felly tydi Vera ddim yn ysbryd o gwbwl...?' holodd Hywel. 'Ond pam yn y byd roeddech chi am i ni feddwl ei bod hi?'

'I ti gael deall!' bloeddiodd y dyn barfog. 'Pe bydden ni'n medru dy gael di i gredu bod ysbrydion pobol sydd wedi marw yn bodoli go iawn...'

'Ond tydyn nhw ddim!' meddai Hilda'n daer.

'Wyddoch chi mo hynny!' dwrdiodd yr hen ŵr â gwallt gwyn.

'Gadewch i mi esbonio,' meddai'r dyn barfog. 'Rai blynyddoedd yn ôl, daeth gŵr o Gymru – ddweda i mo'i enw fo, nag o ble yn union mae o'n dod – o hyd i lyfr wedi ei guddio mewn cist, wedi ei gladdu yn ei ardd. Mynd ati i adeiladu sièd roedd o, ond buan yr anghofiodd o am hynny pan ddaeth ar draws y llyfr. Roedd hi'n gyfrol hynafol, ac yn llawn gwybodaeth am...'

'Bwystfilod a bwganod?' dyfalodd Tom.

'Cywir! Ond nid y llyfr y cest ti hyd iddo oedd o, Hywel, ond *Mwy o Fwystfilod a Bwganod*.'

'Mae 'na lyfr arall?' gofynnodd Hywel mewn syndod.

'Oes! Ac mae hwn yn llawer mwy pwerus na'r cyntaf, yn fy marn i, gan fod ynddo gyfarwyddiadau ar sut i gael gwared ar y llen rhwng y byd yma a'r byd arall.'

Gallai Hywel ddyfalu beth oedd yn dod nesaf.

'Doedd hi ddim yn dasg hawdd, ac roedd angen cymorth ar y dyn. Dyna ble 'dan ni'n dod i mewn i'r stori. Ar draws y wlad, ar draws y *byd*, mae gynnon ni gefnogwyr, a phobol sy'n gweithio i ni. Gyda'n gilydd, aethom ni ati i ddilyn y cyfarwyddiadau yn y llyfr.'

'Sut?' holodd Hywel.

'Aha!' meddai'r dyn gan wenu. 'Wna i ddim dweud wrthoch chi. Dim ond i chi gael gwybod, doedd hi ddim yn dasg hawdd. Ond roedd pawb yn fodlon gweithio'n galed – 'Dach chi'n gweld, mae pob un ohonon ni wedi colli rhywun, a byddai codi'r llen yn golygu y cawn ni eu gweld nhw unwaith eto.'

'Ond nid nhw 'dach chi'n eu gweld!' rhesymodd Hilda. 'Bwystfilod a bwganod dieflig ydyn nhw, nid y bobol 'dach chi wedi eu colli. Yr unig ysbryd roeddan ni'n meddwl oedd yn un go-iawn, chi oedd wedi ei greu o!'

'Roeddan ni'n meddwl y byddech chi'n rhoi'r gorau iddi ar ôl gweld ysbryd Vera,' esboniodd Siw. 'Wedi llosgi'r gampafan, roeddan ni'n siŵr na fyddai unrhyw chwant arnoch chi i ddal ati.'

'Felly roeddech chi'n meddwl y byddai codi'r llen, fel 'dach chi'n ei alw fo, yn golygu y byddech chi'n cael gweld y rhai 'dach chi wedi eu colli. Ond tydach chi ddim, yn nac 'dach? Felly pam ydach chi am ein rhwystro ni rhag cael gwared ar y rhai drwg?'

'Tydi'r ffaith ein bod ni ddim eto wedi dod o hyd i ysbrydion y rhai 'dan ni wedi eu colli ddim yn golygu nad ydyn nhw'n bod!' bloeddiodd y dyn barfog yn angerddol. 'Maen nhw yn y byd 'ma'n rhywle... Tydi hi ond yn fater o ddod o hyd iddyn nhw! Ac falle y gallech chi'ch tri gael gwared arnyn nhw, heb i chi feddwl...'

''Dach chi'n twyllo'ch hun,' meddai Hywel yn dawel. 'Rydach chi'n gwybod 'mod innau hefyd wedi cael colled, ond mi alla i weld, hyd yn oed, eich bod chi wedi gwneud camgymeriad yn codi'r llen, fel 'dach chi'n ei alw fo. Roeddech chi'n meddwl eich bod chi'n gwneud y peth iawn, mae hynny'n amlwg, ond mae'r hyn 'dach chi wedi ei wneud wedi rhyddhau pwerau llawer cryfach na'r hyn roeddech chi'n ei ddisgwyl. Mae'n bryd i chi gyfaddef i chi wneud camgymeriad.'

'Byth!' gwaeddodd un hen wraig, a golwg wallgof braidd ar ei hwyneb.

'Felly, be 'dach chi'n bwriadu ei wneud rŵan?' gofynnodd Hilda, yn nerfus braidd.

'Parhau i chwilio,' meddai'r dyn barfog. 'Mae gynnon ni selar go fawr yma i chi. Mi fyddwch chi'n berffaith saff. Mae'n ddrwg gen i i orfod gwneud hyn, ond rydach chi'n mynnu dinistrio ein gwaith da ni...'

'Rydach chi'n wallgo os 'dach chi'n meddwl y gallwch chi'n caethiwo ni,' meddai Tom. Chwarddodd y dyn.

''Ngwas bach i, hyd yn oed petaech chi'n rhedeg i ffwrdd rŵan hyn, mae gynnon ni aelodau ym mhob twll a chornel: yn yr heddlu, y fyddin, yn y Cynulliad hyd yn oed! Mi gewch chi'ch dal, a'ch hebrwng yma'n syth.' Gwenodd yn drist. 'Mi gewch chi'ch bwydo'n dda, peidiwch â phoeni, ac mae teledu a llyfrau yno. Tydan ni ddim am i chi ddioddef. Ond tydan ni chwaith ddim yn medru gadael i chi ddinistrio gwaith Byddin y Dadeni.'

Deffrodd rhyw atgof ym meddwl Hywel, ac edrychodd ar y dyn. 'Be ddwedoch chi?'

'Byddin y Dadeni!' meddai hwnnw, gan edrych yn falch iawn ohono'i hun. 'Enw da, tydi? Mae o'n disgrifio'n berffaith be 'dan ni'n ei wneud...'

Dechreuodd Hywel deimlo'n benysgafn, a meddyliodd am eiliad ei fod o am lewygu. Roedd o wedi clywed yr enw yna o'r blaen, ac roedd o'n cofio'n iawn ymhle.

Yn llyfr *Bwystfilod a Bwganod*.

'Byddin y Dadeni. Maent yn niferus, ac yn medru bod yn beryglus iawn. Er nad oes malais yn eu calon, mae'r gallu ganddyn nhw i greu anrhefn llwyr, ac i wyrdroi cwrs hanes. Yr unig ffordd i wyrdroi eu castiau nhw yw...'

Caeodd Hywel ei lygaid, gan drio cofio'r darn nesaf.

'Yr unig ffordd i wyrdroi eu castiau nhw yw i ddial.'

Pennod 20

'ARHOSWCH CHI TAN i fy mam i gael gafael arnoch chi!' gwaeddodd Hilda drwy ddrws y seler. 'Mi fyddwch chi'n difaru wedyn!'

Welodd hi rioed le mor dywyll ac mor anghroesawus yn ei bywyd. Oedd, roedd aelodau Byddin y Dadeni wedi gwneud rhywfaint o ymdrech i wella'r lle – posteri o gathod bach del, teledu bach llychlyd yn y gornel a phentwr o lyfrau blêr ar silff fach simsan. Roedd y rhan fwyaf o'r rheiny yn nofelau rhamantus, diflas, a gwyddai Hilda na fedrai hi fyth ddioddef darllen yr un ohonynt. A'r gwlâu! Hen bethau hir, main, a'r matresi yn lympiau i gyd.

Roedd hi'n *gandryll*.

'Rho'r gorau i weiddi, myn diain i,' cynghorodd Tom, oedd yn eistedd ar un o'r gwlâu. 'Wnân nhw ddim cymryd sylw ohonat ti.'

'Ond mae'n rhaid i ni wneud rhywbeth!' gwaeddodd Hilda. 'Mi a' i'n wallgof yn sownd yn fa'ma efo chi'ch dau!' Edrychodd ei ffrindiau arni yn ddig. 'O, peidiwch â gweld yn chwith! Rydach chi'n gwybod cystal â fi, dim ond i Tom dorri gwynt unwaith ac mi fyddwn ni i gyd yn mygu!'

Y peth gwaethaf, penderfynodd Hilda, oedd y diffyg ffenestri. Roedd y waliau'n friciau llwyd hyll: byddai'n amhosib dweud pryd roedd hi'n ddydd a phryd roedd hi'n nos.

Edrychodd o'i chwmpas eto, gan ochneidio, am y canfed tro, wrth sylweddoli annhegwch y sefyllfa. Mae'n rhaid bod ffordd allan, meddyliodd, ond na, roedd Byddin y Dadeni wedi gwneud yn siŵr eu bod nhw'n ddiogel yn eu carchar.

'Mae gen i rywbeth i'w ddweud wrthych chi,' meddai Hywel, a sylwodd Hilda ar ei lygaid yn sgleinio.

'Plis deuda bod llif bach gin ti wedi ei guddio yn dy hosan,' meddai Hilda.

'Wel, nac oes,' cyfaddefodd Hywel. Ac adroddodd wrth Tom a Hilda yn union yr hyn a oedd wedi ei ysgrifennu yn y llyfr *Bwystfilod a Bwganod* am Fyddin y Dadeni, gyda mymryn o wên ar ei wyneb.

Roedd Hilda'n methu'n lân â choelio'r peth. 'Ond doedd Byddin y Dadeni ddim yn bod pan gafodd y llyfr yna ei sgwennu!'

'Wel, rydan ni'n gwybod mor arbennig ydi'r llyfr – tydi o ddim wedi ein gadael ni i lawr o gwbwl,' meddai Hywel yn wybodus. 'Mae o'n anhygoel, a dweud y gwir, ond tydi? Ac yn bwysicach fyth, mae 'na ateb ynddo fo!'

'Tydi o ddim yn glir iawn, chwaith,' meddai Tom yn feddylgar. 'Mae'n rhaid dial arnyn nhw. Sut yn y byd ydan ni'n gwneud hynny? Ar ôl yr holl ddrwg maen nhw wedi ei wneud, i ni ac i weddill y byd...'

'Heb sôn am y ffaith ein bod ni'n sownd yn fa'ma,' ychwanegodd Hilda. 'Fedrwn ni wneud dim.'

'Mi fedrwn ni drio!' ysgogodd Hywel y ddau yn frwd. 'Y peth gwaethaf mae Byddin y Dadeni wedi ei wneud i ni, yn bersonol, ydi llosgi'r gampafan, yntê? Felly'r ffordd i ddial arnyn nhw am wneud hynny, fyddwn i'n ei ddychmygu, ydi...'

'Dechrau tân!' awgrymodd Tom.

'O, grêt,' meddai Hilda'n wawdlyd. 'Wna i ddefnyddio'r

bocs anferth o fatshys s'gen i yn fy mhoced, ia? Sut yn y byd ydan ni i fod i ddechrau tân?'

'Arhoswch funud,' meddai Tom, a chododd oddi ar ei wely. Aeth ati i chwilota ar lawr y selar, nad oedd yn ddim mwy na choncrid oer ac ambell ddarn blêr o garped wedi eu taenu drosto. Ymhen munud neu ddwy, daeth yn ôl yn edrych yn fuddugoliaethus. Estynnodd lyfr o'r pentwr o nofelau, a rhwygodd ei berfedd, gan wneud pentwr bach ar lawr. Yna, dangosodd i'w ffrindiau yr hyn roedd o wedi ei ganfod ar lawr y selar. Dwy garreg, hanner maint cledr ei law.

'Fedra i ddim addo ei fod o'n mynd i weithio,' meddai dan wenu. Dechreuodd rwbio'r cerrig yn erbyn ei gilydd, gan weithio'n gyflym, a chadw ei ddwylo'n agos at y pentwr papur ar lawr.

Cadwodd i wneud hyn am amser hir, tan i Hilda ddechrau diflasu wrth ei wylio, a dechrau credu na fyddai hyn yn gweithio. Bu wrthi am ddeng munud a mwy, pan welodd Hilda, er syndod iddi, wreichionyn oren yn neidio o'r cerrig yn ei law. Wnaeth y tân ddim cydio yn y papur y tro cyntaf, ond daliodd Tom i rwbio'n ddyfal, nes bod y gwreichion yn neidio fel pryfed o'i ddwylo. Edrychai fel consuriwr.

'Bingo!' ebychodd Tom, wrth i fwg ddechrau codi o'r papur.

'Sut yn y byd dysgaist ti i wneud hynna?' holodd Hilda'n llawn syndod.

'Wel…' dechreuodd Tom, cyn stopio ei hun. 'Na. Well i mi beidio â dweud, dwi'n meddwl.'

Ysgydwodd Hilda'i phen. Roedd hi'n cofio'n iawn mor ddrygionus fyddai Tom yn ôl yn Nhywyn… O leiaf ymddangosai fel petai ganddo gywilydd yn awr.

'Be nesa?' gofynnodd Hilda wrth i'r tân afael.

'Rhoi pentwr o'r llyfrau ar waelod y drws acw, a gobeithio y bydd y drws yn llosgi,' awgrymodd Hywel.

'Be?' gofynnodd Tom. 'Rhoi ein hunig ffordd allan ar dân?'

'Mae o'n beryglus, ond wela i ddim bod unrhyw obaith arall,' meddai Hywel. 'Be wyt ti'n feddwl, Hilda?'

'Dewch, wir,' atebodd hithau, gan gymryd llyfr ym mhob llaw. 'Does 'na ddim amser i sgwrsio.'

Roedd Tom yn llawn cyffro.

Y fo oedd wedi dod o hyd i'r cerrig, a fo oedd wedi cynnau'r tân. Fydden nhw ddim wedi gallu gwneud hyn heb ei help o, a rŵan bod drws y selar yn wenfflam, roedd yn ymddangos yn llai ofnus na'i ddau ffrind.

'Reit,' gwaeddodd dros ru'r fflamau, 'mae'n rhaid i ni fod yn gyflym. Mi a' i gyntaf, ac mi gicia i'r drws i lawr. Wedyn mi reda i i fyny'r grisiau i hebrwng unrhyw un sydd yno allan. Wedi'r cyfan, tydan ni ddim am i unrhyw un gael ei frifo, ydan ni. Hilda, sbia di yn y gegin, a Hywel, yr ystafell fyw. Ac wedyn rhedwch, nerth eich traed, allan i'r stryd.'

Am unwaith, wnaeth Hilda ddim dwrdio am fod rhywun yn dweud wrthi beth i'w wneud. Nodiodd yn bendant, er bod mymryn o ofn yn ei llygaid.

Tynnodd Tom lond bol o anadl, a rhedodd i fyny'r grisiau bach a arweiniai at ddrws y seler. Â'i holl nerth, ciciodd y drws, gan roi ei droed yn syth i mewn i'r fflamau. Wnaeth y drws ddim agor, a theimlai Tom wres y fflamau ar ei goes. Ciciodd unwaith eto, gan roi ebychiad mawr wrth wneud, ac, o'r diwedd, agorodd, gan adael ond ffrâm o fflamau lle bu'r drws. Rhedodd Tom drwy'r ffrâm, gan chwerthin yn uchel wrth wneud hynny. Roedd o wedi llwyddo!

Ond doedd dim amser i feddwl. Rhedodd Tom drwy'r sbwriel ar y grisiau, i fyny i'r llofftydd. Doedd dim sôn am unrhyw un, eto roedd yn rhaid iddo wneud yn siŵr nad oedd neb yno. Doedd arno ddim eisiau brifo neb, dim hyd yn oed aelodau Byddin y Dadeni.

Roedd y ddwy ystafell wely'r un mor flêr â gweddill y tŷ – papurach a sbwriel ym mhob man. Roedd yr ystafell ymolchi yn fochaidd ac er bod gan Tom bedwar brawd, ac wedi arfer â llanast, eto roedd y mochyndra hyn yn ddigon i'w wneud o'n sâl.

Dim ond un drws oedd ar ôl, a phan agorodd Tom y drws a gweld nad oed neb yno, roedd o'n barod i'w heglu hi am y stryd. Ond daliodd ei lygaid ar rywbeth yng nghornel yr ystafell.

Stydi fach oedd yno, a phob modfedd o'r wal wedi ei orchuddio â phapurach. Roedd desg yn y gornel, ac ar honno roedd yr hyn a ddaliodd lygaid Tom.

Llyfr. Clamp o lyfr mawr, a chlawr brown tywyll hen ffasiwn. Lledaenodd gwên fuddugoliaethus dros ei wyneb wrth iddo weld yr ysgrifen ar y clawr.

Bwystfilod a Bwganod.

Dyma fo! Y llyfr a gafodd ei ddwyn o gartref Hywel, y llyfr oedd yn cynnig cynifer o atebion! Edrychodd Tom yn frysiog drwy'r tudalennau, gan chwerthin wrth weld yr ysgrifen gain, hen ffasiwn.

Clywodd glecian yn dod i fyny'r grisiau, ac ogleuodd y mwg. Mae'n amlwg bod y tân yn gafael go iawn. Byddai'n well iddo adael, cyn bod y tŷ cyfan yn wenfflam.

Cododd Tom y llyfr, a'i stwffio i lawr ei siwmper i'w gadw'n saff. Aeth allan at y landin, a gweld goleuni oren y tân ar waelod y grisiau. Cael a chael fyddai iddo fedru dianc mewn pryd.

'Be ydach chi wedi ei wneud?' gwaeddodd y gŵr barfog ar Hywel a Hilda wrth i Fyddin y Dadeni sefyll ar y palmant, yn gwylio'r mwg yn troelli'n ddu drwy ddrws a ffenestri'r tŷ. Roedden nhw wedi edrych fel petai ysbryd wedi cerdded i mewn pan ruthrodd Hywel i mewn i'w hystafell fyw bum munud ynghynt. Wnaeth o ddim byd ond gweiddi 'Tân!' Roedd hynny wedi bod yn ddigon.

'Tom!' gwaeddodd Hilda mewn braw. 'Lle yn y byd mae o?'

Roedd yr amseru'n berffaith. Gyda hynny, rhedodd Tom allan drwy ddrws y tŷ, a'r mwg yn creu niwl du o gwmpas ei ben. Roedd ei wyneb a'i wallt wedi duo, ac wedi iddo faglu allan ar y stryd, dechreuodd besychu'n drwm.

'Mae'n rhaid i ti roi'r gorau i wneud hynna!' gwaeddodd Hilda'n flin arno. 'Rydw i wedi cael hen ddigon ar feddwl dy fod ti wedi cicio'r bwced!'

'Sori,' tagodd Tom yn gryg.

'Rydach chi'n mynd i dalu am hyn!' meddai'r dyn barfog yn flin.

'Tydach chi'n dallt dim, ydach chi?' gofynnodd Hywel, gan deimlo'n flin iawn, yn sydyn, tuag at y bobol oedd wedi achosi gymaint o boendod iddo ef ac i filoedd, yn wir miliynau eraill. Wrth gwrs, roedd o'n dallt cymaint roedden nhw'n gobeithio gweld y rhai roedden nhw wedi eu colli. Onid oedd yntau'n teimlo 'run fath am ei fam? Eto roedd yr holl weithredoedd milain a wnaethon nhw'n anfaddeuol. Chwalu caffi Wmffra, ac yntau'n ŵr mor addfwyn. Anfon yr hen lythyr celwyddog yna at Hywel ei hun. Llosgi'r gampafan, neno'r tad! 'Dyma ddiwedd ar eich hen gastiau chi!'

'Dim ond wedi llosgi hen dŷ ydach chi... Mae Byddin y

Dadeni'n llawer mwy na hynny, wyddoch chi,' heriodd y gŵr barfog nhw.

'Sbïwch,' meddai Tom, gan godi ei siwmper. Pam yn y byd roedd o'n dangos ei fol iddyn nhw, meddyliodd Hywel, cyn i'w lygaid setlo ar y siâp hirgrwn oedd yn gorffwys yn erbyn ei frest.

'Y llyfr!' bloeddiodd Hywel yn gegagored. 'Lle cest ti hwnna?'

'I fyny'r grisiau!' gwenodd Tom yn llawen. 'Rŵan, lle mae o...?' Agorodd y llyfr, ac archwilio'r tudalennau tan iddo ddod o hyd i'r man cywir. 'O! dyma fo!' Dangosodd y dudalen i Hilda, a gwenodd hithau cyn dechrau darllen.

"Byddin y Dadeni. Maent yn niferus, ac yn medru bod yn beryglus iawn. Er nad oes malais yn eu calon, mae'r gallu ganddyn nhw i greu anrhefn llwyr, ac i wyrdroi cwrs hanes. Yr unig ffordd i wyrdroi eu castiau nhw yw i ddial arnynt."

'Be? Tydi o byth yn dweud hynny!' ebychodd y dyn.

'Pam wnaethoch chi ei ddwyn o os nad oeddech chi am ei ddarllen o?' gofynnodd Hywel mewn penbleth. Oedd y bobol yma'n dwp, neu beth?

'I be fyddwn i'n darllen llyfr am sut i gael gwared ar fwystfilod a bwganod a minnau eisiau'u cadw nhw?' eglurodd y dyn yn ddig. 'Beth bynnag, alla i ddim gweld sut mae hyn yn effeithio arna i...'

'Dial,' meddai Hywel yn dawel. 'Dyna ydi'r tân yma. Dial arnoch chi.'

Lledaenodd llygaid y gŵr barfog. 'Ydach chi ddim yn meddwl...?'

Ar hynny, rhedodd dynes allan o un o'r tai cyfagos, yn

gweiddi'n llawen fel petai hi wedi cael newyddion gorau ei bywyd. Edrychodd pawb arni mewn syndod.

'Mae o dros y newyddion i gyd!' gwaeddodd yn llawen. 'Dydach chi ddim wedi clywed?'

'Clywed be?' gofynnodd Hilda.

'Maen nhw wedi gadael!' atebodd yn llawen. 'Pob un bwystfil ac ysbryd, drwy'r byd i gyd! Maen nhw wedi mynd yn ôl i ble bynnag y daethon nhw! Wedi diflannu'n llwyr!'

Aeth murmur uchel o anghrediniaeth drwy aelodau Byddin y Dadeni. Edrychodd Tom, Hilda a Hywel ar ei gilydd dan wenu.

'Dyma ti,' meddai Tom, wrth roi'r llyfr ym mreichiau Hywel. 'Ti sy pia hwn.'

'Diolch,' atebodd Hywel yn werthfawrogol, gan dynnu ei fysedd dros glawr cywrain y llyfr. Pe na bai o wedi prynu'r llyfr yn y lle cyntaf... Pe na bai o wedi cofio'r holl fanylion oddi mewn iddo... Fyddai llawer o hyn ddim wedi digwydd. A nawr, roedd popeth fel y dylai fod.

'Beth rŵan 'ta?' gofynnodd Hilda, wrth weld y gŵr barfog yn trio cael trefn ar aelodau Byddin y Dadeni drwy dyngu y gallen nhw wneud y cyfan unwaith eto.

'Dwn i ddim amdanoch chi,' gwenodd Hywel yn fodlon, 'ond mae gen i hiraeth am adref. Tywyn amdani, ie?'

Pennod 21

WEDI CAEL EI deffro gan sgrechian y cloc larwm, taflodd Hilda'r cloc ar draws ei hystafell wely, gan dewi'r twrw aflafar. Ochneidiodd yn ddiamynedd. Onid oedd hi'n haeddu cael gorwedd yn ei gwely ar ôl bod mor brysur? Roedd hyd yn oed ar arwyr angen eu cwsg. Trodd ei chefn ar y ffenest, a chaeodd ei llygaid drachefn.

'Hiiiiiiils!' galwodd Dot i fyny'r grisiau. 'Mae 'na rywun ar y ffôn i ti!'

Griddfanodd Hilda'n flin. 'Deudwch wrthyn nhw am ffonio 'nôl ar amser callach!'

'Na wna i, wir,' atebodd Dot yn ddi-lol. 'Mi gei di ddeud wrthyn nhw dy hun.'

Tynnodd Hilda'i gŵn nos amdani'n flinedig, cyn cerdded i lawr y grisiau, gan wneud cymaint o sŵn ag y gallai. Cododd y ffôn, oedd ar y bwrdd bach ar waelod y grisiau.

'Helô?'

'Hildaaaaaaaaaaaaaaa!' gwaeddodd llais uchel, croch. Bu'n rhaid i Hilda dynnu'r ffôn o'i chlust. 'Sut wwwwwwwwyt ti?'

'Pwy sy 'na?' gofynnodd Hilda, heb smalio, hyd yn oed, bod ganddi unrhyw ddiddordeb ym mhwy bynnag oedd yr ochr arall i'r ffôn.

'Wrth gwrs! Wrth gwrs! Mae'n rhaid dy fod ti'n brysur iawn. Syfi Smith sydd yma, o gylchgrawn *Joio*. Meddwl y cawn i ofyn ambell gwestiwn i ti.' Roedd Hilda ar fin dweud wrthi am adael llonydd iddi, pan ddechreuodd Syfi Smith ar yr holi. Jadan bowld, meddyliodd Hilda. 'Sut wyt ti'n teimlo rŵan ar ôl bod yn hela ysbrydion a bwystfilod? Mymryn yn isel, mae'n siŵr...'

'Ddim o gwbwl,' atebodd Hilda, cyn dylyfu ei gên.

'Druan ohonat ti!' meddai Syfi Smith, yn amlwg heb wrando ar 'run gair a ddywedodd Hilda. 'Fyddet ti'n dweud dy fod ti'n ddigon isel dy ysbryd i ystyried rhedeg i ffwrdd i fyw ar ynys bellennig ar dy ben dy hun?'

'Be?' gofynnodd Hilda'n anghrediniol. 'Dwyt ti ddim o ddifri...'

'Dwi'n dallt yn iawn,' cydymdeimlodd Syfi Smith. 'A fydd dy gariad newydd yn mynd efo ti? Rydw i'n clywed bod Edward Roberts yn gefn mawr i ti...'

Rhoddodd Hilda'r ffôn i lawr, gan regi'n uchel. Seren ffilmiau i bobol ifanc oedd Edward Roberts. Doedd Hilda erioed wedi cwrdd ag o.

'Bore da!' meddai Dot yn siriol, wrth i Hilda gamu i mewn i'r ystafell fyw ac eistedd yn llipa ar y soffa. Roedd Dot ar ei gliniau, yn sgrwbio'r llawr. 'Dwn i ddim be fuodd dy frawd yn ei wneud tra oeddan ni i ffwrdd. Mae'r staeniau ar y carped 'ma'n afiach. Ac wsti be wnaeth o? Yn lle golchi'r llestri, mi ddefnyddiodd o'r pres o'r tun bisgedi i brynu set newydd o lestri!'

'Diogyn,' meddai Hilda'n fflat. Beth roedd ei mam yn ddisgwyl wrth ei adael o ar ei ben ei hun gyhyd?

'O, a gyda llaw,' ychwanegodd Dot, gan sychu ei thalcen â chefn ei llaw, 'mae'r postmon am i ti 'nôl dy bost o Swyddfa'r Post o hyn ymlaen, os ydi hynny'n iawn.'

'Be?' gofynnodd Hilda. 'Pam na ddaw o â nhw yma? Dyna ydi ei waith o!'

'Llawer gormod ohono fo, medda fo. Rhy drwm i'w gario.'

'E?'

'Dwi wedi dweud ganwaith, paid â dweud "e"? Deuda "Esgusodwch fi".'

Rholiodd Hilda'i llygaid. 'Esgusodwch fi,' meddai'n goeglyd.

'Dyna welliant. Ia, llythyrau ydi'r rhan fwyaf, medda fo, ond mae 'na ambell barsel hefyd. O bob cornel o'r byd. Mi fydd hi'n ddifyr eu darllen nhw, yn bydd?'

Ysgydwodd Hilda ei phen. 'Pam bod pobol yn sgwennu ata i?'

Chwarddodd Dot. 'Rwyt ti'n enwog, 'nghariad i. Rŵan gwell i ti gael cawod a golchi dy wallt os wyt ti am fynd allan. Mae 'na gamerâu y tu allan yn disgwyl dy weld ti'n edrych fel seren!'

'Darn arall o gig moch, 'ngwas i? Mae gen i gwpl o sosejys ar ôl hefyd, os wyt ti'n eu ffansïo nhw.' Edrychodd Tom ar ei fam, oedd yn gwenu'n annwyl arno. Doedd o ddim wedi arfer cael y ffasiwn dendans, a gwyddai'n iawn na fyddai hyn yn para, felly pasiodd ei blât ati gyda gwên.

'Tydi o ddim yn deg!' meddai un o frodyr mawr Tom. 'Pam ei fod o'n cael mwy o frecwast na ni?'

'Am ei fod o angen cael ei nerth yn ôl ar ôl ei waith arwrol, wrth gwrs,' atebodd tad Tom yn siarp. 'A phaid ti â grwgnach, Wil – 'dan ni i gyd yn gwybod cymaint roeddat ti'n hiraethu am dy frawd pan oedd o i ffwrdd.' Gwenodd ar Tom. 'Bwyta di lond dy fol, 'machgen i.'

Roedd hi'n deimlad rhyfedd bod adref, ond roedd Tom wrth ei fodd. Efallai nad oedd bywyd yn mynd i fod mor gyffrous, ond doedd dim byd mor hyfryd â bod yng nghwmni teulu.

Ar y ffordd adref, roedd car Hywel, Hilda a Tom (a

drefnwyd gan Teilo Siencyn, wrth gwrs) wedi stopio mewn garej, ac roedd Tom wedi piciad i mewn i brynu cylchgrawn a chreision. Y tu allan i'r garej, roedd bwcedaid o flodau, a phenderfynodd Tom brynu blodau, am y tro cynta erioed, i'w fam. Pethau digon di-ddim oedden nhw, a dweud y gwir, yn amlwg wedi bod yn eistedd mewn mwg petrol am yn rhy hir, ond doedd Tom ddim am fynd adre'n waglaw. Roedd o am i'w fam wybod, heb iddo ddweud wrthi, cymaint roedd o wedi hiraethu amdani.

Pan gyrhaeddodd o adre yn oriau mân y bore, a chynnig y tusw o rosod melyn iddi, gwyddai ei fod o wedi gwneud y peth iawn. Roedd ei fam wedi gwenu fel petai o wedi cynnig holl drysorau'r byd iddi, ac wedi wylo'n hidl mewn rhyddhad wrth ei gael o 'nôl.

'Beth wyt ti am wneud heddiw, Tom?' gofynnodd iddo, gan wenu'n fodlon. 'Mi gei di fynd yn ôl i dy wely, os wyt ti'n dal yn flinedig, neu mae 'na ddigon o ddŵr poeth i ti fedru cael bath. Mae 'na lond gwlad o newyddiadurwyr yn ysu am gael dy stori di, wrth gwrs...'

'Wir yr?' gofynnodd Tom a'i geg yn llawn cig.

'Ewadd, oes! Mae un cylchgrawn i ferched ifanc wedi cynnig ffortiwn i gael tynnu dy lun di a'i gynnig o fel poster...'

'Ffortiwn!' ailadroddodd tad Tom mewn edmygedd. 'Mwy o bres nag y medra i ei wneud mewn mis!'

'Waw!' ebychodd Tom. Penderfynodd yn y fan a'r lle mai dyna fyddai o'n ei wneud. Os oedd merched ifanc y byd am gael posteri ohono ar waliau eu llofftydd, pwy oedd o i'w rhwystro nhw? A fallai byddai o'n defnyddio'r pres i brynu gwyliau bach i'r teulu. Doedden nhw ddim wedi gallu fforddio cael gwyliau tramor erioed.

Canodd y ffôn, ac atebodd ei fam yn sionc. Sythodd ei gwên rhyw fymryn wrth iddi glywed y llais ar yr ochr arall.

'Wrth gwrs,' meddai. 'A' i i'w 'nôl o rŵan.'

Cynigiodd y ffôn i Tom, a gwenodd yn wan. 'Iestyn sydd yno. Mae o'n dweud nad ydi o'n medru cael gafael arnat ti ar y ffôn symudol.'

Y gwir oedd bod Tom wedi anwybyddu'r ffôn pan welai rif cyfarwydd Iestyn yn fflachio ar y sgrin. Doedd o ddim eto'n siŵr beth roedd o'n mynd i'w wneud ynglŷn â'i hen giang o ffrindiau. Roedd o'n gwybod eu bod nhw'n ddylanwad drwg.

'Helô?'

'Hei! Ti'n iawn?' gofynnodd Iestyn. 'Dwi 'di bod yn dy wylio di ar y newyddion! Mae'r peth yn boncyrs!'

'Yndi,' cytunodd Tom.

'Roedd pawb arall yn eiddigeddus ohonat ti, ond dim fi. Treulio amser efo Hilda Hyll a Hywel y nyrd – dim diolch yn fawr! Sut gwnest ti eu diodda nhw?'

'Maen nhw'n iawn, sdi,' mynnodd Tom yn dawel.

'Paid â bod yn wirion!' chwarddodd Iestyn, fel petai'r holl beth yn jôc. 'Beth bynnag, wyt ti'n ffansïo dod allan am 'chydig?'

Bu tawelwch am ychydig eiliadau wrth i Tom feddwl am y peth. Wyddai o ddim be wnâi o efo'i amser heb ei giang...

Ac yna, gwelodd Tom wyneb ei fam. Yn llawn gobaith, yn syllu arno'n ddisgwylgar.

'Dim diolch, Iestyn. Yli, gwell i mi fynd. Wela i di eto, ocê?'

Roedd y wên ar wyneb ei fam yn ddigon i Tom. Doedd o ddim angen Iestyn na'i ffrindiau eraill. Roedd Tom yn mynd i newid.

Roedd o am fod yn *rhywun*.

'Oes gan rywun lyfr ffôn?' gofynnodd i'w deulu. 'Dwi'n ffansïo mynd i weld ffilm y pnawn 'ma.'

Dringodd Hywel y grisiau i fyny i'r balconi, gan drio peidio gollwng y popcorn oedd yn y tri bocs yn ei ddwylo. Roedd o wedi bod yn edrych ymlaen at weld y ffilm yma ers tro byd. Ffilm am fwystfilod, yn rhyfedd iawn, gyda rhai o sêr ffilmiau mwyaf America yn actio ynddo.

Roedd yr alwad gan Tom wedi ei synnu, ond eto roedd Hywel wrth ei fodd. Roedd o wedi disgwyl y byddai Tom yn mynd yn ôl at ei hen giang o ffrindiau cyn gynted ag y dychwelai i Dywyn, ond roedd o'n amlwg wedi newid. Doedd Hywel erioed wedi bod i'r sinema gyda ffrindiau o'r blaen, ac mi wnaeth o fwynhau dweud wrth ei dad ei fod o'n cwrdd â nhw. Fflachiodd gwên dros wyneb hwnnw, ond ddwedodd o 'run gair.

'Dwi 'di cytuno i wneud cyfweliad i gylchgrawn merched ifanc,' meddai Tom wedi i Hywel eistedd rhwng eu ffrindiau. 'Maen nhw eisiau tynnu lluniau hefyd. Maen nhw am fynd â fi i siopa am ddillad, ac mi ga i gadw'r dillad wedyn, a chael celc o bres hefyd. Cŵl, 'de?'

'Cylchgrawn ffermio oedd o?' gofynnodd Hilda'n goeglyd. 'Mae'n siŵr y byddan nhw'n falch o gael mochyn fel ti ar y dudalen flaen.'

'Cau hi,' atebodd Tom, ond doedd dim malais yn y ffrae. Roedd y ddau wedi arfer ffraeo, ac roedd Hywel yn amau bod y ddau wedi dod i fwynhau cwmni ei gilydd erbyn hyn.

Mi fyddai Hywel wedi mwynhau'r ffilm, pe na bai ganddo brofiad personol o fwystfilod. Y gwir oedd, doedd y creaduriaid ar y sgrin yn ddim byd tebyg i'r rhai y wynebodd y tri'n ddiweddar.

'Llwyth o lol yw'r ffilm yma,' sibrydodd Hilda'n uchel. 'Fydda hynna byth yn digwydd…!'

'Na fydda,' cytunodd Hywel.

'A sbïwch fel ma'r bobol yna'n sgrechian!' ebychodd Tom.

'Shhhhhh,' sibrydodd rhywun yn y rhes y tu ôl iddyn nhw, ac edrychodd Hilda yn ôl arno fel petai'n faw isa'r domen.

'Hei!' meddai Hywel ymhen ychydig. 'Yn y fan hyn roeddan ni pan welson ni'n bwystfil cyntaf!'

Gwenodd Hilda a Tom wrth gofio. 'Roedd gen i ofn,' cyfaddefodd Hilda. 'Yn enwedig pan ddwedodd y Leiac "iam iam", fel petaen ni'n fagiad o jips.'

'Nid fi,' meddai Tom, a chwarddodd Hywel a Hilda, gan gofio'i wyneb llwyd yn y sinema.

'Ydach chi'n meddwl y gwelwn ni unrhyw beth fel 'na eto?' gofynnodd Hilda.

'Mae'n bosib,' atebodd Hywel. 'Roedd y dyn o Fyddin y Dadeni yn swnio'n reit bendant wrth ddweud y gallen nhw wneud yn union yr un fath eto…'

'Wel, os dôn nhw yn eu holau,' meddai Tom, gan gnoi llond ceg o bop corn, 'mi fyddwn ni'n barod amdanyn nhw.'

'Wnei di roi'r gorau i siarad efo dy geg yn llawn,' dwrdiodd Hilda, a daeth 'Shhh' arall o'r tu ôl iddynt.

Setlodd Hywel yn ei gadair i wylio'r ffilm, gan deimlo'n fodlon iawn ei fod o'n saff, am nawr, yng nghwmni ei ffrindiau.